闻一多讲文学

闻一多 著

河海大学出版社
HOHAI UNIVERSITY PRESS

·南京·

图书在版编目（CIP）数据

闻一多讲文学／闻一多著. -- 南京：河海大学出版社, 2019.10
ISBN 978-7-5630-6019-1

Ⅰ. ①闻… Ⅱ. ①闻… Ⅲ. ①中国文学－古典文学研究 Ⅳ. ①I206.2

中国版本图书馆CIP数据核字（2019）第125135号

书　　名 / 闻一多讲文学
书　　号 / ISBN 978-7-5630-6019-1
责任编辑 / 毛积孝
特约编辑 / 李　路　　叶青竹
特约校对 / 黎　红　　朱阿祥
出版发行 / 河海大学出版社
地　　址 / 南京市西康路1号（邮编：210098）
电　　话 /（025）83722833（营销部）
（025）83737852（总编室）
经　　销 / 全国新华书店
印　　刷 / 三河市元兴印务有限公司
开　　本 / 880mm×1230mm　1/32
印　　张 / 10.25
字　　数 / 240千字
版　　次 / 2019年10月第1版
印　　次 / 2019年10月第1次印刷
定　　价 / 79.80元

《大师讲堂》系列丛书
▶ 总序

/ 吴伯雄

梁启超说:"学术思想之在一国,犹人之有精神也。"的确,学术的盛衰,关乎一个民族的精神气象与文化氛围。民国是一个动荡不安的时代,内忧外患,较之晚清,更为剧烈,中华民族几乎已经濒临亡国灭种的边缘。而就是在这样日月无光的民国时代,却涌现出了一批批大师,他们不但具有坚实的旧学基础,也具备超前的新学眼光。加之前代学术的遗产,西方思想的启发,古义今情,交相辉映,西学中学,融合创新。因此,民国是一个大师辈出的时代,梁启超、康有为、严复、王国维、鲁迅、胡适、冯友兰、余嘉锡、陈垣、钱穆、刘师培、马一浮、熊十力、顾颉刚、赵元任、汤用彤、刘文典、罗根泽……单是这一串串的人名,就足以使后来的学人心折骨惊,高山仰止。而他们在史学、哲学、文学、考古学、民俗学、教育学等各个领域所取得的成就,更是创造出了一个异彩纷呈的学术局面。

岁月如轮,大师已矣,我们已无法起大师于九原之下,领教大师们的学术文章。但是,"世无其人,归而求之吾书"(程子语)。

大师虽已远去，他们留下的皇皇巨著，却可以供后人时时研读。时时从中悬想其风采，吸取其力量，不断自勉，不断奋进。诚如古人所说："圣贤备黄卷中，舍此安求？"有鉴于此，我们从卷帙浩繁的民国大师著作当中，精心编选出版了这一套"大师讲堂系列丛书"，分辑印行，以飨读者。原书初版多为繁体字竖排，重新排版字体转换过程当中，难免会有鲁鱼亥豕之讹，还望读者不吝赐正。

吴伯雄，福建莆田人，1981年出生。2003年考入福建师范大学古代文学研究系，师从陈节教授。2006年获硕士学位。同年9月考入复旦大学中文系古代文学专业，师从王水照先生。2009年7月获博士学位。同年9月进入福建师范大学文学院古代文学教研室工作。推崇"博学而无所成名"。出版《论语择善》(九州出版社),《四库全书总目选》(凤凰出版社)。

目录

第一部分　唐诗杂论 | 001

类书与诗 | 003
宫体诗的自赎 | 011
四杰 | 023
孟浩然（689—740） | 030
贾岛（779—843） | 036
少陵先生年谱会笺 | 043
岑嘉州系年考证 | 110
杜甫 | 155
英译李太白诗 | 170

第二部分　诗经新义 | 179

一　好 | 181
二　覃诞 | 183
三　污 | 185
四　夭夭 | 186
五　肃肃 | 187
六　干翰 | 189
七　游 | 191
八　楚 | 193

九 枚 | 196

十 麟 | 197

十一 角 | 200

十二 素丝 | 203

十三 纮 沱 差池 柂 | 206

十四 缝 | 208

十五 摽 | 209

十六 今 | 211

十七 塈 溉 介 | 212

十八 谓 | 214

十九 抱 | 216

二十 命 | 218

二十一 汜 汦 | 220

二十二 处 瘝 鼠 | 222

二十三 唐棣 帷裳 常棣 维常 | 225

第三部分　离骚解诂 | 229

离骚解诂　甲 | 231

离骚解诂　乙 | 253

第一部分　唐诗杂论

类书与诗

检讨的范围是唐代开国后约略五十年,从高祖受禅(618)起,到高宗武后交割政权(660)止。靠近那五十年的尾上,上官仪伏诛,算是强制的把"江左余风"收束了,同时新时代的先驱,四杰及杜审言,刚刚走进创作的年华,沈宋与陈子昂也先后诞生了,唐代文学这才扯开六朝的罩纱,露出自家的面目。所以我们要谈的这五十年,说是唐的头,倒不如说是六朝的尾。

寻常我们提起六朝,只记得它的文学,不知道那时期对于学术的兴趣更加浓厚。唐初五十年所以像六朝,也正在这一点。这时期如果在文学史上占有任何位置,不是因为它在文学本身上有多少价值,而是因为它对于文学的研究特别热心,一方面把文学当作学术来研究,同时又用一种偏向于文学的观点来研究其余的学术。给前一方面举个例,便是曹宪李善等的"选学"(这回文学的研究真是在学术中正式的分占了一席)。后一方面的例,最好举史学。许是因为他们有种特殊的文学观念(即《文选》所代表文学观念),唐初的人们对于《汉书》的爱好,远在爱好《史记》之上,在研究

《汉书》时，他们的对象不仅是历史，而且是记载历史的文字。便拿李善来讲，他是注过《文选》的，也撰过一部《汉书辨惑》，《文选》与《汉书》，在李善眼里，恐怕真是同样性质，具有同样功用的物件，都是给文学家供驱使的材料。他这态度可以代表那整个时代。这种现象在修史上也不是例外。只把姚思廉除开，当时修史的人们谁不是借作史书的机会来叫卖他们的文藻——尤其是《晋书》的著者！至于音韵学与文学的姻缘，更是显著，不用多讲了。

当时的著述物中，还有一个可以称为第三种性质的东西，那便是类书，它既不全是文学，又不全是学术，而是介乎二者之间的一种东西，或是说兼有二者的混合体。这种畸形的产物，最足以代表唐初的那种太像文学的学术，和太像学术的文学了。所以我们若要明白唐初五十年的文学，最好的方法也是拿文学和类书排在一起打量。

现存的类书，如《北堂书钞》和《艺文类聚》，在当时所制造的这类出品中，只占极小部分。此外，太宗时编的，还有一千卷的《文思博要》，后来从龙朔到开元，中间又有官修的《累璧》六百三十卷、《瑶山玉彩》五百卷、《三教珠英》一千三百卷（《增广皇览》及《文思博要》）、《芳树要览》三百卷、《事类》一百三十卷、《初学记》三十卷、《文府》二十卷，私撰的《碧玉芳林》四百五十卷、《玉藻琼林》一百卷、《笔海》十卷。这里除《初学记》之外，如今都不存在。内中是否有分类的总集，像《文馆词林》似的，我们不知道。但是《文馆词林》的性质，离《北堂书钞》虽较远，离《艺文类聚》却接近些了。欧阳询在《艺文类聚·序》里说是嫌"《流别》《文选》，专取其文，《皇览》《遍略》，直书其事"的办法不妥，他们（《艺文类聚》的编者不只他一人）才采取了"事居其前，文列于后"的体例。这可见《艺文类聚》是兼有总集（《流别》《文选》）与类书（《皇览》《遍略》）的性质，也可见他们看待总集与看待类书的态度差不多。《文馆词林》是和《流别》《文选》一类的书，在他们眼里，当然也和《皇览》《遍略》差不多了。再退一步讲，《文馆词林》的性质与《艺文类聚》一半相同，后者既是类书，前者起码也有一半类书的资格。

  上面所举的书名，不过是就新、旧《唐书》和《唐会要》等书中随便摘下来的，也许还有遗漏。但只看这里所列的，已足令人惊诧了。特别是官修的占大多数，真令人不解。如果它们是《通典》一类的，或《大英百科全书》一类的性质，也许我们还会嫌它们的数量太小。但它们不过是《兔园册子》的后身，充其量也不过是规模较大、品质较高的《兔园册子》。一个国家的政府从百忙中抽调出许多第一流人才来编了那许多的"兔园册子"（太宗时，房玄龄、魏徵、岑文本、许敬宗等都参与过这种工作），这用现代人的眼光看来，岂不滑稽？不，这正是唐太宗提倡文学的方法，而他所谓的文学，用这样的方法提倡，也是很对的。沈思翰藻谓之文的主张，由来已久，加之六朝以来有文学嗜好的帝王特别多，文学要求其与帝王们的身份相称，自然觉得沈思翰藻的主义最适合他们的条件了。文学由太宗来提倡，更不能不出于这一途。本来这种专在词藻的量上逞能的作风，需用学力比需用性灵的机会多，这实在已经是文学的实际化了。南朝的文学既已经在实际化的过程中，隋统一后，又和北方的极端实际的学术正面接触了，于是依照"水流湿，火就燥"的物理的原则，已经实际化了的文学便不能不愈加实际化，以至到了唐初，再经太宗的怂恿，便终于被学术同化了。

文学被学术同化的结果，可分三方面来说。一方面是章句的研究，可以李善为代表。另一方面是类书的编纂，可以号称博学的《兔园册子》与《北堂书钞》的编者虞世南为代表。第三方面便是文学本身的堆砌性，这方面很难推出一个代表来，因为当时一般文学者的体干似乎是一样高矮，挑不出一个特别魁梧的例子来。没有办法，我们只好举唐太宗。并不是说太宗堆砌的成绩比别人精，或是他堆砌得比别人更甚，不过以一个帝王的地位，他的影响定不是一般人所能比的，而且他也曾经很明白的为这种文体张目过（这证据我们不久就要提出）。我们现在且把章句的研究，类书的纂辑，与夫文学本身的堆砌性三方面的关系谈一谈。

　　李善绰号"书簏"，因为，据史书说，他是一个"淹贯古今，不能属辞"的人。史书又说他始初注《文选》，"释事而忘意"，经他儿子李邕补益一次，才做到"附事以见义"的地步。李善这种只顾"事"，不顾"意"的态度，其实是与类书家一样的。章句家是书簏，类书家也是书簏，章句家是"释事而忘意"，类书家便是"采事而忘意"了。我这种说法并不苛刻。只消举出《群书治要》来和《北堂书钞》或《艺文类聚》比一比，你便明白。同是钞书，同是一个时代的产物，但拿来和《治要》的"主意"的质素一比，《书钞》《类聚》"主事"的质素便显着格外分明了。章句家与类书家的态度，根本相同，创作家又何尝两样？假如选出五种书，把它们排成下面这样的次第：

　　　　《文选注》《北堂书钞》《艺文类聚》《初学记》，初唐某家的诗集。

我们便看出一首初唐诗在构成程序中的几个阶段。劈头是"书簏",收尾是一首唐初五十年间的诗,中间是从较散漫、较零星的"事",逐渐地整齐化与分化。五种书同是"事"(文家称为词藻)的征集与排比,同是一种机械的工作,其间只有工作精粗的程度差别,没有性质的悬殊。这里《初学记》虽是开元间的产物,但实足以代表较早的一个时期的态度。在我们讨论的范围内,这部书的体裁,看来最有趣。每一项题目下,最初是"叙事",其次"事对",最后便是成篇的诗赋或文。其实这三项中减去"事对",就等于《艺文类聚》,再减去诗赋文,便等于《北堂书钞》。所以我们由《书钞》看到《初学记》,便看出了一部类书的进化史。而在这类书的进化中,一首初唐诗的构成程序也就完全暴露出来了。你想,一首诗做到有了"事对"的程度,岂不是已经成功了一半吗?余剩的工作,无非是将"事对"装潢成五个字一幅的更完整的对联,拼上韵脚,再安上一头一尾罢了(五言律是当时最风行的体裁,但这里,我没有把调平仄算进去,因为当时的诗,平仄多半是不调的)。这样看来,若说唐初五十年间的类书是较粗糙的诗,他们的诗是较精密的类书,许不算强词夺理吧?

《旧唐书·文苑传》里所收的作家,虽有着不少的诗人,但除了崔信明的一句"枫落吴江冷"是类书的范围所容纳不下的,其余作家的产品不干脆就是变相的书类吗?唐太宗之不如隋炀帝,不仅在没有作过一篇《饮马长城窟行》而已,便拿那"南化"了的隋炀帝,和"南化"了的唐太宗打比,像前者的

　　　　暮江平不动,春花满正开;流波将月去,潮水带星来。

甚至

鸟击初移树，鱼寒不隐苔。[1]

又何尝是后者有过的？不但如此，据说炀帝为妒嫉"空梁落燕泥"和"庭草无人随意绿"两句诗，曾经谋害过两条性命。"枫落吴江冷"比起前面那两只名句如何？不知道崔信明之所以能保天年，是因为太宗的度量比炀帝大呢，还是他的眼力比炀帝低。这不是说笑话。假如我们能回答这问题，那么太宗统治下的诗作的品质之高低，便可以判定了。归真的讲，崔信明这人，恐怕太宗根本就不知道，所以他并没有留给我们那样测验他的度量或眼力的机会。但这更足以证明太宗对于好诗的认识力很差。假如他是有眼力的话，恐怕当日撑持诗坛的台面的，是崔信明、王绩，甚至王梵志，而不是虞世南、李百药一流人了。

　　讲到这里，我们许要想到前面所引时人批评李善"释事而忘意"，和我批评类书家"采事而忘意"两句话。现在我若给那些作家也加上一句"用事而忘意"的案语，我想读者们必不以为过分。拿虞世南、李百药来和崔信明、王绩、王梵志比，不简直是"事"与"意"的比照吗？我们因此想到魏徵的《述怀》，颇被人认作这时期中的一首了不得的诗，《述怀》在唐代开国时的诗中所占的地位，据说有如魏徵本人在那时期政治上的地位一般的优越。这意见未免有点可笑，而替唐诗设想，居然留下生这意见的余地，也就太可怜了。平心说，《述怀》是一首平庸的诗，只因这作者不像一般的作者，他还不曾忘记那"诗言志"的古训，所以结果虽平庸而仍

---

[1] 《隋遗录》所载炀帝诸诗皆明秀可诵，然系唐人伪托。《铁围山丛话》引佚句"寒鸦飞数点，流水绕孤村"，亦伪。

不失为"诗"。选家们搜出魏徵来代表初唐诗，足见那一个时代的贫乏。太宗和虞世南、李百药以及当时成群的词臣，做了几十年的诗，到头还要靠这诗坛的局外人魏徵，来维持一点较清醒的诗的意识，这简直是他们的耻辱！

不怕太宗和他率领下的人们为诗干的多热闹，究竟他们所热闹的，与其说是诗，毋宁说是学术。关于修辞立诚四个字，即算他们做到了修辞（但这仍然是疑问），那立诚的观念，在他们的诗里可说整个不存在。唐初人的诗，离诗的真谛是这样远，所以，我若说唐初是个大规模征集词藻的时期，我所谓征集词藻者，实在不但指类书的纂辑，连诗的制造也是应属于那个范围里的。

上述的情形，太宗当然要负大部分的责任。我们曾经说到太宗为堆砌式的文体张目过，不错，看他亲撰的《晋书·陆机传论》便知道。

> 观夫陆机、陆云，实荆衡之杞梓，挺珪璋于秀实，驰英华于早年。风鉴澄爽，神情俊迈；文藻宏丽，独步当时；言论慷慨，冠乎终古。高词迥映，如朗月之悬光；叠意回舒，若重岩之积秀。千条析理，则电折霜开；一绪连文，则珠流璧合。其词则深而雅，其义则博而显。故足远超枚马，高蹑王刘，百代文宗，一人而已。

因为他崇拜的陆机，是"文藻宏丽"，与夫"叠意回舒，若重岩之积秀"，"一绪连文，则珠流璧合"的陆机，所以太宗于他的群臣中就最钦佩虞世南。褚亮在《十八学士赞》中，是这样赞虞世南的：

>   笃行扬声，雕文绝世；网罗百家，并包六艺。

两《唐书·虞世南传》都说，他与兄世基同入长安，时人比作晋之二陆，《新》传又品评这两弟兄说：

>   世基辞章清劲过世南，而赡博不及也。

这样的虞世南，难怪太宗要认为是"与我犹一体"，并且在世南死后，还有"钟子期死，伯牙不复鼓琴"之叹。这虞世南，我们要记住，便是《兔园册子》和《北堂书钞》的著者。这一点极其重要。这不啻明白的告诉我们，太宗所鼓励的诗，是"类书家"的诗，也便是"类书式"的诗。总之，太宗毕竟是一个重实际的事业中人；诗的真谛，他并没有，恐怕也不能参透。他对于诗的了解，毕竟是个实际的人的了解。他所追求的只是文藻，是浮华，不，是一种文辞上的浮肿，也就是文学的一种皮肤病。这种病症，到了上官仪的"六对""八对"，便严重到极点，几乎有危害到诗的生命的可能，于是因察觉了险象而愤激的少年"四杰"，便不得不大声急呼，抢上来施以针砭了。

（原载《大公报·文艺副刊》第五十二期）

宫体诗的自赎

宫体诗就是宫庭的,或以宫庭为中心的艳情诗。它是个有历史性的名词,所以严格的讲,宫体诗又当指以梁简文帝为太子时的东宫及陈后主、隋炀帝、唐太宗等几个宫庭为中心的艳情诗。我们该记得从梁简文帝当太子到唐太宗宴驾中间一段时期,正是谢朓已死,陈子昂未生之间一段时期。这其间没有出过一个第一流的诗人。那是一个以声律的发明与批评的勃兴为人所推重,但论到诗的本身,则为人所诟病的时期。没有第一流诗人,甚至没有任何诗人,不是一桩罪过。那只是一个消极的缺憾。但这时期却犯了一桩积极的罪。它不是一个空白,而是一个污点,就因为他们制造了些有如下面这样的宫体诗。

长筵广未同,上客娇难逼。还杯了不顾,回身正颜色。
(高爽《咏酌酒人》)
众中俱不笑,座上莫相撩。(邓鉴《奉和夜听妓声》)

这里所反映的上客们的态度,便代表他们那整个宫庭内外的气氛。人人眼角里是淫荡,

> 上客徒留目,不见正横陈。(鲍泉《敬酬刘长史咏名士悦倾城》)

人人心中怀着鬼胎。

> 春风别有意,密处也寻香。(李义府《堂词》)

对姬妾娼妓如此,对自己的结发妻亦然(刘孝威《鄀县寓见人织率尔赠妇》便是一例)。于是发妻也就成了倡家。徐悱写得出《对房前桃树咏佳期赠内》那样一首诗,他的夫人刘令娴为什么不可以写一首《光宅寺》来赛过他?索性大家都揭开了,

> 知君亦荡子,贱妾自倡家。(吴均《鼓瑟曲有所思》)

因为也许她明白她自己的秘诀是什么。

> 自知心所爱,出入仕秦宫。谁言连屈尹,更是莫遨通?(简文帝《艳歌》篇十八韵)

简文帝对此并不诧异,说不定这对他,正是件称心的消息。堕落是没有止境的。从一种变态到另一种变态往往是个极短的距离,所以现在像简文帝《娈童》,吴均《咏少年》,刘孝绰《咏小儿采莲》,刘遵《繁华应令》,以及陆厥《中山王孺子妾歌》一类作

品，也不足令人惊奇了。变态的又一类型是以物代人为求满足的对象。于是绣领、袒腹、履、枕、席、卧具……全有了生命，而成为被沾污者。推而广之，以至灯烛、玉阶、梁尘，也莫不踊跃的助他们集中意念到那个荒唐的焦点，不用说，有机生物如花草莺蝶等更都是可人的同情者。

> 罗荐已擘鸳鸯被，绮衣复有葡萄带。残红艳粉映帘中，戏蝶流莺聚窗外。（上官仪《八咏应制》）

看看以上的情形，我们真要疑心，那是作诗，还是在一种伪装下的无耻中求满足。在那种情形之下，你怎能希望有好诗！所以常常是那套褪色的陈词滥调，诗的本身并不能比题目给人以更深的印象。实在有时他们真不像是在作诗，而只是制题。这都是惨淡经营的结果：《咏人聘妾仍逐琴心》（伏知道），《为寒床妇赠夫》（王胄）。特别是后一例，尽有"闺情""秋思""寄远"一类的题面可用，然而作者偏要标出这样五个字来，不知是何居心。如果初期作者常用的"古意""拟古"一类暧昧的题面，是一种遮羞的手法，那么现在这些人是根本没有羞耻了！这由意识到文词，由文词到标题，逐步的鲜明化，是否可算作一种文字的裎裸狂，我不知道，反正赞叹事实的"诗"变成了标明事类的"题"之附庸，这趋势去《游仙窟》一流作品，以记事文为主，以诗副之的形式，已很近了。形式很近，内容又何尝远？《游仙窟》正是宫体诗必然的下场。

我还得补充一下宫体诗在它那中途丢掉的一个自新的机会。这专以在昏淫的沉迷中作践文字为务的宫体诗，本是衰老的，贫血的南朝宫庭生活的产物，只有北方那些新兴民族的热与力才能拯救它。因此我们不能不庆幸庾信等之入周与被留,因为只有这样,宫体诗才能更稳固的移殖在北方,而得到它所需要的营养。果然被留后的庾信的《乌夜啼》《春别诗》等篇,比从前在老家作的同类作品,气色强多了。移殖后的第二三代本应不成问题。谁知那些北人骨子里和南人一样,也是脆弱的,禁不起南方那美丽的毒素的引诱,他们马上又屈服了。除薛道衡《昔昔盐》《人日思归》,隋炀帝《春江花月夜》三两首诗外,他们没有表现过一点抵抗力。炀帝晚年可算热忱的效忠于南方文化了,文艺的唐太宗,出人意料之外,比炀帝还要热忱。于是庾信的北渡完全白费了。宫体诗在唐初,依然是简文帝时那没筋骨、没心肝的宫体诗。不同的只是现在词藻来得更细致,声调更流利,整个的外表显得更乖巧、更酥软罢了。说唐初宫体诗的内容和简文时完全一样,也不对。因为除了搬出那僵尸"横陈"二字外,他们在诗里也并没有讲出什么。这又教人疑心这辈子人已失去了积极犯罪的心情。恐怕只是词藻和声调的试验给他们羁縻着一点作这种诗的兴趣(词藻声调与宫体有着先天与历史的联系)。宫体诗在当时可说是一种不自主的、虚伪的存在。原来从虞世南到上官仪是连堕落的诚意都没有了。此真所谓"萎靡不振"!

但是堕落毕竟到了尽头,转机也来了。

在窒息的阴霾中,四面是细弱的虫吟,虚空而疲倦,忽然一声霹雳,接着的是狂风暴雨!虫吟听不见了,这样便是卢照邻《长安古意》的出现。这首诗在当时的成功不是偶然的。放开了粗豪而圆润的嗓子,他这样开始:

长安大道连狭斜,青牛白马七香车,玉辇纵横过主第,金鞭络绎向侯家！龙衔宝盖承朝日，凤吐流苏带晚霞，百丈游丝争绕树，一群娇鸟共啼花。……

这生龙活虎般腾踔的节奏，首先已够教人们如大梦初醒而心花怒放了。然后如云的车骑，载着长安中各色人物panorama式的一幕幕出现，通过"五剧三条"的"弱柳青槐"来"共宿娼家桃李蹊"。诚然这不是一场美丽的热闹。但这颠狂中有战栗，堕落中有灵性。

得成比目何辞死，愿作鸳鸯不羡仙。

比起以前那光是病态的无耻——

相看气息望君怜，谁能含羞不肯前！（简文帝《乌栖曲》）

如今这是什么气魄！对于时人那虚弱的感情，这真有起死回生的力量。最后：

节物风光不相待，桑田碧海须臾改。昔时金阶白玉堂，即今唯见青松在！

似有"劝百讽一"之嫌。对了，讽刺，宫体诗中讲讽刺，多么生疏的一个消息！我几乎要问《长安古意》究竟能否算宫体诗。从前我们所知道的宫体诗，自萧氏君臣以下都是作者自身下流意识的口供，那些作者只在诗里。这回卢照邻却是在诗里，又在诗外，因此他能让人人以一个清醒的旁观的自我,来给另一自我一声警告。这两种态度相差多远!

> 寂寂寥寥杨子居,年年岁岁一床书。独有南山桂花发,飞来飞去袭人裾。

这篇末四句有点突兀,在诗的结构上既嫌蛇足,而且这样说话,也不免暴露了自己态度的褊狭,因而在本篇里似乎有些反作用之嫌。可是对于人性的清醒方面,这四句究不失为一个保障与安慰。一点点艺术的失败,并不妨碍《长安古意》在思想上的成功。他是宫体诗中一个破天荒的大转变。一手挽住衰老了的颓废,教给他如何回到健全的欲望,一手又指给他欲望的幻灭。这诗中善与恶都是积极的,所以二者似相反而相成。我敢说《长安古意》的恶的方面比善的方面还有用。不要问卢照邻如何成功,只看庾信是如何失败的。欲望本身不是什么坏东西。如果它走入了歧途,只有疏导一法可以挽救,壅塞是无效的。庾信对于宫体诗的态度,是一味的矫正,他仿佛是要以非宫体代宫体。反之,卢照邻只要以更有力的宫体诗救宫体诗,他所争的是有力没有力,不是宫体不宫体。甚至你说他的方法是以毒攻毒也行,反正他是胜利了。有效的方法不就是对的方法吗?

矛盾就是人性,诗人作诗本不必对自己的行为负责。原来《长安古意》的"年年岁岁一床书",只是一句诗而已。即令作诗时事实如此,大概不久以后,情形就完全变了,骆宾王的《艳情代郭氏答卢照邻》便是铁证。故事是这样的:照邻在蜀中有一个情妇郭氏,正当她有孕时,照邻因事要回洛阳去,临行相约不久回来正式成婚。谁知他一去两年不返,而且在三川有了新人。这时她望他的音信既望不到，孩子也丢了。"悲鸣五里无人问，肠断三声谁为续！"除了骆宾王给寄首诗去替她申一回冤，这悲剧又能有什么更适合的收场呢？一个生成哀艳的传奇故事，可惜骆宾王没赶上蒋防、李公佐的时代。我的意思是：故事最适宜于小说，而作者手头却只有一个诗的形式可供采用。这试验也未尝不可作，然而他偏偏又忘记了《孔雀东南飞》的典型。凭一枝作判词的笔锋（这是他的当行），他只草就了一封韵语的书札而已。然而是试验，就值得钦佩。骆宾王的失败，不比李百药的成功有价值吗？他至少也替《秦妇吟》垫过路。

这以"一抔之土未干，六尺之孤何托"，教历史上第一位英威的女性破胆的文士，天生一副侠骨，专喜欢管闲事，打抱不平、杀人报仇、革命、帮痴心女子打负心汉，都是他干的。《代女道士王灵妃赠道士李荣》里没讲出具体的故事来，但我们猜得到一半，还不是卢郭公案那一类的纠葛？李荣是个有才名的道士（见《旧唐书·儒学·罗道琮传》，卢照邻也有过诗给他）。故事还是发生在蜀中，李荣往长安去了，也是许久不回来，王灵妃急了，又该骆宾王给去信促驾了。不过这回的信却写得比较像首诗。其所以然，倒不在

> 梅花如雪柳如丝，年去年来不自持。初言别在寒偏在，何悟春来春更思。

一类响亮句子，而是那一气到底而又缠绵往复的旋律之中，有着欣欣向荣的情绪。《代女道士王灵妃赠道士李荣》的成功，仅次于《长安古意》。

和卢照邻一样，骆宾王的成功，有不少成分是仗着他那篇幅的。上文所举过的二人的作品，都是宫体诗中的云冈造像，而宾王尤其好大成癖（这可以他那以赋为诗的《帝京篇》《畴昔篇》为证）。从五言四句的《自君之出矣》，扩充到卢骆二人洋洋洒洒的巨篇，这也是宫体诗的一个剧变。仅仅篇幅大，没有什么，要紧的是背面有厚积的力量撑持着。这力量，前人谓之"气势"，其实就是感情。有真实感情，所以卢骆的来到，能使人们麻痹了百余年的心灵复活。有感情，所以卢骆的作品，正如杜甫所预言的，"不废江河万古流"。

从来没有暴风雨能够持久的。果然持久了，我们也吃不消，所以我们要它适可而止。因为，它究竟只是一个手段，打破郁闷烦躁的手段；也只是一个过程，达到雨过天晴的过程。手段的作用是有时效的，过程的时间也不宜太长，所以在宫体诗的园地上，我们很侥幸的碰见了卢骆，可也很愿意能早点离开他们，——为的是好和刘希夷会面。

　　古来容光人所美，况复今日遥相见？愿作轻罗著细腰，愿为明镜分娇面。（《公子行》）

这不是什么十分华贵的修词，在刘希夷也不算最高的造诣。但在宫体诗里，我们还没听见过这类的痴情话。我们也知道他的来源是《同声诗》和《闲情赋》。但我们要记得，这类越过齐梁，直向汉晋人借贷灵感，在将近百年以来的宫体诗里也很少人干过呢！

　　与君相向转相亲，与君双栖共一身。愿作贞松千岁古，

谁论芳槿一朝新！百年同谢西山日，千秋万古北邙尘。（《公子行》）

这连同它的前身——杨方《合欢》诗，也不过是常态的，健康的爱情中，极平凡，极自然的思念，谁知道在宫体诗中也成为了不得的稀世的珍宝。回返常态确乎是刘希夷的一个主要特质，孙翌编《正声集》时把刘希夷列在卷首，便已看出这一点来了。看他即便哀艳到如：

自怜妖艳姿，妆成独见时。愁心伴杨柳，春尽乱如丝。（《春女行》）

携笼长叹息，逶迤恋春色。看花若有情，倚树疑无力。薄暮思悠悠，使君南陌头。相逢不相识，归去梦青楼。（《采桑》）

也从没有不归于正的时候。感情返到正常状态是宫体诗的又一重大阶段。唯其如此，所以烦躁与紧张都消失了，只剩下一片晶莹的宁静。就在此刻，恋人才变成诗人，憬悟到万象的和谐，与那一水一石一草一木的神秘的不可抵抗的美，而不禁受创似的哀叫出来：

可怜杨柳伤心树！可怜桃李断肠花！（《公子行》）

但正当他们叫着"伤心树""断肠花"时，他已从美的暂促性中认识了那玄学家所谓的"永恒"——一个最缥缈，又最实在，令人惊喜，又令人震怖的存在，在它面前一切都变渺小了，一切都没有了。自然认识了那无上的智慧,就在那彻悟的一刹那间,恋人也就是变成哲人了。

>洛阳城东桃李花,飞来飞去落谁家?洛阳女儿好颜色,坐见落花长叹息:——今年花落颜色改,明年花开复谁在!……古人无复洛城东,今人还对落花风。年年岁岁花相似,岁岁年年人不同。(《代白头翁》)

相传刘希夷吟到"今年花落……"二句时,吃一惊,吟到"年年岁岁……"二句,又吃一惊。后来诗被宋之问看到,硬要让给他,诗人不肯,就生生的被宋之问给用土囊压死了。于是诗谶就算验了。编故事的人的意思,自然是说,刘希夷泄露了天机,论理该遭天谴。这是中国式的文艺批评,隽永而正确,我们在千载之下,不能,也不必改动它半点。不过我们可以用现代语替它诠释一遍,所谓泄露天机者,便是悟到宇宙意识之谓。从蜣螂转丸式的宫体诗一跃而到庄严的宇宙意识,这可太远了,太惊人了!这时的刘希夷实已跨近了张若虚半步,而离绝顶不远了。

如果刘希夷是卢骆的狂风暴雨后宁静爽朗的黄昏,张若虚便是风雨后更宁静更爽朗的月夜。《春江花月夜》本用不着介绍,但我们还是忍不住要谈谈。就宫体诗发展的观点看,这首诗,尤有大谈的必要。

>春江潮水连海平,海上明月共潮生。滟滟随波千万里,何处春江无月明!江流宛转绕芳甸,月照花林皆似霰。空里流霜不觉飞,汀上白沙看不见。

在这种诗面前,一切的赞叹是饶舌,几乎是渎亵。它超过了一切的宫体诗有多少路程的距离,读者们自己也知道。我认为用得着一点诠明的倒是下面这几句:

……江畔何人初见月?江月何年初照人?人生代代无穷已,江月年年只相似。不知江月待何人,但见长江送流水!

更夐绝的宇宙意识!一个更深沉、更寥廓、更宁静的境界!在神奇的永恒前面,作者只有错愕,没有憧憬,没有悲伤。从前卢照邻指点出"昔时金阶白玉堂,即今唯见青松在"时,或另一个初唐诗人——寒山子更尖酸的吟着"未必长如此,芙蓉不耐寒"时,那都是站在本体旁边凌视现实。那态度我以为太冷酷,太傲慢,或者如果你愿意,也可以带点狐假虎威的神气。在相反的方向,刘希夷又一味凝视着"以有涯随无涯"的徒劳,而徒劳的为它哀毁着,那又未免太萎靡,太怯懦了。只张若虚这态度不亢不卑,冲融和易才是最纯正的,"有限"与"无限","有情"与"无情"——诗人与"永恒"猝然相遇,一见如故,于是谈开了——"江畔何人初见月?江月何年初照人?……江月年年只相似,不知江月待何人?"对每一问题,他得到的仿佛是一个更神秘的更渊默的微笑,他更迷惘了,然而也满足了。于是他又把自己的秘密倾吐给那缄默的对方:

白云一片去悠悠,青枫浦上不胜愁。

因为他想到她了,那"妆镜台"边的"离人"。他分明听见她的叹喟：

> 此时相望不相闻，愿逐月华流照君！

他说自己很懊悔，这飘荡的生涯究竟到几时为止！

> 昨夜闲潭梦落花，可怜春半不还家，——江水流春去欲尽，江潭落月复西斜！

他在怅惘中，忽然记起飘荡的许不只他一人，对此情景，大概旁人，也只得徒唤奈何罢？

> 斜月沈沈藏海雾，碣石潇湘无限路。不知乘月几人归，落月摇情满江树！

这里一番神秘而又亲切的，如梦境的晤谈，有的是强烈的宇宙意识，被宇宙意识升华过的纯洁的爱情，又由爱情辐射出来的同情心，这是诗中的诗，顶峰上的顶峰。从这边回头一望，连刘希夷都是过程了，不用说卢照邻和他配角骆宾王，更是过程的过程。至于那一百年间梁陈隋唐四代宫庭所遗下了那份最黑暗的罪孽，有了《春江花月夜》这样一首宫体诗，不也就洗净了吗？向前替宫体诗赎清了百年的罪，因此，向后也就和另一个顶峰陈子昂分工合作，清除了盛唐的路，——张若虚的功绩是无从估计的。

卅年八月廿二日陈家营
（原载《当代评论》第十期）

四杰

继承北朝系统而立国的唐朝的最初五十年代,本是一个尚质的时期,王杨卢骆都是文章家,"四杰"这徽号,如果不是专为评文而设的,至少它的主要意义是指他们的赋和四六文。谈诗而称四杰,虽是很早的事,究竟只能算借用。是借用,就难免有"削足适履"和"挂一漏万"的毛病了。

按通常的了解,诗中的四杰是唐诗开创期中负起了时代使命的四位作家,他们都年少而才高,官小而名大,行为都相当浪漫,遭遇尤其悲惨(四人中三人死于非命),——因为行为浪漫,所以受尽了人间的唾骂;因为遭遇悲惨,所以也赢得了不少的同情。依这样一个概括,简明,也就是肤廓的了解,"四杰"这徽号是满可以适用的,但这也就是它的适用性的最大限度。超过了这限度,假如我们还问到:这四人集团中每个单元的个别情形,和相互关系,尤其他们在唐诗发展的路线网里,究竟代表着哪一条,或数条线,和这线在网的整个体系中所担负的任务——假如问到这些方面,"四杰"这徽号的功用与适合性,马上就成问题了。因为诗中的四杰,并非一个单纯的、统一的宗派,而是一个大宗中包孕着两个小宗,而两小宗之间,同点恐怕还不如异点多,因之,在讨论问题时,"四杰"这名词所能给我们的方便,恐怕也不如纠葛多。数字是个很方便的东西,也是个很麻烦的东西。既在某一观点下凑成了一个数目,就不能由你在另一观点下随便拆开它。不能拆开,又不能废弃它,所以就麻烦了。"四杰"这徽号,我们不能,也不想废弃,可是我承认我是抱着"息事宁人"的苦衷来接受它的。

四杰无论在人的方面,或诗的方面,都天然形成两组或两派。先从人的方面讲起。

将四人的姓氏排成"王杨卢骆"这特定的顺序,据说寓有品第文章的意义,这是我们熟知的事实。但除这人为的顺序外,好像还有一个自然的顺序,也常被人采用——那便是序齿的顺序。我们疑心张说《裴公神道碑》"在选曹见骆宾王、卢照邻、王勃、杨炯",和郗云卿《骆丞集序》"与卢照邻、王勃、杨炯文词齐名",乃至杜诗"纵使卢王操翰墨"等语中的顺序,都属于这一类。严格的序齿应该是卢骆王杨,其间卢骆一组,王杨一组,前者比后者平均大了十岁的光景。然则卢骆的顺序,在上揭张郗二文里为什么都颠倒了呢?郗序是为了行文的方便,不用讲。张碑,我想是为了心理的缘故,因为骆与裴(行俭)交情特别深,为裴作碑,自然首先想起骆来。也许骆赴选曹本在先,所以裴也先见到他。果然如此,则先骆后卢,是采用了另一事实作标准。但无论依哪个标准说,要紧的还是在张、郗两文里,前二人(骆卢)与后二人(王杨)之间的一道鸿沟(即平均十岁左右的差别)依然存在。所以即使张碑完全用的另一事实——赴选的先后作为标准,我们依然可以说,王杨赴选在卢骆之后,也正说明了他们年龄小了许多。实在,卢骆与王杨简直可算作两辈子人。据《唐会要》卷八二，"显庆二年，诏征太白山人孙思邈入京，卢照邻、宋令文、孟诜皆执师赟之礼"。令文是宋之问的父亲，而之问是杨炯同寮的好友。卢与之问的父亲同辈，而杨与之问本人同辈，那么卢与杨岂不是不能同辈了吗？明白了这一层，杨炯所谓"愧在卢前，耻居王后"，便有了确解。杨年纪比卢小得多，名字反在卢前，有愧不敢当之感，所以说"愧在卢前"。反之，他与王多分是同年，名字在王后，说"耻居王后"，正是不甘心的意思。

比年龄的距离更重要的一点，便是性格的差异。在性格上四杰也天然形成两种类型，卢骆一类，王杨一类。诚然，四人都是历史上著名的"浮躁浅露"不能"致远"的殷鉴，每人"丑行"的事例，都被谨慎的保存在史乘里了，这里也毋庸赘述。但所谓"浮躁浅露"者，也有程度深浅的不同。杨炯，相传据裴行俭说，比较"沉静"。其实王勃，除擅杀官奴那不幸事件外（杀奴在当时社会上并非一件太不平常的事），也不能算过分的"浮躁"。一个人在短短二十八年的生命里，已经完成了这样多方面的一大堆著述：

> 《舟中纂序》五卷，《周易发挥》五卷，《次论语》十卷，《汉书指瑕》十卷，《大唐千岁历》若干卷，《黄帝八十一难经注》若干卷，《合论》十卷，《续文中子书序诗序》若干篇，《玄经传》若干卷，《文集》三十卷。

能够浮躁到哪里去呢？同王勃一样，杨炯也是文人而兼有学者倾向的，这满可以从他的《天文大象赋》和《驳孙茂道苏知几冕服议》中看出。由此看来，王杨的性格确乎相近。相应的，卢骆也同属于另一类型，一种在某项观点下真可目为"浮躁"的类型。久历边塞而屡次下狱的博徒革命家骆宾王不用讲了，看《穷鱼赋》和《狱中学骚体》，卢照邻也不像是一个安份的份子。骆宾王在《艳情代郭氏答卢照邻》里，便控告过他的薄幸。然而按骆宾王自己的口供，

  但使封侯龙额贵，讵随中妇凤楼寒？

他原也是在英雄气概的烟幕下实行薄幸而已。看《忆蜀地佳人》一类诗，他并没有少给自己制造薄幸的机会。在这类事上，卢骆恐怕还是一丘之貉。最后，卢照邻那悲剧型的自杀，和骆宾王的慷慨就义，不也还是一样？同是用不平凡的方式自动的结束了不平凡的一生，只是一悱恻，一悲壮，各有各的姿态罢了。

  这几乎是不可避免的发展；由年龄的两辈，和性格的两类型，到友谊的两个集团。果然，卢骆二人交情，可凭骆的《艳情代郭氏答卢照邻》诗来坐实；而王杨的契合，则有王的《秋日饯别序》和杨的《王勃集序》可证。反之，卢或骆与王或杨之间，就看不出这样紧凑的关系来。就现存各家集中所可考见的说，卢王有两首同题分韵的诗，卢杨有一首同题同韵的诗，可见他们两辈人确乎在文酒之会中常常见面。可是太深的交情，恐怕谈不到。他们绝少在作品里互相提到彼此的名字，有之，只杨在《王勃集序》中说到一次"薛令公朝右文宗，托末契而推一变；卢照邻人间才杰，览清规而辍九攻"，这反足以证明卢骆与王杨属于两个壁垒，虽则是两个对立而仍不失为友军的壁垒。

  于是，我们便可谈到他们——卢骆与王杨——另一方面的不同了。年龄的不同辈，性格的不同类型，友谊的不同集团，和作风的

不同派，这些不也正是一贯的现象吗？其实，不待知道"人"方面的不同，我们早就应该发觉"诗"方面的不同了。假如不受传统名词的蒙蔽，我们早就该惊讶，为什么还非维持这"四"字不可，而不仿"前七子""后七子"的例，称卢骆为"前二杰"，王杨为"后二杰"？难道那许多迹象，还不足以证明他们两派的不同吗？

首先，卢骆擅长七言歌行，王杨专工五律，这是两派选择形式的不同。当然卢骆也作五律，甚至大部分篇什还是五律，而王杨一派中至少王勃也有些歌行流传下来，但他们的长处决不在这些方面。像卢集中的

> 风摇十洲影，日乱九江文。（《赠李荣道士》）
> 川光摇水箭，山气上云梯。（《山庄休沐》）

和骆集中这样的发端

> 故人无与晤，安步陟山椒……（《冬日野望》）

在那贫乏的时代，何尝不是些夺目的珍宝？无奈这些有句无章的篇什，除声调的成功外，还是没有超过齐梁的水准。骆比较有些"完璧"，如《在狱咏蝉》之类，可是又略无警策。同样，王的歌行，除《滕王阁歌》外，也毫不足观。便说《滕王阁歌》，和他那典丽凝重，与凄情流动的五律比起来，又算得了什么呢！

杜甫《戏为六绝句》第三首说"纵使卢王操翰墨，劣于汉魏近《风》《骚》"。这里是以卢代表卢骆，王代表王杨，大概不成问题。至于"劣于汉魏近《风》《骚》"，假如可以解作王杨"劣于

汉魏"，卢骆"近《风》《骚》"，倒也有它的妙处，因为卢骆那用赋的手法写成的粗线条的宫体诗，确乎是《风》《骚》的余响，而王杨的五言，虽不及汉魏，却越过齐梁，直接上晋宋了。这未必是杜诗的原意，但我们不妨借它的启示来阐明一个真理。

卢骆与王杨选择形式不同，是由于他们两派的使命不同。卢骆的歌行，是用铺张扬厉的赋法膨胀过了的乐府新曲，而乐府新曲又是宫体诗的一种新发展，所以卢骆实际上是宫体诗的改造者。他们都曾经是两京和成都市中的轻薄子，他们的使命是以市井的放纵改造宫庭的堕落，以大胆代替羞怯，以自由代替局缩，所以他们的歌声需要大开大阖的节奏，他们必需以赋为诗。正如宫体诗在卢骆手里是由宫庭走到市井，五律到王杨的时代是从台阁移至江山与塞漠。台阁上只有仪式的应制，有"缔句绘章，揣合低卬"。到了江山与塞漠，才有低徊与怅惘，严肃与激昂，例如王的《别薛昇华》《送杜少府之任蜀州》和杨的《从军行》《紫骝马》一类的抒情诗。抒情的形式，本无须太长，五言八句似乎恰到好处。前乎王杨，尤其应制的作品，五言长律用的还相当多。这是该注意的！五言八句的五律，到王杨才正式成为定型，同时完整的真正唐音的抒情诗也是这时才出现的。

将卢骆与王杨对照着看，真是一个说不尽的话题。我在旁处曾说明过从卢骆到刘（希夷）张（若虚）是一贯的发展，现在还要点醒，王杨与沈宋也是一脉相承。李商隐早无意的道着了秘密：

　　沈宋裁辞矜变律，王杨落笔得良朋。当时自谓宗师妙，今日惟观属对能。（《漫成章》）

以沈宋与王杨并举，实在是最自然，最合理的看法。"律"之"变"，本来在王杨手里已经完成了，而沈宋也是"落笔得良朋"的妙手。并且我们已经提过，杨炯和宋之问是好朋友。如果我们再知道他们是好到如之问《祭杨盈川文》所说的那程度，我们便更能了然于王杨与沈宋所以是一脉相承之故。老实说，就奠定五律基础的观点看，王杨与沈宋未尝不可视为一个集团，因此也有资格承受"四杰"的徽号，而卢骆与刘张也同样有理由，在改良宫体诗的观点下，被称为另一组"四杰"。一定要墨守着先入为主的传统观点，只看见"王杨卢骆"之为四杰，而抹煞了一切其他的观点，那只是拘泥，顽冥，甘心上传统名词的当罢了。

　　将卢骆与王杨分别的划归了刘张与沈宋两个集团后，再比较一下刘张与沈宋在唐诗中的地位，便也更能了解卢骆与王杨的地位了。五律无疑是唐诗最主要的形式，在那时人心目中，五律才是诗的正宗。沈宋之被人推重，理由便在此。按时人安排的顺序，王杨的名字列在卢骆之上，也正因他们的贡献在五律，何况王杨的五律是完全成熟了的五律，而卢骆的歌行还不免于草率、粗俗的"轻薄为文"呢？论内在价值，当然王杨比卢骆高。然而，我们不要忘记卢骆曾用以毒攻毒的手段，凭他们那新式宫体诗，一举摧毁了旧式的"江左余风"的宫体诗，因而给歌行芟除了芜秽，开出一条坦途来。若没有卢骆，哪会有刘张，哪会有《长恨歌》《琵琶行》《连昌宫词》和《秦妇吟》，甚至于李杜高岑呢？看来，在文学史上，卢骆的功绩并不亚于王杨。后者是建设，前者是破坏，他们各有各的使命。负破坏使命的，本身就得牺牲，所以失败就是他们的成功。人们都以成败论事，我却愿向失败的英雄们多寄予点同情。

（原载《世界学生》二卷七期）

孟浩然（689—740）

当年孙润夫家所藏王维画的孟浩然像，据《韵语阳秋》的作者葛立方说，是个很不高明的摹本，连所附的王维自己和陆羽、张洎等三篇题识，据他看，也是一手摹出的。葛氏的鉴定大概是对的，但他并没有否认那"俗工"所据的底本——即张洎亲眼见到的孟浩然像，确是王维的真迹。这幅画，据张洎的题识说：

> 虽轴尘缣古，尚可窥览。观右丞笔迹，穷极神妙。襄阳之状颀而长，峭而瘦，衣白袍，靴帽重戴，乘欵段马——一童总角，提书笈负琴而从——风仪落落，凛然如生。

这在今天，差不多不用证明，就可以相信是逼真的孟浩然。并不是说我们知道浩然多病，就可以断定他当瘦。实在经验告诉我们，什九人是当如其诗的。你在孟浩然诗中所意识到的诗人那身影，能不是"颀而长，峭而瘦"的吗？连那件白袍，恐怕都是天造地设，丝毫不可移动的成份。白袍靴帽固然是"布衣"孟浩然份内的装束，尤其是诗人孟浩然必然的扮相。编《孟浩然集》的王士源应是和浩然很熟的人，不错，他在序文里用来开始介绍这位诗人的"骨貌淑清，风神散朗"八字，与夫陶翰《送孟六入蜀序》所谓"精朗奇素"，无一不与画像的精神相合，也无一不与孟浩然的诗境一致。总之，诗如其人，或人就是诗，再没有比孟浩然更具体的例证了。

张祜曾有过"襄阳属浩然"之句，我们却要说：浩然也属于襄阳。也许正惟浩然是属于襄阳的，所以襄阳也属于他。大半辈子岁月在这里度过，大多数诗章是在这地方、因这地方、为这地方而写的。没有第二个襄阳人比孟浩然更忠于襄阳，更爱襄阳的。晚年漫游南北，看过多少名胜，到头还是

　　　　山水观形胜，襄阳美会稽。

实在襄阳的人杰地灵，恐怕比它的山水形胜更值得人赞美。从汉阴丈人到庞德公，多少令人神往的风流人物，我们简直不能想象一部《襄阳耆旧传》，对于少年的孟浩然是何等深厚的一个影响。了解了这一层，我们才可以认识孟浩然的人，孟浩然的诗。

隐居本是那时代普遍的倾向，但在旁人仅仅是一个期望，至多也只是点暂时的调济，或过期的赔偿，在孟浩然却是一个完完整整的事实。在构成这事实的复杂因素中，家乡的历史地理背景，我想，是很重要的一点。

在一个乱世，例如庞德公的时代，对于某种特别性格的人，入山采药，一去不返，本是唯一的出路。但生在"开元全盛日"的孟浩然，有那必要吗？然则为什么三番两次朋友伸过援引的手来，都被拒绝，甚至最后和本州采访使韩朝宗约好了一同入京，到头还是喝得酩酊大醉，让韩公等烦了，一赌气独自先走了呢？正如当时许

多有隐士倾向的读书人，孟浩然原来是为隐居而隐居，为着一个浪漫的理想，为着对古人的一个神圣的默契而隐居。在他这回，无疑的那成立默契的对象便是庞德公。孟浩然当然不能为韩朝宗背弃庞公。鹿门山不许他，他自己家园所在，也就是"庞公栖隐处"的鹿门山，决不许他那样做。

鹿门月照开烟树，忽到庞公栖隐处，岩扉松径长寂寥，惟有幽人自来去。

这幽人究竟是谁？庞公的精灵，还是诗人自己？恐怕那时他自己也分辨不出，因为心理上他早与那位先贤同体化了。历史的庞德公给了他启示，地理的鹿门山给了他方便，这两项重要条件具备了，隐居的事实便容易完成得多了。实在，鹿门山的家园早已使隐居成为既成事实，只要念头一转，承认自己是庞公的继承人，此身便俨然是《高士传》中的人物了。总之，是襄阳的历史地理环境促成孟浩然一生老于布衣的。孟浩然毕竟是襄阳的孟浩然。

我们似乎为奖励人性中的矛盾，以保证生活的丰富，几千年来一直让儒道两派思想维持着均势，于是读书人便永远在一种心灵的僵局中折磨自己，巢由与伊皋，江湖与魏阙，永远矛盾着，冲突着，于是生活便永远不谐调，而文艺也便永远不缺少题材。矛盾是常态，愈矛盾则愈常态。今天是伊皋，明天是巢由，后天又是伊皋，这是行为的矛盾。当巢由时向往着伊皋，当了伊皋，又不能忘怀于巢由，这是行为与感情间的矛盾。在这双重矛盾的夹缠中打转，是当时一般的现象。反正用诗一发泄，任何矛盾都注销了。诗是唐人排解感情纠葛的特效剂，说不定他们正因有诗作保障，才敢于放心大胆的制造矛盾,因而那时代的矛盾人格才特别多。自然,反过来说,矛盾愈深愈多,诗的产量也愈大了。孟浩然一生没有功名,除在张九龄的荆州幕中当过一度清客外,也没有半个官职,自然不会发生第一项矛盾问题。但这似乎就是他的一贯性的最高限度。因为虽然身在江湖,他的心并没有完全忘记魏阙。下面不过是许多显明例证中之一:

欲济无舟楫,端居耻圣明。坐观垂钓者,徒有羡鱼情。

然而"羡鱼"毕竟是人情所难免的,能始终仅仅"临渊羡鱼",而并不"退而结网",实在已经是难得的一贯了。听李白这番热情的赞叹,便知道孟浩然超出他的时代多么远:

吾爱孟夫子,风流天下闻。红颜弃轩冕,白首卧松云。醉月频中圣,迷花不事君。高山安可仰,徒此挹清芬。

可是我们不要忘记矛盾与诗的因果关系,许多诗是为给生活的矛盾求统一,求调和而产生的。孟浩然既免除了一部分矛盾,对于他,诗的需要便当减少了。果然,他的诗是不多,量不多,质也不多。量不多,有他的同时人作见证,杜甫讲过的:"吾怜孟浩然……赋诗虽不多,往往凌鲍谢。"质不多,前人似乎也早已见到。苏轼曾经批评他"韵高而才短,如造内法酒手,而无材料"。这话诚如张戒在《岁寒堂诗话》里所承认的,是说尽了孟浩然,但也要看才字如何解释。才如果是指才情与才学二者而言,那就对了,如果专指才学,还算没有说尽。情当然比学重要得多。说一个人的诗缺少情的深度和厚度，等于说他的诗的质不够高。孟浩然诗中质高的有是有些，数量总是太少。"气蒸云梦泽，波撼岳阳城"式的和"微云淡河汉，疏雨滴梧桐"式的句子，在集中几乎都找不出第二个例子。论前者，质和量当然都不如杜甫，论后者，至少在量上不如王维。甚至"不材明主弃，多病故人疏"，质量都不如刘长卿和十才子。这些都不是真正的孟浩然。真孟浩然不是将诗紧紧的筑在一联或一句里，而是将它冲淡了，平均的分散在全篇中：

> 出谷未停午，到家日已曛。回瞻下山路，但见牛羊群。樵子暗相失，草虫寒不闻。衡门犹未掩，伫立望夫君。

甚至淡到令你疑心到底有诗没有。

> 垂钓坐盘石，水清心亦闲。鱼行潭树下，猿挂岛藤间。游女昔解佩，传闻于此山，求之不可得，沼月棹歌还。

淡到看不见诗了，才是真正孟浩然的诗，不，说是孟浩然的诗，倒不如说是诗的孟浩然，更为准确。在许多旁人，诗是人的精华，在孟浩然，诗纵非人的糟粕，也是人的剩余。在最后这首诗里，孟浩然几曾做过诗？他只是谈话而已。甚至要紧的还不是那些话，而是谈话人的那副"风神散朗"的姿态。读到"求之不可得，沼月棹歌还"，我们得到一如张洎从画像所得到的印象，"风仪落落，凛然如生"。得到了象，便可以忘言，得到了"诗的孟浩然"，便可以忘掉"孟浩然的诗"了。这是我们前面所提到的"诗如其人"或"人就是诗"的另一解释。

超过了诗也好，够不上诗也好，任凭你从环子的哪一点看起。反正除了孟浩然，古今并没有第二个诗人到过这境界。东坡说他没有才，东坡自己的毛病，就在才太多。

> 庄子笑曰："周将处乎材与不材之间。材与不材之间，似之而非也，故未免乎累。"

谁能了解庄子的道理，就能了解孟浩然的诗，当然也得承认那点"累"。至于"似之而非"，而又能"免乎累"，那除陶渊明，还有谁呢？

（原载《大国民报》）

贾岛（779—843）

这像是元和长庆间诗坛动态中的三个较有力的新趋势。这边老年的孟郊，正哼着他那沙涩而带芒刺感的五古，恶毒的咒骂世道人心，夹在咒骂声中的，是卢仝、刘叉的"插科打诨"和韩愈的宏亮的嗓音，向佛老挑衅。那边元稹、张籍、王建等，在白居易的改良社会的大纛下，用律动的乐府调子，对社会泣诉着他们那各阶层中病态的小悲剧。同时远远的，在古老的禅房或一个小县的廨署里，贾岛、姚合领着一群青年人做诗，为各人自己的出路，也为着癖好，做一种阴黯情调的五言律诗（阴黯由于癖好，五律为着出路）。

老年中年人忙着挽救人心，改良社会，青年人反不闻不问，只顾躲在幽静的角落里做诗，这现象现在看来不免新奇，其实正是旧中国传统社会制度下的正常状态。不像前两种人，或已"成名"，或已通籍，在权位上有说话做事的机会和责任，这般没功名，没宦籍的青年人，在地位上职业上可说尚在"未成年"时期，种种对国家社会的崇高责任是落不到他们肩上的。越俎代庖的行为是情势所不许的，所以恐怕谁也没想到那头上来。有抱负也好，没有也好，一个读书人生在那时代，总得做诗。做诗才有希望爬过第一层进身的阶梯。诗做到合乎某种程式，如其时运也凑巧，果然溷得一"第"，到那时，至少在理论上你才算在社会中"成年"了，才有说话做事的资格。否则万一你的诗做得不及或超过了程式的严限，或诗无问题而时运不济，那你只好做一辈子的诗，为责任做诗以自课，为情绪做诗以自遣。贾岛便是在这古怪制度之下被牺牲，也被玉成了的一个。在这种情形下，你若还怪他没有服膺孟郊到底，或加入白居易的集团，那你也可算不识时务了。

贾岛和他的徒众，为什么在别人忙着救世时，自己只顾做诗，我们已经明白了；但为什么单做五律呢？这也许得再说明一下。孟郊等为便于发议论而做五古，白居易等为讲故事而做乐府，都是为了各自特殊的目的，在当时习惯以外，匠心的采取了各自特殊的工具。贾岛一派人则没有那必要。为他们起见，当时最通行的体裁——五律就够了。一则五律与五言八韵的试帖最近，做五律即等于做功课，二则为拈拾点景物来烘托出一种情调，五律也正是一种标准形式。然而做诗为什么老是那一套阴霾、凛冽、峭硬的情调呢？我们在上文说那是由于癖好，但癖好又是如何形成的呢？这点似乎尤其重要。如果再明白了这点，便明白了整个的贾岛。

我们该记得贾岛曾经一度是僧无本。我们若承认一个人前半辈子的蒲团生涯，不能因一旦返俗，便与他后半辈子完全无关，则现在的贾岛，形貌上虽然是个儒生，骨子里恐怕还有个释子在。所以一切属于人生背面的、消极的、与常情背道而驰的趣味，都可溯源到早年在禅房中的教育背景。早年记忆中

　　　　　坐学白骨塔，

或

　　　　　三更两鬓几枝雪，一念双峰四祖心，

的禅味，不但是

　　　　　独行潭底影，数息树边身，
　　　　　…………
　　　　　月落看心次，云生闭目中，

一类诗境的蓝本，而且是

　　　　　瀑布五千仞，草堂瀑布边，
　　　　　…………
　　　　　孤鸿来夜半，积雪在诸峰，

甚至

　　　　　怪禽啼旷野，落日恐行人，

的渊源。他目前那时代——一个走上了末路的，荒凉，寂寞，空虚，一切罩在一层铅灰色调中的时代，在某种意义上与他早年记忆中的情调是调和，甚至一致的。惟其这时代的一般情调，基于他早年的经验,可说是先天的与他不但面熟,而且知心,所以他对于时代,不至如孟郊那样愤恨,或白居易那样悲伤,反之,他却能立于一种超然地位,藉此温寻他的记忆,端详它,摩挲它,仿佛一件失而复得的心爱的什物样。早年的经验使他在那荒凉得几乎狞恶的"时代相"前面,不变色,也不伤心,只感着一种亲切、融洽而已。于是他爱静,爱瘦,爱冷,也爱这些情调的象征——鹤、石、冰雪。黄昏与秋是传统诗人的时间与季候,但他爱深夜过于黄昏,爱冬过于秋。他甚至爱贫、病、丑和恐怖。他看不出

　　鹦鹉惊寒夜唤人

句一定比

　　山雨滴栖鹆

更足以令人关怀,也不觉得

　　牛羊识僮仆,既夕应传呼,

较之

　　归吏封宵钥,行蛇入古桐

更为自然。也不能说他爱这些东西。如果是爱,那便太执著而邻于病态了。(由于早年禅院的教育,不执著的道理应该是他早已懂透了的。)他只觉得与它们臭味相投罢了。更说不上好奇。他实在因为那些东西太不奇,太平易近人,才觉得它们"可人",而喜欢常

常注视它们。如同一个三棱镜,毫无主见的准备接受并解析日光中各种层次的色调,无奈"世纪末"的云翳总不给他放晴,因此他最热闹的色调也不过

  杏园啼百舌,谁醉在花傍!
  ⋯⋯⋯⋯
  身事岂能遂?兰花又已开。

和

  柳转斜阳过水来

之类。常常是温馨与凄清糅合在一起,

  芦苇声兼雨,芰荷香绕灯,

春意留恋在严冬的边缘上,

  旧房山雪在,春草岳阳生。

他瞥见的"月影"偏偏不在花上而在"蒲根","栖鸟"不在绿杨中而在"棕花上"。是点荒凉感,就逃不脱他的注意,哪怕琐屑到

  湿苔粘树瘿。

以上这些趣味，诚然过去的诗人也偶尔触及到，却没有如今这样大量的，彻底的被发掘过，花样、层次也没有这样丰富。我们简直无法想象他给与当时人的，是如何深刻的一个刺激。不，不是刺激，是一种酣畅的满足。初唐的华贵，盛唐的壮丽，以及最近十才子的秀媚，都已腻味了，而且容易引起一种幻灭感。他们需要一点清凉，甚至一点酸涩来换换口味。在多年的热情与感伤中，他们的感情也疲乏了。现在他们要休息。他们所熟习的禅宗与老庄思想也这样开导他们。孟郊、白居易鼓励他们再前进。眼看见前进也是枉然，不要说他们早已声嘶力竭。况且有时在理论上就释道二家的立场说，他们还觉得"退"才是正当办法。正在苦闷中，贾岛来了，他们得救了，他们惊喜得像发现了一个新天地，真的，这整个人生的半面，犹如一日之中有夜，四时中有秋冬，——为什么老被保留着不许窥探？这里确乎是一个理想的休息场所，让感情与思想都睡去，只感官张着眼睛往有清凉色调的地带涉猎去。

  叩齿坐明月，搘颐望白云，

休息又休息。对了，惟有休息可以驱除疲惫，恢复气力，以便应付下一场的紧张。休息，这政治思想中的老方案，在文艺态度上可说是第一次被贾岛发现的。这发现的重要性可由它在当时及以后的势力中窥见。由晚唐到五代，学贾岛的诗人不是数字可以计算的，除极少数鲜明的例外，是向着词的意境与词藻移动的，其余一般的诗人大众，也就是大众的诗人，则全属于贾岛。从这观点看，我们不妨称晚唐五代为贾岛时代[1]。他居然被崇拜到这地步：

> 李洞……酷慕贾长江，遂铜写岛像，戴之巾中，常持数珠念贾岛佛。人有喜贾岛诗者，洞必手录岛诗赠之，叮咛再四曰："此无异佛经，归焚香拜之。"（《唐才子传》九）
>
> 南唐孙晟……尝画贾岛像，置于屋壁，晨夕事之。（《郡斋读书志》十八）

上面的故事，你尽可解释为那时代人们的神经病的象征，但从贾岛方面看，确乎是中国诗人从未有过的荣誉，连杜甫都不曾那样老实的被偶像化过；你甚至说晚唐五代之崇拜贾岛是他们那一个时代的偏见和冲动，但为什么几乎每个朝代的末叶都有回向贾岛的趋势？宋末的四灵，明末的钟谭，以至清末的同光派，都是如此。不宁惟是。即宋代江西派在中国诗史上所代表的新阶段，大部分不也是从贾岛那份遗产中得来的赢余吗？可见每个在动乱中灭毁的前夕都需要休息，也都要全部的接受贾岛，而在平时，也未尝不可以部分的接受他，作为一种调济，贾岛毕竟不单是晚唐五代的贾岛，而是唐以后各时代共同的贾岛。

（原载昆明《中央日报·文艺》第十八期）

---

[1] 宋方岳《深雪偶谈》："贾阆仙……同时喻凫、顾非熊，继此张乔、张蠙、李频、刘得仁，凡晚唐诸子，皆于纸上北面，随其所得深浅，皆足以终其身而名后世。"

少陵先生年谱会笺

公姓杜氏，名甫，字子美。十三世祖晋当阳侯预，曾祖依艺，祖审言，祖母薛氏，父闲，母崔氏。〔预勋业学术，震耀千古，史载其言曰"德不可企及，立功立言，可庶几也"，其自负如此。依艺官监察御史，河南巩县令；审言修文馆学士，尚书膳部员外郎；闲朝议大夫，兖州司马，终奉天令。公《进雕赋表》曰"臣之近代陵夷，公侯之贵磨灭，鼎铭之勋，不复炤耀于明时"，良然。顾审言诗称初唐大家；审言从兄易简亦以文章有声于时（按《旧书·文苑传》："易简……善著述，撰《御史台杂注》五卷，《文集》二十卷，行于代。"）杜氏立言之风，固不替也。故公献《三大礼赋》后，赠崔于二学士诗曰："儒术诚难起，家声庶已存。"〕

睿宗先天元年壬子（712）〔即景云三年，正月改元太极，五月改元延和。七月，立皇太子隆基为皇帝，以听小事，自尊为太上皇。八月，玄宗即位，改元先天。是年，巩县大水，坏城邑，损居民数百家（见《巩县志》）。孟浩然二十二岁；李白、王维并十三岁。王湾登进士第（见《唐诗纪事》及徐松《登科记考》）。张九龄擢"道侔伊吕"科（见《册府元龟》《唐会要》）。玄宗即位，始置翰林院，延文章之士，下至僧道书画琴棋术数之工，皆处之，谓之待诏。按置翰林院，史不详何年，姑系于此。〕

　　公生于河南巩县。〔《河南府志》："巩县东二里瑶湾，工部故里也。故巩城有康水，去瑶湾二十里，与逸事合。"（逸事详见后）又曰："康水，即康店南水。工部故里在瑶湾，去康店南二十里外。"考公族望，本出京兆杜陵，故每称"杜陵野老"，《进封西岳赋表》云："臣本杜陵诸生也。"自六世祖叔毗，已为襄阳人。（《周书·叔毗传》："其先京兆人，徙居襄阳。"）曾祖依艺终河南巩县令，遂世居巩县。〕

玄宗开元元年癸丑（713）（即先天二年，十二月改元。十月，幸新丰，讲武于骊山下。）

　　公二岁

开元二年甲寅（714）〔正月，置教坊于蓬莱宫侧，上自教法曲，谓之"梨园弟子"（见《唐会要》《雍录》）。七月，造兴庆宫。是年，王翰举"直言极谏"科，又举"超拔群类"科（见《唐才子传》）。〕

　　公三岁

开元三年乙卯（715）（西域八国请降。）

　　公四岁

开元四年丙辰（716）（印度僧善无畏来华。）

　　公五岁（《万年县君墓志》曰："甫昔卧病于我诸姑，姑之子又病。问女巫，巫曰'处楹之东南隅者吉'。姑遂易子之地以安我，我用是存，而姑之子卒。后乃知之于走使。"卧病年次无可考。惟《志》云"后乃知之于走使"，知时尚童稚，未解记事。公七岁吟诗，六岁观舞，皆留记忆，卧病要当在六七岁前，则无惑矣。姑列此以俟考。《进封西岳赋表》曰："是臣无负于少小多病，贫穷好学者已。"少小多病，殆指此耶？）

开元五年丁巳（717）（诏访逸书，选吏缮写，命尹知章等二十二人，于东都乾元殿前编校刊正，称"乾元院"。）

公六岁。尝至郾城，观公孙大娘舞"剑器、浑脱"。〔《观公孙大娘弟子舞剑器行》序曰："开元三载，余尚童稚，记于郾城观公孙氏舞'剑器浑脱'。"钱笺："'三载'一作'五载'，时公年六岁。公'七岁思即壮'；六岁观剑，似无不可。诗云'五十年间似反掌'，自开元五年，至是年（按大历二年），凡五十一年。"〕

开元六年戊午（718）（改乾元院为丽正修书院。贾至生。）

公七岁。始作诗文。（《壮游》诗云："七龄思即壮，开口咏凤凰。"《奉赠鲜于京兆二十二韵》云："学诗犹孺子。"《进雕赋表》云："自七岁所缀诗笔，向四十载矣，约千有余篇。"）

开元七年己未（719）（《华严论》成。）

公八岁

开元八年庚申（720）〔李思训卒（见李邕《云麾将军碑》）。印度金刚智、不空金刚来华（按合善无畏称"开元三大师"）。〕

　　　　公九岁。始习大字。(《壮游》诗云:"九龄书大字,有
　　作成一囊。")
开元九年辛酉(721)〔命僧一行造新历(即"大衍历"),梁令
　　瓒造黄道游仪。〕
　　　　公十岁
开元十年壬戌(722)
　　　　公十一岁
开元十一年癸亥(723)〔四月,张说为中书令。十月,置温泉宫
　　于骊山。是年,元结生。崔颢登进士第(见《唐才子传》)。
　　初制《圣寿乐》,令诸女衣五方色衣,以歌舞之(见《教坊
　　记》)。〕
　　　　公十二岁。(广德元年,公五十二岁时,在梓州《送路六
　　侍御入朝》诗曰:"童稚情亲四十年。"路盖是公十二三时友
　　伴。)
开元十二年甲子(724)〔祖咏登进士第(见《唐才子传》)。〕
　　　　公十三岁
开元十三年乙丑(725)〔十月,作"水运浑天"成。十一月,封
　　泰山;车驾还,幸孔子宅;过潞州金桥,御路萦转,上见数十
　　里间,旗纛鲜洁,羽卫齐整,遂令吴道玄等三人合制《金桥
　　图》(见《开天传信记》。)〕
　　　　公十四岁。《壮游》诗曰:"往昔十四五,出游翰墨场,
　　斯文崔魏徒,以我似班扬。"(原注:"崔郑州尚,魏豫州启
　　心。")
　　　　〔《江南逢李龟年》诗曰:"岐王宅里寻常见,崔九堂前
　　几度闻。"原注:"崔九,即殿中监崔涤,中书令湜之弟。"

按岐王范、崔涤，并卒于开元十四年，则公始逢李龟年，在是年以前，今亦附记于此。黄鹤以为是时未有梨园弟子，公不得与龟年同游，因谓诗云"岐王"当指嗣岐王珍，"崔九堂前"乃崔氏旧堂。按《唐会要》："开元二年，上以天下无事，听政之暇，于梨园自教法曲，必尽其妙，谓之'皇帝梨园弟子'。"《雍录》："开元二年，置教坊于蓬莱宫侧，上自教法曲，谓之'梨园弟子'。"公《剑器行序》亦云："自高头宜春梨园二伎坊内人，洎外供奉舞女，晓是舞者，圣文神武皇帝初，公孙一人而已。"公观舞在开元五年（或作三年），时亦已有梨园之称，乃谓开元十四年无梨园弟子，何哉？考东都尚善坊有岐王范宅（见《唐两京城坊考》），崔氏亦有宅在东都（张说《荥阳夫人郑氏墓志铭》"终于洛阳之遵化里"，郑氏即涤之母），公天宝前，未尝至长安，其闻龟年歌，必在东都（公姑万年君居东都仁风里，幼时尝卧病于其家，或疑公母早亡，寄养于姑，虽近附会，然以巩洛咫尺之近，其常在东都，留居姑家，则可信也）。若云范、涤卒时，公才十五，前此韶龀之年，不得与于名公贵介之游；则不知十四五时，已出游翰墨场，与崔魏辈相周旋矣。且"脱略小时辈，结交皆老苍"，复有《壮游》诗句，可以覆案。必谓天宝后，始得与龟年相见，失之泥矣。

《诗话类编》："杜甫十余岁，梦人令采文于康水。觉而问人，此水在二十里外。乃往求之，见峨冠童子告曰：'汝本文星典吏，天使汝下谪，为唐世文章，云诰已降，可于豆垅下取。'甫依其言，果得一石，有金字，文曰：'诗王本在陈芳国，九夜扪之麟篆热，声振扶桑享天国。'后因佩入葱市，归

而飞火入室，有声曰：'邂逅秽，吾令汝文而不贵。'"事本不经，聊赘于此，用资谈助耳。〕

开元十四年丙寅（726）〔四月，张说罢。是年，储光羲、崔国辅、綦毋潜登进士第（俱见《唐才子传》）。〕

  公十五岁。《百忧集行》曰："忆昔十五心尚孩，健如黄犊走复来。庭前八月梨枣熟，一日上树能千回。"

开元十五年丁卯（727）〔王昌龄、常建登进士第（并见《唐才子传》）。徐坚等纂《初学记》成（见《唐会要》）。〕

  公十六岁

开元十六年戊辰（728）

  公十七岁

开元十七年己巳（729）（宋璟为尚书右丞相。）

  公十八岁

开元十八年庚午（730）（十一月，张说薨。是年，释智升撰《开元释教录》，实我国佛教经录之总汇。）

  公十九岁。游晋，至郇瑕，（今山西猗氏县。）从韦之晋、寇锡游。（《哭韦之晋》诗曰："凄怆郇瑕地，差池弱冠年。"《酬寇侍御》诗曰："往别郇瑕地，于今四十年。"朱鹤龄曰："郇瑕，晋地。公弱冠之时，尝游晋地；当是游晋后为吴越之游也。"按《酬寇侍御》诗鹤注曰："诗云'故泊洞庭船'，当是大历五年潭州作，其云'春深把臂前'，盖指去年之春。"大历五年，距开元十八年，适得四十年，知公游晋，实在十九岁时。前诗云"差池弱冠年"，非必实指二十也。）

开元十九年辛未（731）〔吐蕃求《毛诗》《礼记》《左传》《文

选》，以经书赐与之。王维入公主第，唱《郁轮袍》，并呈诗卷，大获嘉赏，寻举进士，遂以状头及地。（事见《集异记》。《唐才子传》称维开元十九年进士，《旧书》作开元九年，《登科记考》曰，"按'九'上脱'十'字。"）薛据同榜进士（见《唐才子传》）。王昌龄举"博学宏词"科。〕

公二十岁。游吴越。〔黄曰："公《进三大礼赋表》云'浪迹于陛下丰草长林，实自弱冠之年'，则其游吴越，乃在开元十九年。"尝至江宁，与许八、旻上人同游，约当是年。《送许八归江宁》诗题曰："甫昔时尝客游此县，于许生处乞瓦棺寺《维摩图样》。"（按《维摩诘图》晋顾恺之作）《因许八寄旻上人》诗曰"不见旻公三十年"，又曰"旧来好事今能否？……棋局动随幽涧竹，袈裟忆上泛湖船"，二诗当是乾元元年作。鹤注："游吴越在开元十九年，公方二十岁，至乾元元年，相距二十七年。曰'三十年'者，亦约略之词。"〕

开元二十年壬申（732）〔三月，信安王祎大破奚契丹于幽州。六月，遣范安及于长安广花萼楼，筑夹城，至芙蓉园（按《会要》作二十四年）。〕

公二十一岁。游吴越。

开元二十一年癸酉（733）〔十一月，宋璟致仕。十二月，张九龄同中书门下平章事。是年，上亲注《道德经》，令学者习之（见《封演见闻记》）。刘长卿登进士第（见《唐才子传》）。〕

公二十二岁。游吴越。

开元二十二年甲戌（734）〔五月，张九龄为中书令，李林甫同平章事。十二月，张守珪斩契丹王屈烈，及其大臣虞可汗，传首

东都。是年,刺史韦济荐方士张果,诏以果为光禄大夫。王昌龄选宏词超绝群类(见《直斋书录解题》)。〕

公二十三岁。游吴越。

开元二十三年乙亥(735)〔十二月,册寿王妃杨氏。是年,李适之为河南尹(见公《皇甫淑妃碑》)。韦应物生。贾至、李颀登进士第(并见《唐才子传》);萧颖士、李华同榜进士(见《旧书·文苑传·韦述传》《摭言》及李华《寄赵十七侍御》诗注)李白游太原。司马承祯化形于天台(见刘大彬《茅山志》)。玄宗注《老子》,并修《义疑》八卷,并制《开元文字音义》三十卷颁示公卿(见《唐会要》)。〕

公二十四岁。自吴越归东都,举进士,不第。(黄曰:"公本传'尝举进士,不第',故《壮游》诗云:'归帆拂天姥,中岁贡旧乡;……忤下考功第,独辞京兆堂。'"按史:唐初考功郎掌贡举;至开元二十四年,考功郎李昂为举人诋诃,帝以员外郎望轻,徙礼部,以侍郎主之。则公下考功第,当在二十三年,盖唐制年年贡士也。《选举志》:"每年仲冬,州县馆监,举其成者,送之尚书省。"《上韦左丞》诗曰"甫昔少年日,早充观国宾";鹤注:"其时年方二十余岁,宜自谓少年也。"《旧书·韦述传》:"萧颖士者,聪俊过人,富词学,有名于时;贾曾、席豫、张垍、韦述皆引为谈客;开元二十三年登进士第,考功员外郎孙逖称之于朝。"则知是年孙逖知贡举。又是年试场在福唐观。《太平广记》引《定命录》:"崔圆微时,欲举进士于县,见市令李含章云:'君合武出身,官更不停,直至宰相。'开元二十三年,应将帅举科,又于河南府充乡贡进士。其日正于福唐观试,遇敕下,便于试场中唤将拜执戟,参谋河西军事。"按《唐两京城坊考》:福唐观,在崇业坊。李邕有《东都福唐观邓天师碣》。)

开元二十四年丙子(736)〔五月,名僧义福卒,赐号大智禅师,七月,葬于伊阙之北,送葬者数万人,严挺之为作碑。十一月,张九龄罢,李林甫兼中书令,牛仙客同平章事。是年,于西京大明宫置集贤殿书院。(《唐两京城坊考》:"按西京之有书院,仿东都之制也。开元二十四年,驾在东都,张九龄遣直官魏先禄先入京造之。")吴道玄作《地狱变相图》。〕

公二十五岁。游齐赵。(朱曰:"按《壮游》诗'忤下考功第,独辞京兆堂。放荡齐赵间,裘马颇清狂。'是下第后即游齐赵之明证。")交苏源明。(钱谦益曰:"《壮游》诗云'……放荡齐赵间,裘马颇清狂。春歌丛台上,冬猎青丘旁。……苏侯据鞍喜,忽如携葛强。'……苏侯,注云'监门胄曹苏预',即源明也。开元中,源明客居徐兖,天宝初举进士。诗独举苏侯,知杜之游齐赵,在开元时,而高李不与也。"案《八哀诗》曰:"结交三十载。"源明卒于广德二年,前二十八年,为开元二十四年,源明犹未至京师,公与订交,必在其时,诗曰"三十载"者,举成数也。《壮游》诗曰:"春歌丛台上,冬猎青丘旁。呼鹰皂枥林,逐兽云雪冈。"《汉书》颜师古注"……丛台,本六国时赵王故台,在邯郸城中";《寰宇记》"青丘,在青州千乘县";蔡梦弼曰:"皂枥林,云雪冈,皆齐地。"是所游之地甚广,疑非在一时。源明居山东亦甚久,直至上表自举时,犹自称"臣山东一布衣也"。公自开元二十四年,始游齐赵,至二十九年归东都，中更五载；其与源明同游，当在此数年间。《七月三日论壮年乐事》诗曰："欻思红颜日，霜露冻阶闼。胡马挟雕弓，鸣弦不虚发。长铍逐狡兔，突羽当满月。"卢曰："此即《壮游》诗中'放荡齐赵间，裘马颇清狂。……呼鹰皂枥林，逐兽云雪冈'事也。"）

开元二十五年丁丑（737）（四月，张九龄贬荆州长史。十一月，宋璟薨。是年，上以几致措刑，推功元辅。王维为监察御史，在河西节度幕中。）

  公二十六岁。游齐赵。

开元二十六年戊寅（738）〔三月，杜希望拔吐蕃新城，以其地为威武军。六月，张守珪大破契丹林胡，遣使献捷。是年，分左右羽林，置龙武军。崔曙举进士，以状元及第（见《直斋书录解题》）。〕

  公二十七岁。游齐赵。

开元二十七年己卯（739）（八月，追谥孔子为文宣王。盖嘉运大破突厥施于碎叶城，擒其王吐火仙送京师。是年，崔曙卒。）

  公二十八岁。游齐赵。

开元二十八年庚辰（740）〔是时频岁丰稔，京师米斛不满二百，天下乂安，虽行万里，不持寸铁。张九龄、孟浩然并卒于是年。王昌龄游襄阳（见王士源《孟浩然集序》）。〕

  公二十九岁。游齐赵。〔公父闲为兖州司马时，公尝至兖省侍，当在是年，《登兖州城楼》诗所云"东郡趋庭日，南楼纵目初"者是也。考传志不言游兖，而集中多兖州诗，《登兖州城楼》，其一也。诸家或编于开元二十四年，或以属开元二十八年。要以后说为近是。盖公诗散佚者多，天宝以前，尤罕存稿。观集中自开元二十四年以前，游晋，游吴越，间归东都，皆无诗；自开元二十四年以后，至二十八年，其间游齐赵，亦无诗。不宜独开元二十四年游兖所作，忽有存稿。揆之常理，《登兖州城楼》诗，其不作于开元二十四年，明矣。且今集中诸作，时次可考，万无疑义者，惟《假山》诗最早，实作于天宝元年。自是以后，存诗渐多。兹定趋庭于开元二十八年，则作《登兖州城楼》诗时，去《假山》诗，才前二年，庶几与开始存稿之期，亦较合符节矣。又按闲之卒年，于兖州趋庭事，为先决问题。旧说颇有异议，惟朱钱二氏持论最有据。天宝三载，公祖母范阳太君卒，公撰墓志；或以为时闲已故，志盖代登作也。钱谦益曰："代其父闲作也。薛氏所生子曰闲，曰升，曰专；太君所生曰登。《志》云'某等宿遭内艰，长自太君之手者'，知其代父作也。又曰'升幼卒，专先是不禄'，则知闲尚无恙也。……元志云闲为奉天令。是时尚为兖州司马。闲之卒，盖在天宝间，而其年不可考矣。"朱注："按《志》云'故朝议大夫兖州司马'，犹《汉书·李广传》所云'故李将军'，非谓已没也。……但闲时为兖州司马，而传志俱云'终奉天令'。考奉天为次赤县，唐制京县令，正五品，上阶。闲自兖州司马授奉天令，盖从五品升正五品也。公东郡趋庭之后，闲即丁太君忧，必服阕补此官耳。"按闲卒必在天宝三载以后，尚别有证。公弟四人：颖、观、丰、占。公行二，集有寄丰诗，称第五弟，疑丰为闲第四子。又有《远怀舍弟颖观等》诗，颖次观前，观当系闲第三子。又有《舍弟观归蓝田迎新妇》诗，约作于大历二年。若定观二十左右置室，则当生于天宝五载前后。丰、占复幼于观，知天宝十载前，闲盖尚存，而其卒，则且在天宝末，或且更后，亦属可能。旧说闲卒于天宝三载前，则开元二十八年或不宜有趋庭事。今既知闲卒远在天宝三载后，则定趋庭于开元二十八年，益有据矣。

《寄高常侍》诗曰"汶上相逢年颇多"，仇注："汶上相逢，盖开元间相遇于齐鲁也。"考高适《酬秘书弟兼寄幕下诸公》诗序曰："乙亥岁（按即开元二十五年），适征诣长安。"又《送族侄式颜》诗（按开元二十七年作，详见后）曰："俱游帝城下，忽在梁园里。"适以开元二十三年游京师，二十七年来梁宋，其间公虽在齐赵，不得遇适于汶上也。又适《奉酬北海李太守平阴亭》诗曰："谁谓整隼旟，翻然忆柴扃。书寄汶阳客，回首平阴亭。"李邕以天宝二年出为北海太守，六载杖死于郡，其间适尝客居汶阳，而公亦以天宝四载再游齐鲁，则相逢汶上，其即在天宝四载乎？然而天宝三载秋，二人实尝相从赋诗于梁宋，此云"汶上相逢年颇多"，明指订交之初，又不合也。盖游梁以后，寄诗以前，二公聚首者屡矣，诗何以独言天宝四载汶上之遇？是知以汶上相逢属于天宝四载，又不足信。窃谓开元二十七八年间，适尝至山东，因得与公相遇，诗所云，殆指此也。适《宋中送族侄式颜》诗注曰"时张大夫贬括州，使人召式颜，遂有此作"；同时又作《送族侄式颜》诗曰"我今行山东，离忧不能已"。按《旧书·玄宗纪》张守珪贬括州，在开元二十七年六月。其时适方有山东之行。意其既至山东，与公相值，或在开元二十七八年之间；其时公方游齐赵，汶上地在齐南鲁北，二公邂逅于斯，正意中事耳。

《别张十三建封》诗曰："相逢长沙亭，乍问绪业余。乃吾故人子,童丱联居诸。"朱注:"公父闲为兖州司马,当是趋庭之日,与张玠(按即建封父,兖州人)同游,而建封相从也。故人指玠,童丱指建封。建封以贞元十六年终,年六十有六。公开元末游兖,是时建封才六七岁耳。"按与张玠同游,当亦在开元二十七八年,与趋庭及逢高适之年份皆合,可资互证也。〕

开元二十九年辛巳(741)〔正月,两京诸州各置玄元皇帝庙,并崇玄学;以老、庄、文、列为"四子";令习业成者,准明经考试,谓之道举。八月,以安禄山为营州都督,充平卢军使。九月,上亲注《金刚经》及《修义诀》(见《册府元龟》)。〕

公三十岁。归东都。筑陆浑庄,于寒食日祭远祖当阳君。〔是年有《祭当阳君文》曰:"小子筑室首阳之下,不敢忘本,不敢违仁,庶刻丰石,树此大道,论次昭穆,载扬显号。"绅词意,当是因新居落成而昭告远祖。《寰宇记》:"首阳山,在偃师县西北二十五里。"公《寄河南韦尹》诗原注曰"甫有故庐在偃师",当即指此。《忆弟二首》原注:"时归在河南陆浑庄。"浦起龙曰:"公有旧庐在河南偃师县,曰陆浑庄;后又有土娄庄,宜即一处。"按公有《凭孟仓曹将书觅土娄旧庄》诗曰"平居丧乱后,不到洛阳岑",且此曰"旧庄",前诗曰"故庐",义亦正同,故知即一处也。惟浦以为庄名"土娄",鹤注亦谓"土娄"为地名,非也。"土娄",疑即《寄河南韦尹》诗"尸乡余土室"之"土室"。(《诗正义》:"河南偃师县西二十里有尸乡亭。")鹤别注"土室谓依土以为室,如《宿赞公土室》诗云'土室延白

光'"者,得之。〕

天宝元年壬午(742)〔二月,褒封庄子为南华真人,文子为通玄真人,列子为冲虚真人,庚桑子为洞虚真人。其所著书悉号"真经"。十月,造长生殿(见《唐会要》)。是年,李白自会稽来京师。王维为左补阙,迁库部郎中。〕

　　公三十一岁。在东都。姑万年县君卒于东京仁风里,六月,还殡于河南县,公作墓志。(《志》曰:"作配君子,实为好仇,河东裴君讳荣期,见任济王府录事参军。"又有"兄子甫"云云,则县君,公父之妹也。)

天宝二年癸未(743)〔正月,安禄山入朝。三月,广运潭成。是年,邱为登进士第(见《唐才子传》)。长安"饮中八仙"之游,约当此时。〕

　　公三十二岁。在东都。

天宝三载甲申(744)〔正月,遣左右相以下祖别贺知章于长乐坡。李白供奉翰林院。三月,安禄山兼范阳节度使。寿王妃杨氏号"太真",召入宫。李白赐金放还。是年,岑参登进士第(见杜确《岑嘉州集序》《唐才子传》)。芮挺章选自开元初迄天宝三载诗称《国秀集》。〕

　　公三十三岁。在东都。五月,祖母范阳太君卒于陈留之私第,八月,归葬偃师,公作墓志。(范阳太君,公祖审言继室,卢氏。)是年夏,初遇李白于东都。〔顾宸曰:"公与白相从赋诗,始于天宝三四载间,前此未闻相善也。白生于武后圣历二年,公生于睿宗先天元年,白长公十三岁,公于开元九年游剡溪,而白与吴筠同隐剡溪,则在天宝二年,相去十三载,断未相值也。后公下第游齐赵,在开元二十三年;考白谱，时又不在齐赵。及白因贺知章荐，召入金銮，则在天宝三载正月，时公在东都，葬范阳太君（按葬太君事在八月，此误）。未尝晤白于长安也。是载八月，白放还，客游梁宋，始见公于东都（按三月放还，五月已至梁宋，见公于东都当在三五月之间），遂相从如弟兄耳。观公后寄白二十二韵有云'乞归优诏许，遇我宿心亲'，是知乞归后始遇也。"按《赠李白》诗，当是本年初遇白时作。诗曰："李侯金闺彦，脱身事幽讨。"卢世㴶曰："天宝三载，诏白供奉翰林，旋被高力士谮，帝赐金放还，白托鹦鹉以赋曰'落羽辞金殿'，是'脱身'也；是年，白从高天师授箓，是'事幽讨'，也。"〕秋，游梁宋，与李白、高适登吹台、琴台。〔《遣怀》诗曰："昔我游宋中，惟梁孝王都。……忆与高李辈，论交入酒垆。两君壮藻思，得我色敷腴。气酣登吹台，怀古视平芜。芒砀云一去，雁鹜空相呼。"《昔游》诗曰："昔者与高李（按原注曰"高适李白"），晚登单父台（按即琴台）。寒芜际碣石，万里风云来。桑柘叶如雨，飞藿去徘徊。清霜大泽冻，禽兽有余哀。"《赠李白》诗曰"亦有梁宋游，方期拾瑶草"，盖在东都时，与白预为之约也。《唐书•白传》："与高适同过汴州，酒酣登吹台，慷慨怀古"；公传："从高适李白过汴州，登吹台，慷慨怀古，人莫测也。"王琦《太白年谱》曰"《赠蔡舍人诗》云'一朝去京国，十载客梁园'……《梁园吟》曰'我浮黄河去京阙，挂席欲进波连山。天长水阔厌远涉，访古始及平台（按即吹台）间'，是去长安之后，即为梁宋之游也。"（按《梁园吟》又曰"平头奴子摇大扇，五月不热疑清秋"，是白以三月放还，五月已至梁宋，至其与高杜同游，则在深秋耳。）适《东征赋》曰"岁在甲申，秋穷季月，高子游梁既久，方适楚以超忽"；《宓公琴台》诗序曰"甲申岁，适登子贱琴台"；适又有《宋中别周梁李三子》诗曰"李侯怀英雄，肮脏乃天资"，似谓白也。适集中多宋中诗，所言时序，多与公诗合，其间必有是时所作者。〕尝渡河游王屋山，谒道士华盖君，而其人已亡。〔《忆昔行》曰："忆昔北寻小有洞，洪河怒涛过轻舸，辛勤不见华盖君，艮岑青辉惨幺么。千崖无人万壑静，三步回头五步坐。秋山眼冷魂未归，仙赏心违泪交堕。弟子谁依白茅屋，卢老独启青铜锁，巾拂香余捣药尘，阶除灰死烧丹火，玄圃沧洲莽空阔，金节羽衣飘婀娜。落日初霞闪余映，倏忽东西无不可，松风涧水声合时，青咒黄熊啼向我。"仇注："此初访华盖君而伤其逝世，是游梁宋时事。"《昔游》诗曰："昔谒华盖君，深求洞宫脚，玉棺已上天，白日亦寂寞。暮升艮岑顶，巾几犹未却；弟子四五人，人来泪俱落。余时游名山，发轫在远壑，良觌违夙愿，含凄向寥廓。林昏罢幽磬，竟夜伏石阁，王乔下天坛，微月映皓鹤。（按此言梦寐恍惚，如见道士跨鹤降于天坛也。旧注非是。）晨溪响虚驭，归径行已昨。"朱鹤龄曰："华盖君，犹太白集之丹邱子，盖开元天宝间道士隐于王屋者，不必求华盖所在以实之也。诗云'深求洞宫脚'，洞宫即《忆昔行》所云'北寻小有洞'也。……洞在王屋艮岑，即王屋山东北之岑也。天坛亦在王屋；《地志》'王屋山绝顶曰天坛，济水发源处'是也。王屋在大河之北，故《忆昔行》曰'洪河怒涛过轻舸'也。"按二诗追述谒华盖君事至详尽，因悉录之，以存故实，是时诗中屡言学仙，一若真有志于此者。今则渡大河，走王屋，将求华盖君而师事之，至而其人适亡。诗云"良觌违夙愿，含凄向寥廓"，沮丧之情可知；宜其历久不忘，一再追念而不厌也。又按李阳冰《草堂集》序：白放还后，即就从祖陈留采访大使彦允，请北海高天师授道箓于齐州紫极宫。陈留，宋地。白之来游，为访彦允；公之来游，为谒华盖。前此公《赠白》诗曰"亦有梁宋游，相期拾瑶草"，殆谓此也。公师事华盖之志，竟不就；而白后果得受箓于高天师。（白有《奉饯高尊师如贵道士传道箓毕归北海》诗，故公明年又有《赠白》诗曰："未就丹砂愧葛洪。"）〕

天宝四载乙酉（745）〔八月，册太真为贵妃，三姊皆赐第京师。是年，李白在山东，冬日，去之江东。九月，诏改两京波斯寺为"大秦寺"。（见《册府元龟》。按此中土最古之天主教堂也。）〕

公三十四岁。再游齐鲁。是时李之芳为齐州司马，夏日，李邕自北海郡来齐州，公尝从游，陪宴历下亭及鹊山湖亭。（《陪李北海宴历下亭》诗原注："时邑人蹇处士辈在坐。"按卢象有诗题曰："追凉历下古城西北隅——此有清泉乔木。"一本题上有"同李北海"四字。公诗云："济南名士多。"象，汶水人，或尝与斯游乎？俟考。）旋暂如临邑。（临邑属齐州。）秋后至兖州，时李白亦归东鲁，（兖州，天宝元年改名鲁郡。）公与同游，情好益密，公赠白诗所云"余亦东蒙客，怜君如弟兄，醉眠秋共被，携手日同行"者是也。〔白家本在鲁郡。公《送白二十韵》曰"醉舞梁园夜，行歌泗水春"，知白游梁之次年春，已至兖州。（天宝三载三月，诸郡玄元庙已改称紫极宫。白至齐州，于紫极宫从高天师受道篆，疑在归兖以前，天宝三载秋冬之际。）公诗曰"余亦东蒙客"，白《寄东鲁二稚子》诗曰"我家寄东鲁，谁种龟阴田"，《忆旧游寄元参军》诗曰"北阙青云不可期，东山白首还归去"，曰东蒙，曰龟阴，曰东山，实即一处。《续山东考古录》："《元和志》以蒙与东蒙为二山。余谓蒙在鲁东，故曰东蒙。……今天又分东蒙、云蒙、龟蒙三山；惟《齐乘》以为龟蒙二山，最当。……合言之曰东山，分言之曰龟蒙。"〕俄而公将西去，白亦有江东之游，城东石门，一别遂无复相见之日矣。〔钱曰："《单父东楼送族弟沈之秦》则曰'长安宫阙九天上，此地曾经为近臣，屈平憔悴滞江潭，亭伯流离放东海'，《鲁郡东石门送杜二甫》则云'醉别复几日，登临遍池台，何言石门路，重有金樽开'。此知李游单父后，于鲁郡石门与杜别也。单父至兖州二百七十里，盖公辈游梁宋后，复至鲁郡，始言别也。"

在兖州时，白尝偕公同访城北范十隐居，公有诗曰"落景闻寒杵"，白集亦有寻范诗曰"雁度秋色远"，二诗所纪时序正同。又公诗曰"更想幽期处，还寻北郭生"，白诗曰"忽忆范野人，闲园养幽姿，茫然起逸兴，但恐行来辞"；公诗曰"入门高兴发"，白诗曰"入门且一笑"；公诗曰"不愿论簪笏，悠悠沧海情"，白诗曰"远为千载期，风流自簸荡"：辞意亦相仿佛，当是同时所作。且兖州天宝元年改鲁郡，白自天宝元年自会稽来京师，三载放归，客游梁宋，直至四载，始来兖州，寻范诗题曰"鲁城"，知为其时所作。盖此后浪游南中，不闻复归鲁也。

《寄张十二山人彪三十韵》云："历下辞姜被，关西得孟邻，早通交契密，晚接道流新。"仇注："历下早通，记初交之地，关西晚接，记再遇之缘。"按公是年夏在历下，而开元二十四年至二十九年间亦尝游齐地，初遇张彪，不知究在何时。《题张氏隐居》二首，或以为即指彪，然诗曰"石门斜日到林丘"，石门在兖州，而历下在齐州，不可混为一谈。黄鹤谓张氏乃张叔明（"明"或作"卿"），较有据。

公初遇元逸人及董炼师，盖皆在此时。《昔游》诗曰："东蒙赴旧隐，尚忆同志乐，伏事董先生，于今独萧索。"朱鹤龄曰："东蒙旧隐，即《玄都坛歌》'故人昔隐东蒙峰'者也。公客东蒙，与太白诸人同游好，所谓同志乐也。其时之伏事者，则董先生，即'衡阳董炼师'也。"仇注："华盖君已殁，而转寻董炼师是游齐鲁时事。"案元逸人，卢世㴁以为即与李白同游之元丹丘；董炼师，据《舆地纪胜》，名奉先。〕

天宝五载丙戌（746）〔四月，左相李适之罢，陈希烈同平章事（希烈以讲《老》《庄》得进）。是年，灵彻生。〕

公三十五岁。自齐鲁归长安。（《壮游》："放荡齐赵间，……快意八九年，西归到咸阳。"）从汝阳王琎，驸马郑潜耀游。〔《壮游》诗于"西归到咸阳"下，曰："赏游实贤王，曳裾置醴地。"仇注："贤王置醴，指汝阳王琎也。"《赠特进汝阳王二十韵》鹤注："《旧史》，天宝初，琎终父丧，加特进；九载卒。考宁王宪以开元二十九年十一月薨。天宝三载，琎丧服初终，必其年二月，封琎以嗣宁，所弁加特进也。公于开元二十四年下考功第，去游齐赵八九载，其归长安，当在天宝四五载间。《壮游》诗云'赏游实贤王，曳裾置醴地'，正其时也。"多案：云四五载间，误；当云五六载间也。《赠汝阳王二十韵》:"披雾初欢夕,高秋爽气澄,樽罍临极浦,凫雁宿张灯;花月穷游宴,炎天避郁蒸,砚寒金井水,檐动玉壶冰。"仇注:"初宴在秋,故见凫宿灯张;后宴在夏,故见井水壶冰;中间花月之游,当属春时。"此所叙节候,实跨两载。此言初宴在秋,而客岁(天宝四载)秋日,公方在兖州。则是从班游,至早当自五载秋始,所云春夏,乃六载之春夏也。集中有《皇甫淑妃碑》,淑妃,郑潜耀妻临晋公主之母也。黄鹤定碑撰于天宝四载,曰:"《碑》云:'自我之西,岁阳载纪。'按《尔雅》,自甲至癸,为岁之阳。妃以开元二十三年乙亥薨,至天宝四载乙酉,为岁阳载纪矣。碑当立于是年也。"多按:此说非也。《碑》云"甫忝郑庄之宾客,游窦主之山林",是撰碑之前,已从郑游。公五载始至长安,焉得四载为郑庄宾客,且为撰碑哉?《碑》述潜耀之言曰"自我之西"(仇注云"自东京至西京"是也),故知所云"郑庄"及"窦主之山林"必在长安。《长安志》:"莲花洞,在神禾原,即郑驸马之居。"是其地矣。公又有《郑驸马池台喜遇郑广文同饮》诗,其地亦在长安,诗云"俱过阮宅来",知池台即郑宅中之池台。又有《郑驸马宅宴洞中》诗,即莲花洞也。或以为东都亦有郑宅,至以新安东亭,亦属潜耀,皆臆说无据。徐松《唐两京城坊考》云:"洛阳第宅,多是武后中宗居东都时所立,中业以后,不得有公主宅。"亦可证公未来长安前,不得游窦主之山林,即不得为郑庄之宾客矣。至"岁阳载纪"之语,乃约略言之,文家修词,此类甚多,不得以为适当乙酉之岁也。

《壮游》诗叙归长安后之交游,又曰"许与必词伯",仇注以为指岑参、郑虔辈。多案：据杜确《岑参集》序，参自天宝三载擢第后，尝居右内率府兵曹参军，右威卫录事参军等职，则是时宜在京师。其曾否与公同游，则于二公集中悉无征，未可以臆断也。若郑虔，则此际万无与公相值之理，说详后。〕

天宝六载丁亥（747）（诏天下通一艺者诣京师，李林甫素忌文学之士，下尚书省试，皆下之。正月，遣使就杀北海太守李邕；李适之饮药死。九月，安禄山筑雄武城。十月，改温泉宫为华清宫，治汤井为池，环山列宫室。十二月，筑罗城，置百司公卿邸第，以房琯为缮理。高仙芝讨小勃律，虏其王归。是年，包佶登进士第，薛据中"风雅古调"科。）

公三十六岁。在长安。〔元结《谕友》曰："天宝丁亥中，诏征天下士有一艺者，皆得诣京师就选。晋公林甫以草野之士猥多，恐泄漏当时之机，议于朝廷曰：'举人多卑贱愚瞆，不识礼度，恐有俚言，污浊圣听。'于是奏待制者悉令尚书长官考试，御史中丞监之，试如常例。（原注：如吏部试诗赋论策。）已而布衣之士，无有第者，送表贺人主，以为野无遗贤。"《新书·李林甫传》略同。时公与结皆应诏而退。《赠鲜于京兆二十韵》："破胆遭前政，阴谋独秉钧，微生沾忌刻，万事益酸辛。"即指此。〕

天宝七载戊子（748）（十月，封贵妃三姊并国夫人。十二月哥舒翰筑神威军于青海上，又筑城龙驹岛，吐蕃不敢近青海。是年，李益、卢纶生。包何、李嘉祐登进士第。）

公三十七岁。在长安。屡上诗韦济，求汲引。〔上韦诸诗中，如曰"老骥思千里，饥鹰待一呼，君能微感激，亦足慰榛芜",曰"难甘原宪贫",皆情词悲切;如曰"纨绔不饿死,儒冠多误身",曰"朝叩富儿门,暮随肥马尘,残杯与冷炙,到处潜悲辛",又若不胜愤激。盖公毕生之困厄,此其开端矣。然自齐鲁西归,旅食京邑,数年以来,亦颇受知于一二公卿。(赠汝阳王:"招要恩屡至,崇重力难胜。"《赠韦二十二韵》:"每于百僚上,猥诵佳句新。"《寄韦尹丈人》原注:"甫有故庐在偃师,承韦公频有访问。")特皆杯酒联欢,片言延誉,终莫肯假以实助。即如萧比部虽以姑表昆弟之亲,尚不能脱公于屯蹇,他更无论矣。故私心怨忿之极,辄欲奋足远引,与世决绝。《赠韦二十二韵》:"焉能心怏怏,只是走踆踆,今欲东入海,即将西去秦。"赠萧比部:"中散山阳锻,愚公野谷村,宁纡长者辄,归老任乾坤。"——或曰远游,或曰归隐,但故为愤词以自解,非本意如此也。〕与书家顾诫奢订交,约当此时。(《送顾八分文学适洪吉州》:"文学与我游,萧疏外声利,追随二十载,浩荡长安醉,高歌卿相宅,文翰飞省寺。"仇曰:二十载,通前后而言,是也。诗作于大历三年,上数二十年,为天宝七载。)

天宝八载己丑(749)(哥舒翰攻拔吐蕃石堡城。不空自印度归,求得密藏经论五百余部,是为密宗之始。高适举有道科,中第。)

公三十八岁。在长安。(《高都护骢马行》云"飘飘远自流沙至"。高仙芝天宝八载入朝,诗必作于是年。诗又云"长安健儿不敢骑,走过掣电倾城知",故知是时公尚在长安。)冬日,归东都,因谒玄元皇帝庙,观吴道子所画壁。(《冬日洛城北谒玄元皇帝庙》云"五帝联龙衮"。黄曰:"唐史,加五帝'大圣'字，在八载闰六月，可证是年公又在东都。"按东都玄元庙，在积善坊。诗曰："画手看前辈，吴生远擅场。森罗移地轴，妙绝动宫墙——五圣联龙衮，千官列雁行，冕旒俱秀发，旌旆尽飞扬。"原注："庙有吴道子画'五圣图'。"康骈《剧谈录》载"玄元观壁上，有吴道子画五圣真容，及《老子化胡经》事，丹青绝妙，古今无比"。）

天宝九载庚寅（750）〔五月，封安禄山为东平郡王，唐将帅封王自此始。七月，置广文馆，以郑虔为博士，虔献诗并画，帝署其尾曰"郑虔三绝"。是年，沈既济生。汝阳王琎卒。綦母潜卒。（？）〕

公三十九岁。来长安。初遇郑虔。（《新书·文艺·郑虔传》："天宝初，为协律郎，集缀当世事著书八十余篇。有窥其藁者，上书告虔私撰国史。虔苍黄焚之。坐谪十年。还京师，玄宗爱其才，欲置左右以不事事，更为置广文馆，以虔为博士。"《唐会要》："天宝九载七月，置广文馆，以郑虔为博士。"据《新书》，著书坐谪，必是天宝元年，而拜广文博士，则自谪所甫归京师时事。计若自天宝元年起，谪居十年，则归京师拜广文，必在天宝十载。然《会要》所纪，年月并具，必不误。误者，《新书》"天宝初"与"坐谪十年"二语，必居其一耳。总之，虔居贬所日久，或八九年，或十年，至天宝九载，始得归京师，与公相遇而订交，则无疑也。今观凡公诗及虔者，不曰"广文"，即曰"著作"，不曰"著作"，即曰"司户"，咸九载以后之作，益足以断二公定交，至早在天宝九载。不然，以二公相知之深，相从之密，何以九载以前，了不见过从酬答之迹？仇注《壮游》"许与必词伯"

句，乃直曰"指岑参郑虔辈"；不知诗所叙为天宝五载始归长安时之交游，时虔方远在贬所，安得与公相见于长安？若钟辂《前定录》载开元二十五年，虔为广文博士，有郑相如者谒虔，为预言污贼署坐谪事，则稗官之说，本非摭实，不足辩。）

天宝十载辛卯（751）（正月，祠太清宫、太庙，祀南郊。二月，安禄山兼领三镇。四月，鲜于仲通讨南诏，高仙芝讨大食，八月，安禄山讨契丹，并大败。十一月，杨国忠兼剑南节度使。是年，钱起举进士，以试《湘灵鼓瑟》诗及第。贾至举明经科及第。孟郊生。）

公四十岁。在长安。进三大礼赋，玄宗奇之，命待制集贤院。（《进封西岳赋表》："顷岁，国家有事于郊庙，幸得奏赋，待罪于集贤。"《莫相疑行》："忆献三赋蓬莱宫，自怪一日声辉赫，集贤学士如堵墙，观我落笔中书堂。"鲁訔曰："公奏《三大礼赋》，史集皆云十三载。"朱曰："按帝纪，十载行三大礼，十三载未尝郊，况表云'臣生长陛下淳朴之俗，行四十载矣'，故知当在是岁。"按《唐六典》，延恩匦，凡怀才抱器，希于闻达者投之。公前此贡举落第，应诏退下，屡遭挫败，盖几于进身无路矣，至是乃又投匦献赋，以冀一幸，《赠别崔于二学士》所云"昭代将垂白，穷途乃叫阍"者是也。陆游《题杜少陵像图》："长安落叶纷可扫，九陌北风吹马倒，杜公四十不成名，袖里空余三赋草。车声马声喧客枕，三百青铜市楼饮，杯残炙冷正悲辛，仗内斗鸡催赐锦。"可谓善于写照矣。又按《赠别崔于二学士》诗曰"气冲星象表，词感帝王尊"，即史云"玄宗奇之"也。然诗又云："谬称三赋在，难述二公恩。"原注："甫献《三大礼赋》出身，二公尝谬称述。"是则公之受知主上，实因二学士之称述。二学士，崔国辅、于休烈也。）秋，病疟，友人魏君冒雨见访，因作《秋述》贻之。（文中有云："秋杜子卧病长安旅次，多雨生鱼，青苔及榻。常时车马之客，旧雨来，今雨不来。……我弃物也，四十无位，子不以官遇我，知我处顺故也。"）病后。过王倚，王饷以酒馔，感激作歌赠之。（歌曰："王生怪我颜色恶，答云伏枕艰难遍。疟疠三秋孰可忍？寒热百日相交战。头白眼暗坐有胝，肉黄皮皱命如线。惟生哀我未平复，为我力致美肴膳。遣人向市赊香粳，唤妇出房亲自馈。长安冬菹酸且绿，金城土酥净如练。兼求畜豪且割鲜，密沽斗酒谐终宴。故人情义晚谁似，令我手足轻欲旋。"此诗词旨酸楚，不堪卒读，其时潦倒可知矣。《进三大礼赋表》曰"顷者卖药都市，寄食朋友"，盖实录也。）是年，在杜位宅守岁。（《杜位宅守岁》鹤注："诗云'四十明朝过'，则是天宝十载为四十岁。"按位，公之从弟，李林甫之诸婿也。公《寄杜位》诗原注："位京中宅近西曲江。"）

天宝十一载壬辰（752）〔四月，崔国辅贬竟陵郡司马。十一月，李林甫卒，杨国忠为右相。哥舒翰、安禄山并入朝。高适随翰至京师。岁晚，岑参赴安西。（？）〕

公四十一岁。在长安。召试文章，送隶有司参列选序。（《进封西岳赋表》："委学官试文章，再降恩泽，仍猥以臣名实相副，送隶有司参列选序。"《留赠崔于二学士》："天老书题目，春官验讨论。倚风遗鹢路，随水到龙门。竟与蛟螭杂，空闻燕雀喧。青冥犹契阔，凌厉不飞翻。"《赠郑谏议十韵》："使者求颜阖，诸公厌祢衡。"）暮春，暂归东都。（《留赠崔于二学士》曰"故山多药物，胜概忆桃源，欲整还乡斾，长怀禁掖垣"，当是召试后暂还东都，其时盖在季春，故曰"胜概忆桃源"。按史，天宝十一载四月，御史大夫王铁赐死，礼部员外郎崔国辅坐铁近亲，贬竟陵郡司马。国辅贬官在四月，则公赠诗自在四月以前，与诗正合。）冬高适随哥舒翰入朝，与公暂集，俄复别去，公有诗送之。〔《旧书》，十一载冬，翰与安禄山并来朝，上使高力士设宴崔驸马山池，适盖同至京师；及其去归河西，公则作诗送之。

　　杨国忠为相，引鲜于仲通为京兆尹，事在本年十一月。公有《赠鲜于京兆》诗曰"早晚报平津"，望其荐于国忠也。又曰"破胆遭前政，阴谋独秉钧"，谓李林甫也。夫林甫之阴谋，不待言。若国忠之奸，不殊林甫，公岂不知？且二人素不协，秉政以来，私相倾轧者久矣。今于林甫死后，将有求于国忠，则以见忌于林甫为言，公之求进，毋乃过疾乎？虽然《白丝行》曰"已悲素质随时染"，又曰"君不见才士汲引难，恐惧弃捐忍羁旅"，审其寄意所在，殆有悔心之萌乎！故知公于出处大节，非果无定见，与时辈之苟且偷合，执迷不悟者，不可同日语也。钱谦益曰："少陵之投诗京兆，邻于饿死（按赠鲜于诗有"有儒愁饿死"之句），昌黎之上书宰相，迫于饥寒。当时不得已而姑为权宜之计，后世宜谅其苦心，不可以宋儒出处，深责唐人也。"此言虽出之蒙叟，然不失为平情之论。《投简华咸两县诸子》曰："饥卧动即向一旬，敝衣何啻联百结。"比来公生计之艰若是！〕

天宝十二载癸巳（753）〔正月，京兆尹鲜于仲通讽选人为杨国忠立颂省门。八月，京师霖雨，米贵，出太仓粟减粜。是年，皇甫曾、张继、鲍防并登进士第。殷璠选《河岳英灵集》，起于永徽甲寅（六五四），讫于本年。〕

公四十二岁。在长安。首夏，同郑虔游何将军山林。（《重过何氏五首》鹤注："前云'千章夏木清'，初游在夏。此云'春风啜茗时'，重游在春矣。前属天宝十二载，此则当是天宝十三载。诗又云'何日沾微禄'，乃是未授官时也，若十四载，则已授河西尉，又改率府胄曹矣。"多按：又玩《游何将军山林》中"词赋工何益，山林迹未赊，尽捻书籍卖，来问尔东家"等句，明是献赋不售后之词。然十一载季春归在东都，首夏未必能复来长安；诗又曰"绿垂风折笋，红绽雨肥梅"，是初夏景物，则不得为天宝十一载之作矣。鹤编在十二载，得之。）次子宗武约生于此年秋。（仇注："至德二载，公陷贼中，有诗云'骥子好男儿，前年学语时'，此时宗武约计五岁矣。"多按：据此则当生于本年。又《示宗武》曰"十五男儿志"，黄鹤编在大历三年，今按当提前一年，编在大历二年，其时宗武年十五岁，则适当生于天宝十二载，与仇说至德二载年五岁合矣。《宗武生日》又曰："高秋此日生。"）

天宝十三载甲午（754）（是年，户部奏郡县户口之数，为唐代之极盛。关中大饥。制举始试诗赋。元结、韩翃登进士第；独孤及举洞晓玄经科，登第。崔颢、元德秀卒。苏源明入为国子司业。陆贽生。）

公四十三岁。在长安。进《封西岳赋》。（黄曰："是年二月，右相兼文部尚书杨国忠守司空，即《封西岳表》所云

'元弼司空'也。故知进表在是年。"按又有《赠献纳使田澄》诗曰:"扬雄更有《河东赋》,唯待吹嘘送上天。"当是献赋前所投赠者。)自东都移家至长安,居南城之下杜城。〔据《桥陵诗》,知是年秋后,自长安移家至奉先。然公家本在东都,其何时徙居长安,则诗中无明文可考。惟《遣兴三首》曰:"客子念故宅,三年门巷空。"(故宅,指东都之宅,验本诗可知)仇定此诗作于乾元元年,上数三年,则初离故宅时为天宝十四载。此明与《桥陵诗》所纪不合;十三载,已自长安移家奉先,不得十四载始离东都至长安也。今定《遣兴》作于至德二载,则作诗时距本年(天宝十三载)适为三年,与《桥陵诗》无牴牾矣。又据《桥陵诗》,既知自长安移家至奉先,在天宝十三载秋后,再参以"三年门巷空"之句,则知公眷属自东都至长安,必在天宝十三载正月以后,十月以前。《秋雨叹》(卢编在天宝十三载)曰"长安布衣谁与数,反锁衡门守环堵",又曰"稚子无忧走风雨"(疑指宗文),知是年秋,公已置宅长安,妻子亦俱至也。《夏日李公见访》(旧但云天宝末作,兹定为天宝十三载)曰"贫居类村坞,僻近城南楼",曰"孰谓吾庐幽",知是年夏公有宅在长安也。诗中暗示,止于此际。移家长安,疑在天宝十三载之春。《遣兴》又云"昔在洛阳时,亲友相追攀,送客东郊道,遨游宿南山",知迎眷来京之役,公实亲任之。然本年诗中,不言归东都事,盖偶然失纪耳。考前此数年诗文中曰"卖药都市,寄食朋友"(《进三大礼赋表》),曰"垂老独漂萍"(《赠张四学士》),曰"此身饮罢无归处"(《乐游园歌》),曰"寄食于人,奔走不暇"(《进雕赋表》),曰"恐惧弃捐忍羁旅"（《白丝行》），曰"卧病长安旅次"（《秋述》），皆言长安无家也；而十载在杜位宅守岁，十一载将归东都，《留别二学士诗》曰"欲整还乡斾"，尤为前此未移家长安之明证。然《游何将军山林》曰"尽捻书籍卖，来问尔东家"，《重过何氏》曰"何日沾微禄，归山买薄田"，已萌置宅城南之念矣；（《通志》："少陵原，乃樊川北原，自司马村起，至何将军山林而尽，……在杜城之东，韦曲之西。"）《赠郑谏议》曰"筑居仙缥渺，旅食岁峥嵘"，惟其有筑居之心而力不足，故有此叹；《曲江三首》曰"杜曲幸有桑麻田，故将移住南山边"，则移居之决心，已明白表示矣。此皆十一二载之诗，足证其时移家之心虽切，然犹未能见诸事实。至《夏日李公见访》，始有"贫居类村坞，僻近城南楼"及"孰谓吾庐幽"之语。《桥陵诗》曰"辖轲辞下杜"，下杜，即李公见访之处也。《长安志》云：下杜城在长安县一十五里，此曰"僻近城南楼"，正与下杜城之方位合，其证一也。《李公见访诗》又云"展席俯长流"，而杜陵之樊乡有樊川，橘水自樊川西北流，经下杜城，赵曰"展席俯长流"，即当此地，其证二也。又《九日五首》曰"故里樊川菊"，《哀江头》原注曰"甫家居在城南"，与赴奉先前所居之处，及李公见访之处皆合，故知公之自称"杜陵野老"，实因尝居其地，非徒循族望之旧称也。〕因田梁丘投诗河西节度使哥舒翰。〔唐制，从军岁久者，得为大郡。公交游中如高适、岑参辈，皆以不得志于中朝，乃走绝塞，投戎幕，以为进身之阶。是时武人握重兵，位极功高，威名震中外者，哥舒翰、安禄山耳。翰为人尤权奇倜傥，已然诺，纵捕好酒，有任侠风；又能甄用才俊，并世文士，如严武、高适、吕諲、萧昕，皆辟置幕下，委之军务。自李林甫死，杨国忠当国，公仍不见用，再三献赋，复不蒙省录。至是遂欲依翰，故因翰判官田梁丘投诗以示意，又别为诗赠田，乞为夤缘。《投赠哥舒开府翰二十韵》云："防身一长剑，将欲倚崆峒。"此投诗之主旨也。《赠田判官》诗云："陈留阮瑀争谁长，京兆田郎早见招，麾下赖君才并美，独能无意向渔樵？"仇注："阮瑀指高适，适本封丘尉，与陈留相近，他章云'好在阮元瑜'可证。高之入幕，必由田君所荐，故云早见招而幕下赖之。留意渔樵，公仍望其汲引也。"陈廷敬曰："考《王思礼传》，天宝十三载，吐谷浑苏毗王款塞，明皇诏翰应接。旧注以此当降王款朝（按《赠田》诗中有此语），是也。其谓报命而入朝，此意料之词，不见确据。考《帝纪》及《翰传》，天宝十三载，无翰入朝事。是年，翰遘风疾，因入京，废疾于家。田盖以使事入奏，当在翰未疾之先，非随翰入朝也。公所投诗，当是一时作，或即因田而投赠于翰也。"多按：《旧书·方伎·金梁凤传》："天宝十三载，客于河西，……时因哥舒翰为节度使，诏入京师。"陈谓天宝十三载无翰入朝事，未确。其云公因田投诗于翰，则是也。〕岁中，张垍自卢溪召还，再迁为太常卿，公复上诗求助。（《赠张卿》诗："萍泛无休日，桃阴想旧蹊，吹嘘人所羡，腾跃事仍睽。……顾深惭锻炼，才小辱提携。"朱注："垍必尝荐公而不达，故有吹嘘、提携等句。"多按：前此（约当天宝九载）尝赠张诗，张之荐公，当在其时。前诗云"倘忆山阳会"，此诗亦云"桃阴想旧蹊"，张必公之旧交。此诗又曰"几时陪羽猎，应指钓璜溪"，是仍望其汲引也。）又进《雕赋》，表中词益哀激。（仇注："表中云自七岁缀笔，向四十年，其年次又在进《三大礼赋》后，应是天宝十三载所作。"又云："公三上赋而朝廷不用，故复托雕鸟以寄意。"）秋后，淫雨害稼，物价暴贵，公生计益艰。（本年春日作《醉时歌》曰："杜陵野客人更嗤，被褐短窄鬓如丝，日籴太仓五升米，……得钱即相觅，沽酒不复疑。"然此特醉中作歌，一时豪语耳。《进封西岳赋表》云"退尝困于衣食"，《进雕赋表》云"衣不盖体，尝寄食于人，奔走不暇"，则庶几近实。《示从孙济》云："所来为宗族，亦不为盘飧。小人利口实，薄俗难具论，勿受外嫌猜，同姓古所敦。"似是乏食之际，屡从济就食，因见猜疑，而有此作，其事可笑，其情尤悲。《秋雨叹》云"城中斗米换衾裯"，就食于济，盖即在其时。遂携家往奉先，馆于廨舍。《桥陵诗》："轗轲辞下杜，飘飖凌浊泾。诸生旧短褐，旅泛一浮萍。荒岁儿女瘦，暮途涕泗零。主人念老马，廨署容秋萤。流寓理岂惬？穷愁醉不醒。"按：曰"荒岁儿女瘦"，明此行携家与俱。公妻子已于本年至奉先，故明年得自京赴奉先就妻子也。）

天宝十四载乙未（755）（十一月，安禄山反，陷河北诸郡；郭子仪为朔方副节度使。十二月东京陷，哥舒翰为兵马副元帅，守潼关；高适拜左拾遗，转监察御史。王昌龄为闾丘晓所杀。）

　　公四十四岁。在长安。岁中往白水县，（今陕西关中道白水县，唐属左冯翊同州。）省舅氏崔十九翁。时崔为白水尉。九月，同崔至奉先。（公夫人杨氏。《九日杨奉先会白水崔明府》之杨奉先，疑即其内家之为奉先令者。公自去秋移家来奉先，即依此人。公与杨若非亲近，则妻子岂得寄寓于廨署？）

— 073 —

十月，归长安，授河西尉，不拜，（《夔府咏怀》："昔罢河西尉，初兴蓟北师。"河西县故城在今云南河西县境。）改右卫率府胄曹参军。（《官定后戏赠》："不作河西尉，凄凉为折腰。老夫怕趋走，率府且逍遥。耽酒须微禄，狂歌托圣朝。故山归兴尽，回首向风飚。"公辞尉就率府，取其逍遥，得以饮酒狂歌耳。然亦不得已，故有回首故山之慨。《去矣行》："野人旷荡无覥颜，岂可久在王侯间？未试囊中餐玉法，明朝且入蓝田山。"盖既得官后，又未尝一日不思去也。）十一月，又赴奉先探妻子，作《自京赴奉先咏怀五百字》。岁暮，丧幼子。（见《咏怀五百字》。）

天宝十五载（即至德元载）丙申（756）〔正月，安禄山僭号于东京；李光弼为河东节度副大使。六月，哥舒翰战败于灵宝西，禄山陷潼关。玄宗奔蜀，出延秋门，次马嵬，陈玄礼杀杨国忠，贵妃自缢。禄山陷京师。七月，上传位于太子（起居舍人知制诰贾至撰册），改元。李泌至灵武。回纥吐蕃请助国讨贼。八月，安禄山取长安乐工犀象诣洛阳，宴其群臣于凝碧池。十月，房琯为招讨节度使，与贼战于陈陶斜，败绩。永王璘反，率兵东下，引李白为僚佐。十二月，高适为淮南节度使，讨永王璘。是年，岑参领伊西北庭度支副使。郎士元、皇甫冉登进士第。〕

公四十五岁。岁初在长安。（有《苏端薛复筵简薛华醉歌》，及《晦日寻崔戢李封》诗。）五月，至奉先避难，携家往白水，寄居舅氏崔少府高斋。（《白水崔少府十九翁高斋三十韵》曰："客从南县来，……况当朱炎赫。"钱笺："《寰宇记》：'蒲城县，本汉重泉县地，后魏分白水县，置南白水县,以在白水之南为名,废帝三年改为蒲城,开元中改为奉先。'公从奉先来,循其旧名,故曰'南'。"诗又曰:"高斋坐林杪,信宿游衍阕。……始知贤主人,赠此遣愁寂。")六月,又自白水,取道华原,(《三川观水涨二十韵》:"我经华原来。"三川县属鄜州。)赴鄜州。(今陕西榆林道鄜县。)至三川县同家洼,寓故人孙宰家。〔《元和郡县志》:"同州白水县,汉彭衙县地。"各注谓彭衙属鄜州,非也。公《彭衙行》曰:"忆昔避贼初,北走经险艰,夜深彭衙道,月照白水山。"盖述初发白水时情景也。同家洼则途中所经地,故人孙宰居焉,因留其家。《彭衙行》述此行避乱之颠末甚悉,曰:"……尽室久徒步,逢人多厚颜,参差谷鸟吟,不见游子还。痴女饥咬我,啼畏虎狼闻,怀中掩其口,反侧声愈嗔。小儿强解事,故索苦李餐。(以上叙初发白水,途中儿女颠连之苦。)一旬半雷雨,泥泞相攀牵,既无御雨备,径滑衣又寒。有时经契阔,竟日数里间。野果充糇粮,卑枝成屋椽,早行石上水,暮宿天边烟。(以上叙雨后行蹇、困顿流离之状。)小留同家洼,欲出芦子关。故人有孙宰,高义薄曾云,延客已曛黑,张灯启重门,暖汤濯我足,剪纸招我魂。从此出妻孥,相视涕阑干,众雏烂熳睡,唤起沾盘飧——'誓将与夫子,永结为弟兄!'遂空所坐堂,安居奉我欢。"(以上叙孙宰晋接及周恤之情谊。)又《三川观水涨二十韵》所纪亦同时事,诗曰:"我经华原来,不复见平陆,北上惟土山,(按《元和郡县志》:"土门山在华原县东南四里。")连天走穷谷。火云出无时,飞电常在目。自多穷岫雨,行潦相豗蹙,蓊匌川气黄,群流会空曲。清晨望高浪,忽谓阴崖踣——

恐泥窜蛟龙，登危聚麋鹿，枯查卷拔树，礧磈共充塞，声吹鬼神下，势阅人代速，……"按前诗言途中苦雨，此亦言多雨而致川涨，所指宜即一事。〕闻肃宗及位灵武，即留妻子于三川，（后有《述怀》诗曰："寄书问三川，不知家在否。"）孑身从芦子关奔行在所。途中为贼所得，遂至长安。九月，于长安路隅遇宗室子弟，乞舍身为奴，感恸作《哀王孙》。

至德二载丁酉（757）（二月，肃宗幸凤翔。永王璘败，李白亡走彭泽，坐系浔阳狱。九月，收西京。十月，尹子奇久围睢阳，城陷，张巡、许远死之。收东京，肃宗自凤翔还长安。苏源明知制诰。十二月，上皇自蜀至，居兴庆宫。大封蜀郡灵武扈从功臣；陷贼官六等定罪，郑虔、王维、储光羲、卢象、李华等皆贬官。是年刘长卿为鄂岳观察使，因吴仲孺诬奏，贬南巴尉。高适下除太子少詹事，归东都严维，顾况登进士第。）

公四十六岁。春陷贼中，在长安，时从赞公苏端游。（赞公，大云经寺僧，尝以青丝履、白氎巾赠公。《雨过苏端》："杖藜入春泥，无食起我早。诸家忆所历，一饭迹便扫，苏侯得数过，欢喜每倾倒。"又曰："况蒙霈泽垂，粮粒或自保。"可知陷贼之际，公衣食颇仰给于此二人也。同年三月作《喜晴》曰："春夏各有实，我饥岂无涯？"《送程录事还乡》曰："内愧突不黔，庶羞以赒给。"）四月，自金光门出，间道窜归凤翔，（后有诗题："至德二载，甫自京金光门出，间道归凤翔；乾元初，从左拾遗移华州掾，与亲故别，因出此门，有悲往事。"诗曰："此道昔归顺，西郊胡骑繁，至今犹破胆，应有未招魂。"《自京窜至凤翔喜达行在所》："生还今日事，间道暂时人。"述途中之危险也；又曰："影静千官里,心苏七校前。"志归后之欢欣也。《述怀》:"今夏草木长,脱身得西走,麻鞋见天子,衣袖露两肘。"即史所谓"赢服窜归"者也。)五月十六日,拜左拾遗。〔钱笺:"甫拜拾遗,在至德二载五月十六日,命中书侍郎张镐赍符告谕。今湖广岳州府平江县裔孙杜富家,尚藏此敕。敕用黄纸,高广可四尺,字大二寸许,年月有御宝,宝方五寸许。"按敕文载林侗《来斋金石考略》称:"襄阳杜甫(云云)。"白居易为左拾遗时赋诗曰:"岁愧俸钱三十万。"〕是月,房琯得罪,公抗疏救之,肃宗怒,诏三司推问,张镐、韦陟等救之,仍放就列。(本传:"甫与房琯为布衣交。琯以客董庭兰罢宰相。甫上疏言罪细,不宜免大臣。帝怒,诏三司推问。宰相张镐救之,得解。"公《祭房公文》曰:"拾遗补阙,视君所履。公初罢印,人实切齿。甫也备位此官,盖薄劣耳,见时危急,敢爱生死?君何不闻,刑欲加焉?伏奏无成,终身愧耻。"集中又有《谢敕放三司推问状》,文繁不录。又《壮游》曰:"备员窃补衮,忧愤心飞扬,上感九庙焚,下悯万民疮,斯时伏青蒲,廷诤守御床,君辱敢爱死,赫怒幸无伤。"《秋日荆南述怀三十韵》曰:"迟暮宫臣忝,艰危衮职陪,扬镳随日驭,折槛出云台,罪戾宽犹活,干戈塞未回。"《建都十二韵》曰:"牵裾恨不死,漏网辱殊恩。"并指此事。按《唐书·韦陟传》,陟亦尝奏公言不失谏臣体,帝由是疏之。则当时论救者,不独一张镐矣。)六月同裴荐等四人荐岑参,(为《补遗荐岑参状》一首今载集中。)闰八月,墨制放还鄜州省家。〔《北征》:"皇帝二载秋,闰八月初吉(按朔日也),杜子行北征,苍茫问家室。……顾惭私恩被,诏许归蓬荜,拜辞诣阙下,怵惕久未出。……"于是徒步出凤翔。〕至邠州始从李嗣业借得乘马。(见《徒步归行》。)归家,卧病数日。(《北征》:"老夫情怀恶,呕泄卧数日。"作《北征》。)十一月,自鄜州至京师。(《收京三首》仇注曰:"此当是至德二载十月,在鄜州时作。诗云:'生意甘衰白,天涯正寂寥,忽闻哀痛诏,又下圣明朝。'此明是在家闻诏。按肃宗于至德元年七月十三日甲子即位灵武,制书大赦;二年十月十九日,帝还京;十月二十八日壬申,御丹凤楼下制,前后两次闻诏,故云'又下'也。是时公尚在鄜州,其至京当在十一月。《年谱》谓十月扈从还京,与诗不合。当以公诗为正。至于上皇回京,十二月甲寅之赦,又在其后,旧注错引。")

乾元元年戊戌(758)(正月,刘长卿摄海盐令。春,贾至出为汝州刺史。四月,上亲享九庙。六月,贬房琯为邠州刺史,下制数其罪,刘秩、严武等俱贬。七月,高适出为彭州刺史。是年,李白流夜郎。苏端登进士第。)

公四十七岁。任左拾遗。春,贾至、王维、岑参皆在谏省,(时贾、王并为中书舍人,岑为右补阙。时共酬唱。《寄贾至严武五十韵》述居谏省时生活最详,曰:"月分梁汉米,春给水衡钱,内蕊繁于缬,官莎软胜绵,恩荣同拜手,出入最随肩,晚著华堂醉,寒重绣被眠,辔齐兼秉烛,书柱满怀笺。")时毕曜亦在京师,居公之邻舍。〔《逼侧行赠毕四曜》:"我居巷南子巷北,可怜邻里间,十日不一见颜色。"(鹤注:此当是乾元元年春在谏院作,故诗中有朝天语。)《赠毕四曜》:"同调嗟谁惜,论文笑自知。"(鹤注:"乾元二年，公在秦州，有贺毕曜除监察御史诗，今云宦卑，是尚未迁官时作，当在乾元元年。"）〕四月，上亲享九庙，公得陪祀。（《往在》："前春礼郊庙，祀事亲圣躬，微躯忝近臣，景从陪群公。登阶捧玉册，峨冕聆金钟，侍祠恶先路，掖垣迩濯龙。"仇曰："唐史肃宗还京，在至德二年十月，其亲享九庙及祀圜丘，在乾元元年四月。鹤注谓'前年春'，疑误。"）六月，房琯因贺兰进明谮，贬为邠州刺史；公坐琯党，出为华州司功参军。（客岁四月，自京出金光门，间道窜归凤翔，至本年六月，即因谮左迁，仍出此门，抚今思昔，感慨赋诗，诗曰"移官岂至尊"，指贺兰进明也。到华州后一月，有《早秋苦热堆案相仍》诗曰："七月六日苦炎蒸，对食暂餐还不能，常愁夜来皆是蝎，况乃秋后转多蝇。束带发狂欲大叫，簿书何急来相仍！"王嗣奭曰："州牧姓郭，公初至，即代为试进士策问，与进灭绝寇状，不过挟长官而委以笔札之役，非重其才也。公厚于情谊，虽邂逅一饮，必赋诗以致感佩之私。……郭与周旋一载，公无只字及之，其人可知矣。"）是秋，尝至蓝田县访崔兴宗、王维。〔蓝田距华州八十里，县东南有蓝田山，又名玉山，一名东山，崔兴宗、王维别墅并在焉，（即辋川别墅，王维《辋川别业》："不到东山向一年。"）公《九日蓝田崔氏庄》，黄鹤编在乾元元年。又有《崔氏东山草堂》，与前诗同时作，诗云："何为西庄王给事，柴门空闭锁松筠？"给事即王维也。维晚年得宋之问辋川别墅，在张通儒因禁之后，其复拜给事中，在乾元元年，明年则转尚书右丞矣。诗曰"柴门空锁"，是未遇维也。故后《解闷十二首》云："不见高人王右丞，蓝田丘壑蔓寒藤。"时裴迪应亦在蓝田，不知与公相见否。〕冬末，以事归东都陆浑庄，尝遇孟云卿于湖城县城东。（初遇云卿，不知在何时，有诗题曰"冬末以事之东都，湖城东遇孟云卿，复归刘颢宅宿，宴饮散，因为醉歌"。鹤注云："当是乾元元年冬，自华州游东都作。"诗云："疾风吹尘暗河县，行子隔手不相见，湖城城东一开眼，驻马偶识云卿面。……"）

乾元二年己亥（759）（岑参自右补阙转起居舍人，寻署虢州长史。王维转尚书右丞。李白至巫山，遇赦释还。权德舆生。）

公四十八岁。春，自东都归华州，途中作"三吏""三别"六首。时属关辅饥馑。遂以七月弃官西去，度陇，赴秦州。〔按《旧书》："乾元二年四月癸亥，以久旱徙市雩祭祈雨。"《通鉴》："时天下饥馑，九节度围邺城，诸军乏食，人思自溃。"此与公诗《夏日叹》正合。《唐书》本传："甫为华州司功，属关辅饥，弃官客秦州。"盖是时东都残毁，既不可归，长安繁扰，又难自存（在秦州《寄高岑三十韵》："无钱居帝里，尽室在边疆。"惟秦州得雨，秋禾有收），《遣兴三首》"耕田秋雨足，禾黍以映道"，《赤谷西崦人家》"径转山田熟"，《雨晴》"久雨不妨农"，因携家徙居焉。〕至秦，居东柯谷。（《通志》："东柯谷，在秦州东南五十里，杜甫有祠于此。"宋栗亭令王知彰记云："工部弃官，寓东柯谷侄佐之居。"赵傪曰："《天水图经》载秦州陇城县，有杜工部故居，及其侄佐草堂，在东柯谷之南麦积山瑞应寺上。"按公以七月至秦州，十月赴同谷，此所记皆因暂寓而言之耳。《秦州杂诗》："传道东柯谷，深藏数十家，对门藤盖瓦，映竹水穿沙，瘦地偏宜粟，阳坡可种瓜。"又曰:"东柯好崖谷,不与众峰群,落日邀双鸟,晴天卷片云。"——东柯景物,见于公诗者,略如此。)是时,有《梦李白二首》《天末怀李白》《寄李白二十韵》。(李时被罪,在谪戍中。)又有寄高适、岑参、贾至、严武、郑虔、毕曜、薛据及张彪诗。时赞公亦谪居秦州,(《宿赞公土室》:"数奇谪关塞。"《宿赞公房》:"放逐宁违性。"《别赞上人》:"赞公释门老,放逐来上国。"赵仿曰:"赞公亦房相之客,时被谪秦州,公故与之款曲如此。"按史称房琯好谈佛老,赵说是也。)尝为公盛言西枝村之胜,因作计卜居。置草堂,未成,会同谷宰来书言同谷可居,遂以十月赴同谷。〔《寄赞上人》:"近闻西枝西,有谷杉黍稠,亭午颇和暖,石田又足收,……徘徊虎穴上,面势龙泓头。"卢注:"西枝西曰'有谷',定指同谷。'近闻',必指同谷邑宰书。公《至同谷界》:'邑有贤主人,来书语绝妙。'此可相证。《同谷七歌》云'南有龙兮在山湫',后《发同谷诗》云'停骖龙潭云,回首虎崖石',诗云虎穴龙泓,指此无疑。"按公既居东柯,其地有山水之胜,瓜粟之饶,尝思终老矣。故《秦州杂诗》曰:"东柯遂疏懒,休镊鬓毛斑。"曰:"采药吾将老,儿童未遗闻。"曰:"为报鸳行旧,鹡鸰在一枝。"然此一时之感想也。《秦州杂诗》开章便云:"满目悲生事,因人作远游。"(此指侄佐也。《示侄佐》原注:"佐草堂在东柯谷。"佐居东柯,公来秦可依者惟此人,故亦居东柯。)《佐还山后寄三首》曰:"旧谙疏懒叔,须汝故相携。"《示侄佐》曰:"自闻茅屋趣,只想竹林眠。"又尝索佐寄米寄蔬(《佐还山后寄三首》:"白露黄粱熟,……颇觉寄来迟。""甚闻霜薤白,重惠意如何?")又有《阮隐居致薤三十束》诗。此皆可证是时生计,仍仰给于人,则秦州之居终非长久计矣。《发秦州》一篇,于公去东柯就同谷之理由,言之綦详。诗曰:"我衰更懒拙,生事不自谋,无食问乐土,无衣思南州。汉源十月交,天气如凉秋,草木未黄落,况闻山水幽。栗亭(栗亭镇,属成州同谷县)名更嘉,下有良田畴,充肠多薯蓣,崖蜜亦易求,密竹复冬笋,清池可方舟,虽伤旅寓远,庶遂平生游(按此上言同谷之当居)。此邦俯要冲,实恐人事稠,应接非本性,登临未销忧,溪谷无异石,塞田始微收,岂复慰老夫,惘然难久留。"〔(按此上言秦州之当去。)〕途经赤谷、铁堂峡、盐井、寒峡、法镜寺、青阳峡、龙门镇、石龛、积草岭、泥功山、凤凰台,皆有诗。至同谷,居栗亭。(钱谦益曰:"《寰宇记》:同谷县有栗亭镇。咸通中,刺史赵鸿刻石同谷,曰:'工部题栗亭十韵,不复见。'鸿诗曰:'杜甫《栗亭》诗,诗人多在口,悠悠二甲子,题记今何有?'"多按:鸿又有《杜甫同谷茅茨》诗,咸通十四年作,曰:"工部栖迟后,邻家大半无,青羌迷道路,白社寄杯盂……")贫益甚,拾橡栗掘黄独以自给,(《同谷七歌》:"岁拾橡栗随狙公,天寒日暮山谷里。"《新书》本传:"甫客秦州,负薪采橡栗自给。"以同谷为秦州,误也。《七歌》第二章:"长镵长镵白木柄,我生托子以为命。黄独无苗山雪盛,短衣数挽不掩胫。此时与子空归来,男呻女吟四壁静。"写当时贫况,尤惨绝。)居不逾月,又赴成都。(《发同谷县》:"始来兹山中,休驾喜地僻,奈何迫物累,一岁四行役!"始以为可休驾矣,乃生计之迫益甚,故不得不去之也。)以十二月一日就道,(《发同谷县》原注:"乾元二年十二月一日自陇右赴成都纪行。")经木皮岭、白沙渡、飞仙阁、五盘岭、龙门阁、石柜阁、桔柏渡、剑门、鹿头山,岁终至成都,(《成都府》:"初月出不高,众星尚争光。")盖当下弦矣。寓居浣花溪寺。(《酬高使君相赠》:"古寺僧牢落,空房客寓居。"《成都记》:"草堂寺在府西七里,极宏丽,僧复空居其中,与杜员外居处逼近。"赵清献《玉垒记》:"公寓沙门复空所居。"按明年有《赠蜀僧闾丘师兄》诗,不知即其人否。)时高适方刺彭州,公甫到成都,适即寄诗问讯。(《酬高使君相赠》:"故人供禄米,邻舍与园蔬。"《杜臆》以为故人指裴冕,恐非是。后有《卜居》诗云"主人为卜林塘幽",黄鹤、鲍钦止等亦皆以为是裴冕。顾宸曰:"裴若为公结庐,则诗题当标'冀公',而诗中亦不当以主人卜林塘一句轻叙矣。"按顾说是也。史称裴冕无学术,又贪嗜货利,其人鄙陋,恐非能知公者。后又有《寄裴施州》诗,朱鹤龄已证其别为一人。则公与裴始终未尝发生关系也。此后《江村》诗云:"但有故人供禄米。"《狂夫》云:"厚禄故人书断绝,恒饥稚子色凄凉。"当与前是一人,其姓氏则不可考耳。或以为即高适,未闻其审。)

上元元年庚子(760)(高力士配流巫州。高适改蜀州刺史。元结撰《箧中集》。)

公四十九岁。在成都。春卜居西郭之浣花里,(《寰宇记》:"浣花溪,在成都西郭外,属犀浦县。")表弟王十五司马遗赀营造,徐卿(疑即知道)、萧实、何邕、韦班(应物侄),三明府供果木栽,开岁始事,(《寄题江外草堂》:

"经营上元始。")季春落成。(《堂成》:"频来语燕定新巢。"按《寄题江外草堂》:"诛茅初一亩,广地方连延,……敢谋土木丽,自觉面势坚,亭台随高下,敞豁当清川。")《绝句漫兴九首》:"野老墙低还是家。"此草堂结构之大概也。《送韦郎司直归成都》原注:"余草堂在成都西郭。"《绝句三首》:"茅堂石笋西。"(石笋街在成都西门外)《西郊》:"时出碧鸡坊,西郊向草堂。"《堂成》:"背郭堂成荫白茅。"《遣闷呈严二十韵》:"南江绕舍东。"《卜居》:"浣花流水水西头。"《狂夫》:"万里桥西一草堂。"《怀锦水居止》:"万里桥南宅。"《遣闷呈严二十韵》:"西岭纡村北。"《怀锦水居止》:"雪岭界天白。"《怀锦水居止》又曰:"百花潭北庄。"《狂夫》:"百花潭水即沧浪。"据此则草堂背成都郭,在西郊碧鸡坊石笋街外,万里桥南,百花潭北,浣花溪西,而北望则可见西岭也。陆游云:"少陵有二草堂,一在万里桥西,一在浣花,皆见于诗中。"按公实无二草堂,放翁在蜀久,顾不辨此,何哉?宋京《草堂诗》云:"野僧作屋号'草堂',不是柴门旧时处。"放翁必以野僧所营者误为公之草堂矣。)时韦偃寓居蜀中,尝为公画壁,(见《题壁上韦偃画马歌》。又有《戏题王宰画山水图歌》,梁氏亦编在上元元年成都诗内。然玩诗意,当是公见宰此图而作歌,图非公所有也。《戏为韦偃双松图歌》亦此类。)初秋,暂游新津,晤裴迪,(《和裴迪登新津寺寄王侍御》鹤注:"此必公暂如新津,与裴同至寺中,故有此作。当在上元元年。蜀至成都才数百里,故可唱和也。"多按:诗云:"吟诗秋叶黄,蝉声集古寺。"则是作于初秋,然《赠阎丘师兄》《泛溪》《南邻》《野老》诸诗，皆作于成都，而时序与《和裴诗》略同，知公在新津未尝久留也。）秋晚，至蜀州，晤高适。（《奉简高三十五使君》："行色秋将晚，交情老更亲，天涯喜相见，披豁对吾真。"仇曰："高由彭州刺蜀州，公时在蜀；《年谱》云'上元元年，间常至蜀州之青城新津'是也。"）冬，复在成都。（《建都》《村夜》以下诸诗可证。）

上元二年辛丑（761）（二月，崔光远代李若幽为成都。三月，段子璋反于东川，陷绵州，东川节度使李奂奔成都。五月，崔光远擒子璋，牙将花惊定恃功大掠。十二月，严武为成都尹。是年，王维卒。）

公五十岁。居草堂。开岁又往新津，二月归成都。（《题新津北桥楼》《游修觉寺》，朱氏并编在上元二年，前诗云："望极春城上。"后诗云："吾得及春游。"知本年春，公又在新津。然《漫成二首》曰："江皋已仲春。"《春水生二绝》曰："二月六夜春水生。"《绝句漫兴九首》曰："二月已破三月来。"《春水》曰："三月秋花浪。"《江亭》曰："寂寂春将晚。"并《寒食》首皆成都诗，旧皆编在上元二年。故知公再游新津，必在是年二月前，其返成都，则至迟在二月初也。）秋至青城，（《野望因过常少仙》："秋望转悠哉，竹覆青城合，……"草堂本编在上元二年。）旋又归成都。〔鹤注《石犀行》："上元二年秋八月，灌口损户口，故作是诗。"（石犀在成都府城南三十五里）又《楠树为风雨所拔叹》，及《茅屋为秋风所破歌》，草堂本并编在上元二年成都诗内。〕是时多病，（《一室》："巴蜀来多病。"）生计艰窘，（《百忧集行》："强将笑语供主人，悲见生涯百忧集。入门依旧四壁空，老妻笑我颜色同。痴儿不知父子礼，叫怒索饭啼门东。"鹤据诗中"只今倏忽已五十"句，定为上元二年所作。同时作《茅屋为秋风所破歌》《赴青城县出成都寄陶王二少尹》《重简王明府》《一室》《病柏》《病橘》《枯棕》《枯楠》诸诗，意绪并同，皆客寓穷愁之感，知是时公生计又颇艰也。《百忧集行》："强将笑语供主人"句，黄鹤以为指崔光远，史云光远无学仕气，宜与公不相合也。）始有迁地吴楚之念。（《一室》："巴蜀来多病，荆蛮去几年？应同王粲宅，留井岘山前。"《逢唐兴刘主簿弟》："轻舟下吴会，主簿意如何？"盖欲约刘东下，故问之。）冬，高适至成都，尝同王抡过草堂会饮。（有诗题"王十七侍御抡许携酒至草堂，奉寄此诗，便请邀高三十五使君同到"。后又有《王竟携酒高亦同过》诗。）

代宗宝应元年壬寅（762）（四月，玄宗、肃宗相继崩，代宗即位。七月，严武召还，高适为成都尹；徐知道反，以兵守剑阁，武不得出。八月，知道为其下所杀。是年，李白卒，李阳冰编白集。郎士元补渭南尉。）

公五十一岁。自春至夏，居草堂。与严武唱和甚密，武时有馈赠。（见《谢严中丞送青城道乳酒》及《严公仲夏枉驾兼携酒馔》等诗。）七月，送严武还朝，以舟至绵州，抵奉济驿，登陆，遂分手而还。〔《奉济驿重送严公四韵》，郭知达本注："奉济驿在绵州（？）三十里。"会徐知道反，道阻，乃入梓州。《戏题寄上汉中王三首》原注："时王在梓州……"诗云："群盗无归路，衰颜会远方。"盖将赴梓州时作也。《从事行》:"我行入东川(东川节度使治所在梓州),十步一回首,成都乱罢气萧索,浣花草堂亦何有?"〕秋末,回成都迎家至梓,(仇曰:"《年谱》谓宝应秋末,公回成都迎妻子。遍考诗中,无一语记及,知公未尝回成都矣。"多按:《寄题江外草堂》,黄鹤编在广德元年。李泰伯云公在梓州,怀思草堂而作是诗。诗曰:"偶弃老妻去,惨澹凌风烟。"似指徐知道乱后,携家出成都事。然则公实尝回成都取家矣。仇又据《舍弟占归草堂检校》诗"熟知江路近,频为草堂回"之句,以为迎家至梓,必弟占代任其事。不知"频为草堂回",乃公嘱弟之语,意甚明,与迎家至梓事何涉?又按明年《九日》诗云:"去年登高郪县北。"郪县,梓州治也。九日登高于县北,则赴成都迎妻子,必在重九后,《谱》云秋末赴成都,盖有据也。)然颇有东游之意。(《奉赠射洪李四丈》:"东征下月峡,挂席穷海鸟,万里须十金,妻孥未相保。")十一月,往射洪县,(《野望》:"仲冬风日始凄凄。"又曰:"射洪春酒寒仍绿。"知至射洪时,正十一月也。)到金华山玉京观,寻陈子昂读书堂遗迹,〔《冬到金华山观因得陈公学堂遗迹》:"陈公读书堂,石柱仄青苔,悲风为我起,激烈伤雄才。"按李、杜、韩、柳皆推重子昂(见李阳冰《太白集序》,韩愈送《孟东野序》及《荐士》诗,柳宗元《杨评士文集序》)而公倾心尤甚。在绵州时《送梓州李使君之任》诗云:"遇害陈公殒,于今蜀道怜,君行射洪县,为我一潸然。"《陈拾遗故宅》云:"位下曷足伤,所贵者圣贤,有才继《骚》《雅》,哲匠不比肩,公生扬马后,名与日月悬。……终古立忠义,《感遇》有遗篇。"他人但称其文字复古之功,公独兼颂其人格之伟大,可以占其怀抱矣。〕又访县北东武山子昂故宅。(《陈拾遗故宅》:"拾遗平昔居,大屋尚修椽,悠扬荒山日,惨澹故园烟。"又:"彦昭超玉价,郭震起通泉,到今素壁滑,洒翰银钩连。"盖赵彦昭、郭元振题壁尚在也。)旋复南之通泉县,访郭元振故居,于庆善寺观薛稷书画壁。(鹤注《过郭代公故宅》:"郭公,魏州贵乡人,宅在京师宣阳里。今云故宅,当是尉通泉时所居。"《观薛稷少保书画壁》云:"画藏青莲界,书入金榜悬。仰看垂露姿,不崩亦不骞,郁郁三大字,蛟龙岌相缠。又挥西方变,发地扶屋椽,惨澹壁飞动,到今色未填。"《舆地纪胜》:"薛稷书'慧普寺'三字,径三尺许,在通泉县庆善寺聚古堂。"米芾《海岳名言》:"薛稷书'慧普寺',老杜以为'蛟龙岌相缠'。今见其本,乃如奈重儿握蒸饼势,信老杜不能书也。"又曰:"老杜作薛稷'慧普寺'诗云'郁郁三大字,蛟龙岌相缠'。今有石本,得视之,乃是勾勒,倒收笔锋,笔笔如蒸饼。'普'字如人偓两拳,伸臂而立,丑怪难状。"赵曰:"稷书'慧普寺'三字乃真书,傍有赑屃缠捧,此其'蛟龙岌相缠'也。稷所画西方变相则亡。"张远注:"'发地扶屋椽',谓西方之像起自地面,直至屋椽。")又于县署壁后观稷所画鹤。〔见《通泉县署壁后薛少保画鹤》诗。《名画录》:"又蜀郡亦有(稷)鹤并佛像菩萨等,传于世,并称神品。"〕

广德元年癸卯(763)(岁初,岑参自虢州长史入为太子中允。夏,章彝守梓州。八月,房琯卒。秋后,高适御吐蕃无功。十月,吐蕃陷长安,代宗幸陕州。是年,元结除道州刺史。耿湋登进士第。）

　　公五十二岁。正月，在梓州，闻官军收河南河北，便欲还东都，俄而复思东下吴楚。（《春日梓州登楼二首》："厌蜀交游冷，思吴胜事繁，应须理舟楫，长啸下荆门。"仇曰："盖恐北归未能，转作东游之想也。"按《春晚有双燕》诗曰："今秋天地在，吾亦离殊方。"亦指东游而言也。）间尝至阆州，因游牛头、兜率、惠义诸寺。既归梓，又因送辛员外，至绵州。（仇注《巴西驿亭观江涨呈窦使君二首》曰："宝应元年夏，公送严武至绵州，广德元年春，公在梓州，有《惠义寺送辛员外》诗，中云'细草残花'，盖春候也，末云'宜到绵州'，盖重至绵州矣。此诗末章言春暮，正其时也。今依黄鹤编在广德元年春绵州作。黄谓《年谱》脱漏，是也。"多按：自惠义寺送辛员外同至绵州，寺在郪县北，而郪县即梓州治，则是归梓州后，再至绵州也。）自绵归梓，（《涪城县香积寺官阁》："寺下春江。"《涪江泛舟送韦班归京》："伤春一水间。"与前绵州诗节候同。涪城在梓州西北五十五里，绵州又在涪州西北，故知至绵州后，尝归梓州，盖涪城为自绵归梓必经之地也。）又往汉州。〔《旧书·房琯传》："宝应二年（即广德元年）四月，拜特进刑部尚书。"公《陪王汉州留杜绵州泛房公西湖》云"旧相追思后"，《得房公池鹅》云"为报笼随王右军"（以房公在途次也），朱云二诗"俱及房公赴召，则广德元年春，公尝至汉州矣。旧《谱》不书，略也"。仇曰："今按《唐书》谓召琯在宝应二年之夏，……恐误也。据此诗，春末盖已赴召矣。"〕夏返梓州。（时章彝为刺史，公《陪章留后侍御宴南楼》曰："绝域长夏晚。"又曰:"屡食将军第,仍骑御史骢。"知夏日,公复在梓也。)初秋,复别梓赴阆。九月,祭房琯。(琯以八月卒于阆州,公祭文题九月致祭。)秋尽,得家书知女病,因急归梓。(《客旧馆》旧次在广德元年梓州诗内,诗有"初秋别此亭"及"寒砧昨夜声"之句。仇曰:"《年谱》谓秋往阆州,冬晚复回梓州。据此诗,则是初秋别梓,秋尽复回也。"多按:仇说是矣。《发阆州》曰:"女病妻忧归意急,秋花锦石谁能数?别家三月一书来,避地何时免愁苦!"别家三月,与初秋别梓,秋尽复回,时期正合。)十一月,将出峡为吴楚之游。〔《将适吴楚留别章使君留后兼幕府诸公》,鹤编在广德元年十一月,云是代宗未还京时作,故诗云"重见衣冠走","黄屋今安否"。按公蓄念出峡,见于诗者,始自上元二年之秋。自是吟咏所及,数见不鲜。至本年春作《双燕》曰:"今秋天地在,吾亦离殊方。"同时《知歌行送祁录事归合州因寄苏使君》曰:"君今起拖春江流,余亦沙边具小舟,幸为达书贤府主,江花未尽会江楼。"江花,荷花也。秋晚自阆州归。作《客旧馆》曰:"无由出江汉,愁绪日冥冥。"则行期已届,犹不果就道,因而兴叹也。本年冬作《桃竹杖引》曰:"老夫复欲东南征,乘涛鼓枻白帝城。"则行期虽误,而东行之念,犹无时或忘也。至是而亲朋馈赆,行资已备,(《留别章使君》曰:"相逢半新故,取别随薄厚。")且已赋诗取别,则居然启程有日矣。王嗣奭曰:"章留后,所为多不法,而待杜特厚。公诗屡谏不悛,想托词避去,乃保身之哲,不欲以数取疏也。不然,有此地主,不必去蜀,又何以别去,而终不去蜀耶?后章将入朝,公寄诗云'江汉垂纶',

则公客阆州，去梓不远。"多按：公蓄念出蜀，三年于兹，（《草堂》："贱子且奔走，三年望东吴。"）踌躇至是，始果成行，想行旅所资，出于章留后之助居多。其所以卒抵阆而返者，则以严武回蜀故，初非始念所及也。谓公之于章，屡谏不悛，颇怀失望，则有之。若曰诡词去蜀，意在避章，诬公甚矣。后至阆州作《游子》曰："巴蜀愁谁语，吴门兴杳然。"知公东游之行，非虚饰矣。矧其时方有功曹之补，徒因欲下峡，遂不赴召，则其立意之坚决，尚有何可疑？〕于是命弟占归成都检校草堂，〔公之来蜀，四弟唯占与俱。自客岁移家至梓，离草堂且一年矣，至是始命占往检校，临行示诗曰："久客应吾道，相随独尔来，熟知江路近，频为草堂回。鹅鸭宜长数，柴荆莫浪开，东林竹影薄，腊月更须栽。"其意盖终当归住草堂，故命弟频往检点，使勿就芜废。前此有《寄题江外草堂》诗；又有句云："为问南溪竹，抽梢合过墙？"（送《韦郎司直归成都》，原注："余草堂在成都西郭。"）又云："我有浣花竹，题诗须一行。"（《送窦九归成都》）后此归至草堂有诗云："不忍竟舍此，复来薙榛芜。"知此数年间，东西奔突，实无一日忘怀于草堂也。〕

广德二年甲辰（764）（二月，严武再镇蜀。章彝罢梓州刺史东川留后，将入朝，严武因事杀之。三月，高适召还，为刑部侍郎，转左散骑常侍。九月，严武破吐蕃，拔当狗城；十一月，收吐蕃盐井城。是年，郑虔、苏源明相继卒。苏涣登进士第。）

　　公五十三岁。春首，自梓州挈家东首出峡，先至阆州，（后有自阆州携家却赴成都诗。公自成都移家至梓，在宝应元年。其自梓移阆,在何时,不见于诗。去秋因女病归家,时妻子犹在梓州。其来阆州当在本年春,意者此时作计出峡,必携家同行也。弟占独留在蜀,则《命占检校草堂诗》可证。)会朝廷召补京兆功曹参军,以行程既定,不赴召。(《别马巴州》原注:"时甫除京兆功曹,在东川。"《杜律演义》:"此必作于广德元年以后,盖不赴功曹之补,将东游荆楚,而寄别巴州也。"仇曰:"本传谓召补功曹,不至,在上元二年。王洙因之而误。蔡兴宗《年谱》编此诗在广德元年,亦尚未确。广德二年《奉侍严大夫》诗云:'欲辞巴徼啼莺合,远下荆门去鹢催。'此诗云:'扁舟系缆沙边久,独把钓竿终远去。'两诗互证,知同为二年所作矣。《杜臆》谓欲适楚,以严武将至,故不果行,此说得之。")二月,且离阆东去,闻严武将再镇蜀,大喜,遂改计却赴成都,〔《自阆却赴蜀山行》云:"不成向南国,复作游西川。"《奉侍严大夫》云:"殊方又喜故人来,重镇还须济世才,常怪偏裨终日待,不知旌节隔年回。欲辞巴徼啼莺合,远下荆门去鹢催,身老时危思会面,一生襟抱向谁开!"《归成都途中》云:"得归茅屋赴成都,直为文翁再剖符。"按自严武去蜀,公遽失所依,往来梓阆,彷徨久之,将欲出峡,则"孤矢暗江海,难为五湖游"(见《草堂》),将欲留居,则武夫暴厉,常有失身杯酒之虞(见《将适吴楚留别章留后》)。今闻严武再镇巴蜀,得重依故人,还居草堂,得非日暮穷途,意外之喜?故《却赴蜀山》诗(第三首)极言征途苦中之乐,《侍严大夫》诗叙严武之还,《途中寄严》诗预拟归来情事,亦皆喜溢词表,而既归草堂,作诗,历数"旧犬喜我来","邻里喜我归","大官喜我来","城郭喜我来",则直是乐不可支矣。〕三月,归成都。(《春归》有"轻燕受风斜"语,黄鹤编在本年三月。)六月,严武表为节度参谋,检校工部员外郎,赐绯鱼袋。(见《新书》本传,《旧书》作上二年冬,误。《客堂》曰:"台郎选才俊,自顾亦已极。"又曰:"上公有记者,累奏资薄禄。"即指此。)秋,居幕中,颇不乐,因上诗严武述胸臆,(《遣闷呈严公二十韵》作于是年,诗曰:"分曹失异同。"谓与僚辈不合也;又曰:"晓入朱扉启,昏归画角终,不成寻别业,未敢息微躬。"谓礼数拘束,疲于奔走也。按周必大《益公诗话》:"韩退之《上张仆射书》云:'使院故事,晨入夜归,非有疾病事故,辄不许出。抑而行之,必发狂疾。'乃知唐藩镇之属,皆晨入昏归,亦自少暇。如牛僧孺待杜牧,固不以常礼也。")遂得乞假暂归草堂。(《到村》以下,多草堂诗。仇注《到村》曰:"此乞假而暂到村也。旧注谓是广德二年秋作,明年正月,遂辞幕归村矣。"今案:上诗后乃准此假,想当然耳。)是时,曹霸在成都,公作《丹青引》赠之。(黄鹤定《韦讽宅曹将军画马图歌》《送韦讽上阆州录事参军》两诗为广德二年作,此诗宜与同时。)弟颖往齐州,〔《送舍弟颖赴齐州三首》,鹤定为广德二年秋成都作。诗曰:"两弟亦山东。"仇曰:"两弟谓丰与观。"多按:大历元年有诗题曰:"第五弟丰独在江左,近三四载,寂无消息……"诗曰:"乱后嗟吾在。"又曰:"十年朝夕泪。"是丰自天宝乱后,至大历元年,流落江左,凡十年矣。丰既在江左,则本年诗云"两弟亦山东"者,丰必不与。诗盖言颖赴齐后,并观为两弟在山东耳。大历二年《元日示宗武》仍云:

"不见江东弟，高歌泪数行。"（原注："第五弟漂泊在江左，近无消息。"）而同时又有《远怀舍弟颖观》等诗，云："阳翟空知处，荆南近得书。"以颖、观并提，知二人本同在一地，后乃分离，一往阳翟，一至荆南耳。此亦可作在山东者为颖与观之旁证。颖之初来成都，在何时，诗中不载。惟去年冬《命占检校草堂》诗云"相随独尔来"，明其时颖尚未至。颖之至成都，必在本年无疑。送颖诗又曰："诸姑今海畔。"考公《范阳卢氏墓志》，审言之女，薛氏所出者，适魏上瑜、裴荣期、卢正均，皆前卒，卢氏所出者，一适京兆王佑，一适会稽贺㧑。此云在海畔，必贺氏姑也。〕岁晚，因事寄诗贾至。（《别唐十五诫因寄礼部贾侍郎》，旧编在广德二年，以贾转礼部在是年，又知东都选也。张远注曰："时唐十五必往东都赴举，公故寄诗为之先容也。"）是年，与严武唱和最密。

永泰元年乙巳（765）（正月，高适卒。四月，严武卒。五月，郭英乂为成都尹。九月，吐蕃、回纥入寇。十月，回纥受盟而还。郭英乂为兵马使崔旰所杀，邛州牙将柏茂琳、泸州杨子琳、剑南李昌夔皆起兵讨旰，蜀中大乱。是年，韦应物授京兆功曹，迁洛阳丞。令狐楚生。）

公五十四岁。正月三日，辞幕府，归浣花溪。（见《正月三日归溪上有作简院内诸公》。）自春徂夏，居草堂。（黄庭坚《题杜子美浣花醉图》摹写公此时之生活，最精妙，诗曰："拾遗流落锦官城，故人作尹眼为青，碧鸡坊西作茅屋，百花潭水濯冠缨，故衣未补新衣绽，空蟠胸中书万卷。探道欲度羲黄前，论诗未觉《国风》远。干戈峥嵘暗寓县，杜陵韦曲无鸡犬，老妻稚子且眼前，弟妹漂零不相见。此公乐易真可人，园翁溪友肯卜邻，邻家有酒皆邀去，得意鱼鸟来相亲。浣花酒舡散车骑，野墙无主看桃李，宗文守家宗武扶，落日塞驴驮醉起。愿闻脱冠脱兜鍪，老儒不用千户侯。中原未得平安报，醉里眉攒万国愁。……"）五月，携家离草堂南下，（《去蜀》曰："如何关塞阻，转作潇湘游。"则此行欲往湖南也。去岁，自梓州东下，其目的地亦系湖南，《桃竹杖引》及《留别章梓州》诗可证。）至嘉州，（有《青溪驿奉怀张之绪》诗，驿在嘉州。《狂歌行赠四兄》曰："今年思我来嘉州。"知先至嘉州，因四兄之召也；诗又曰："女拜弟妻男拜弟。"知妻子同行也。）六月，至戎州。（《宴戎州杨使君东楼》云："轻红擘荔枝。"当是其年六月作。黄鹤曰："黄山谷《在戎州食荔枝》诗云：'六月连山柘枝红。'可知荔枝熟于六月也。"多按：明年《解闷十二首》曰："忆过泸戎摘荔枝，青枫隐映石逶迤。"即指此役。曰青枫，是在秋前也。）自戎至渝州，候严六侍御，不到，先下峡。（有诗题如此。）入秋，至忠州，〔《禹庙》云："秋风落日斜。"忠州临江县南有禹祠（见《方舆胜览》），知至忠时已入秋。〕居龙兴寺院。（时有《宴忠州使君侄宅》诗，而《题忠州龙兴寺所居院壁》曰："空看过客泪，莫觅主人恩。"仇曰："使君必失于周旋，故有客泪主恩之慨。"按陆游有《游龙兴寺吊少陵寓居》诗，原注曰："寺门外，江声甚壮。"）九月，至云安县，（有《云安九日郑十八携酒陪诸公宴》诗。）因病，遂留居云安，〔《别常征君》云："卧病一秋强。"顾注："永泰元年，自秋徂冬，公在云安，故云'卧病一秋强'。"多按：

《移居夔州》作:"伏枕云安县。"《客堂》:"栖泊云安县,消中内相毒,旧疾廿载来,衰年得无足。"《别蔡十四著作》:"巴道此相逢,会我病江滨。"《赠郑十八贲》:"水陆迷畏途,药饵驻修蛅。"《客居》:"我在路中央,生理不得论,卧愁病脚废,……"《十二月一日三首》"肺病几时朝日边","茂陵著书消渴长。"——此皆可证留居云安,因病故也。《杜鹃》:"值我病经年。"《峡中览物》:"舟中得病移衾枕,洞口经春长薜萝。"《寄薛三郎中璩》:"峡中一卧病,疟疠经冬春,春复加肺病,此病盖有因,早岁与苏郑,痛饮情相亲。"——此可证明春犹未平复,不但"一秋强"也,又知得病之因,乃以早岁痛饮故耳。又合观前后诸诗,知病症有疟疠,有咳嗽("病肺"),又因久病而脚废。〕馆于严明府之水阁。(仇注《水阁朝霁简云安严明府》:"时公居严之水阁,故作诗以赠之。"多按:《赠郑十八贲》曰:"数杯资好事,异味烦县尹。"县尹即严。既留居水阁,又为致异味,知严款待之殷,故《简严》诗云:"晚交严明府。"喜交友之得人也。又按水阁之形胜,考之诗中,亦有足征者:《水阁朝霁简严诗》曰:"东城抱春岑,江阁邻石面。"《客居》曰:"客居所居堂,前江后山根,下堑万寻岸,苍涛郁飞翻,葱青众木梢,邪竖杂石痕。"《子规》曰:"峡里云安县,江楼翼瓦齐,两边山木合,终日子规啼。"《十二月一日三首》曰:"日满楼前江雾黄。"是也。)

大历元年丙午(766)(二月,杜鸿渐为东西川副元帅。秋后,柏茂琳为夔州都督。是年,岑参为嘉州刺史。窦叔向登进士第。薛据、孟云卿并在荆州。卢纶自鄱阳还京师约当此年。)

公五十五岁。春,在云安。时岑参方为嘉州刺史,寄诗赠之。(自乾元元年公与参同官两省,至大历元年,才九年,而诗云"不见故人十年余",此公误记耳。据杜确《岑参集》序,参自库部郎中出为嘉州刺史,杜鸿渐表为职方郎中,兼侍御史,列于幕府,无几使罢,寓居于蜀。鸿渐以本年二月为东西川副元帅。公诗题寄岑嘉州,原注曰"州据蜀江外",则必作于二月以前。诗云"泊船秋夜始春草",明指去年秋抵云安,至本年春,尚留居其地。诗作于大历元年春,盖无疑矣。)春晚,移居夔州。(《移居夔州》作曰:"伏枕云安县,迁居白帝城。"此诗又曰:"春知催柳别。"《船下夔州郭别王十二》曰:"风起春灯乱。"而《客堂》诗,诸家亦系于本年,诗曰:"巴莺粉末稀,微麦早向熟,……漠漠春辞木。"知公移居夔州,时在春晚矣。)初寓山中"客堂",〔《客堂》:"舍舟复深山,窅窕一林麓。"《催宗文树鸡栅》:"喧呼山腰宅。"知堂在山中。《贻华阳柳少府》:"俱客古信州(按即夔州),结庐依毁垣,相去四五里,径微山叶繁。"又尝于墙东树鸡栅,堂下种莴苣,想其制必甚陋。《雨二首》云:"殊俗状巢居。"《赠李十五丈别》云:"峡人鸟兽居,其室附层巅。"元稹《通州》诗云:"平地才应一顷余,阁拦都大似巢居。"自注:"巴人都在山陂架木为居,自号'阁拦头'。"公今所居,即此类欤?〕秋日,移寓西阁。(《中宵》:"西阁百寻余,中宵步绮疏。"《西阁雨望》:"滂沱朱槛湿,万虑倚檐楹。"《秋兴八首》:"山楼粉堞隐悲笳。"《夜宿西阁呈元二十一曹长》:"稍通绡幕霁。"绮疏绡幕,朱槛粉堞,与前居之客堂,迥不侔矣。

《不离西阁三首》:"江云飘素练,石壁断空青,沧海先迎日,银河倒列星。"则又特饶景物之胜,故诗又曰:"平生耽胜事,吁骇始初经。"盖题曰"不离西阁"者,不忍离也。仇从《杜臆》云有厌居西阁意,大谬。集中凡题"西阁"诸诗,所记物候,咸属秋冬,知秋始来居此。)同时诗中又有"草阁"之名,一称"江边阁",(《杜臆》以为别是一处。以《解闷十二首》"草阁柴扉星散居"及《暮春》"沙上草阁柳新暗"之句证之,或然。)秋后,柏茂琳为夔州都督,公颇蒙资助。(《峡口二首》原注:"主人柏中丞,频分月俸。"柏中丞,或误以为柏贞节,辩详王道俊《博议》。明年夏,有《园官送菜》及《园人送瓜》诗,皆茂琳所致者。)是年,多追忆旧游之作。

大历二年丁未(767)(皇甫冉迁右补阙。)

公五十六岁。在夔州。春,自西阁移居赤甲。(《赤甲》:"卜居赤甲迁居新,两见巫山楚水春。"《入宅三首》:"客居愧迁次,春色渐多添,花亚欲移竹,鸟窥新卷帘。"又曰"乱后居难定,春归客未还",知移赤甲在春。)三月,迁居瀼西草屋。去年冬作《瀼西寒望》曰"瞿塘春欲至,定卜瀼西居",是居瀼西之意,自去冬始也。《小园》曰"客病留因药,春深买为花",是春深时始买宅,与《暮春题瀼西新赁草屋五首》,及《卜居》"春耕破瀼西,桃红客若至"之句合也。《柴门》曰"约身不愿奢,茅栋盖一床",《夔府咏怀一百韵》曰"茅斋八九椽",曰"缚柴门窄窄",《暇日小园散病》曰"及乎归茅宇",《课竖子斫果林枝蔓》曰"病枕依茅栋"——知是草屋也。《上后园山脚》曰"小园背高冈"，《柴门》曰"石乱上云气，杉清延日华"，《课伐木》曰"舍西崖峤壮，雷雨蔚含蓄"，《夔府咏怀一百韵》曰"阵图沙北岸，市暨瀼西巅，（原注：峡人目市井泊船处曰"市暨"，江水横通山谷处，方人谓之"瀼"。）……堑抵公畦棱，村依野庙壖，缺篱将棘拒，倒石赖藤缠"，《课小竖斫果木枝蔓》曰"篱弱门何向，沙虚岸只摧"，《小园》曰"秋庭风落果，瀼岸雨颓沙"，《课伐木序》曰"夔人屋壁列树白菊，镘为墙，实以竹，示式遏，为与虎近"——宅周事物，无远近巨细，悉可考也。〕附宅有果园四十亩，（明年出峡，以瀼西果园四十亩赠"南卿兄"，又有诗题"课小竖锄斫舍北果林枝蔓荒秽净讫，移床三首"，又有《阻雨不得归瀼西甘林》诗。曰"果园"，曰"果林"，曰"甘林"，实即一处。果林在舍北，而《阻雨不得归甘林》曰"欲归瀼西宅，阻此江浦深"，则甘林亦在舍傍也。仇曰："公瀼西诗，有'果园'，有'甘林'。果园四十亩，他日所举以赠人者。甘林则为治生计，所云'客居暂封殖'者。《杜臆》谓朝行所视之园树，专指果园，于甘林无豫，故云'丹橘黄甘此地无'。今按'此地无'，正言柑橘之独盛。篇中'林香'、'出实'二语，明说丹橘矣，岂可云甘林在果园之外乎？大抵分而言之，则甘林另为一区，合而言之，甘林包在果园之内。盖四十亩中，自兼有诸果也。"多按《夔府咏怀一百韵》曰："色好梨胜颊，穰多栗过拳。"则仇云兼有诸果，是矣。）蔬圃数亩。（《小园散病将种秋菜督勒耕牛兼书触目》："深耕种数亩，未甚后四邻，嘉蔬既不一，名数颇具陈。"《驱竖子摘苍耳》："畦丁告劳苦，无以供日夕。"此公有蔬圃之证。诗中屡言

"小园"，悉指此也。蔬圃曰小园，对四十亩果园之大者而言之。又按《夔府咏怀》"紫收岷岭芋，白种陆池莲"，《秋野五首》"枣熟从人打，葵荒欲自锄"，"风落收松子，天寒割蜜房"，——总此所纪，并柑橘梨栗，蔬圃所产，及东屯之稻，则公生计之裕，盖无逾于此际矣。）又有稻田若干顷，在江北之东屯。（《行官张望补稻畦水归》曰："东屯大江北，百顷平若案，六月青稻多，千畦碧泉乱。"又有诗题曰"秋，行官张望督促东渚（按即东屯）耗稻，向毕，青晨遣女奴阿稽竖子阿段往问"。《自瀼西移居东屯》曰："白盐危峤北，赤甲古城东，平地一川稳，高山四面同，烟霜凄野日，粳稻熟天风。"按前诗云"百顷平若案"，《茅堂检校收稻二首》云"平田百顷间"，《夔州歌十首》亦云"东屯稻畦一百顷"，皆通东屯之田而言，百顷非尽公所有也。据《困学纪闻》，东屯之田，公孙述所开以积谷养兵者，故公《东屯夜月》曰"防边旧谷屯"。《舆地纪胜》云"东屯稻米为蜀第一"，故公《孟冬》诗有"尝稻雪翻匙"之句。）弟观自京师来。（有诗题曰"得舍弟观书，自中都（按即长安）已达江陵，今兹暮春月合到夔州……"又有《喜观即到题短篇二首》。后有《送弟观归蓝田迎妇》诗，知观果到夔也。）秋，因获稻暂住东屯。（《自瀼西荆扉且移居东屯茅屋四首》曰："东屯复瀼西，一种住青溪，来往皆茅屋，淹留为稻畦，市喧宜近利（按指瀼西，他章"市暨瀼西巅"可证），林僻此无蹊，若访衰翁语，须令剩客迷。"《向夕》"畎亩孤城外，江村乱水中"，又曰"鸡栖草屋同"，即指此处。于栗《东屯少陵故居记》曰："峡中多高山峻谷，地少平旷。东屯距白帝五里而近。稻田水畦延袤百顷,前带清溪,后枕崇冈,树林葱蒨,气象深秀,称高人逸士之居。"陆游《高斋记》:"东屯,李氏居已数世,上距少陵,才三易主,大历初故券犹在。"白巽《东屯行》:"雨足稻畦春水满,插秧未半青短短。马尘追逐下关头,北望东屯转三坂。一川洗尽峡中想,远浦疏林分气象,沟塍漫漫堰源低,滩濑泠泠石矶响。中田筑场亦有庐,翚飞夏屋何渠渠,李氏之子今地主,少陵祠堂疑故居。"原注:"东屯有青苗坡。"案即公《夔州歌》"北有涧水通青苗"也。何宇度《谈资》:"工部草堂,在城东十余里,尚有遗址可寻,止有一碑,存数字,题'重修东屯草堂记',似是元物。")适吴司法自忠州来,因以瀼西草堂借吴居之。(见《简吴郎司法》,诗曰"却为姻娅过逢地",知吴乃公之姻娅也。又曰"江帆飒飒乱帆秋",同时有《又呈吴郎》云"堂前扑枣任西邻",知吴到夔,约在八月也。)是时,始复动东游荆湘之意。(《舍弟观归蓝田迎新妇送示二首》:"满峡重江水,开帆八月舟,此时同一醉,应在仲宣楼。"期以八月会弟于江陵也。同时有《峡隘》诗,则远想江陵之胜,计期弟观且到,因恨出峡之不早也。《秋日寄题郑审湖上亭三首》:"舍舟因卜地,邻接意如何?"郑时在夷陵,欲往与结邻而居也。《昔游》:"杖藜望清秋,有兴入庐霍。"《雨》:"宿留洞庭秋,天寒潇湘素,杖策可入舟,送此齿发暮。"皆欲及秋东游也。《秋清》:"十月江平稳,轻舟进所如。"八月之行不果,期以十月也。《夜雨》:"天寒出巫峡,醉别仲宣楼。"《更题》:"只应踏初雪,骑马发荆州。"秋不果行,期以冬候也。《白帝城楼》:"夷陵春色起,渐拟放扁舟。"冬又不果行,更待之来年也。）十月十九日，于夔州别驾元特宅观李十二娘舞"剑器"。（见《观公孙大娘弟子舞剑器行》。）本年，仍复多病；秋，左耳始聋。（见《耳聋》《复阴》及《独坐二首》。）

大历三年戊申（768）（秋，李之芳卒。十月，李勉拜广州刺史。是年，岑参罢官东归，道阻，淹滞戎州。李筌进《太白阴经》。韩愈生。）

公五十七岁。正月中旬，去夔出峡。（《续得观书迎就当阳居止正月中旬定出三峡》："自汝到荆府，书来数唤吾。"当阳县属荆州。）临去，以瀼西果园赠"南卿兄"。（有诗题略如此。陆游《野饭诗》自注："杜氏家谱，谓子美下峡，留一子守浣花旧业，其后避乱成都，徙眉州大坝，或徙大蓬云。"按留子不见于诗，不足信。）三月，至江陵。（时卫伯玉为节度使，杜位在幕中。李之芳、郑审并在江陵，数从游宴。）夏日，暂如外邑。（《水宿遣兴奉呈群公》"小江还积浪"，曰"行舟却向西"，曰"异县惊虚往"，知是外邑。）留江陵数月，颇不得意。〔《水宿遣兴奉呈群公》："童稚频书札，盘飧诂糁藜？我行何至此，物理直难齐！"又曰："余波期救涸，费日苦轻赍。杖策门阑邃，肩舆羽翮低，自伤甘贱役，谁愍强幽栖！"《秋日荆南述怀三十韵》："苦摇求食尾，常曝报恩鳃，结舌防谗柄，探肠有祸胎。苍茫步兵哭，展转仲宣哀，饥藉家家米，愁征处处杯，休为贫士叹，任受众人咍。"《舟出江陵南浦奉寄郑少尹审》："栖托难高卧，饥寒迫向隅，寂寥相响沫，浩荡报恩珠。"《移居公安敬赠卫大郎》："交态遭轻薄。"《久客》："羁旅知交态，淹留见俗情，衰颜聊自哂，小吏最相轻。"意者地主失于周旋耳。卢元昌曰："公在江陵，至小吏相轻，吾道穷矣。于颜少府曰'不易得'（按见《醉歌行》），于卫大郎亦曰'不易得'（按见《移居公安敬赠卫大郎》），志幸，亦志慨也。"多按：卫大郎，名钧，伯玉之子。钧之于公，能以礼遇，则诗中所指，恐非伯玉。前诗云"异县惊虚往"；忤公者，岂外邑之主人欤？〕秋末，移居公安县，（《移居公安山馆》云"北风天正寒"，此既至公安后作也。《移居公安敬赠卫大郎》有"秋露接园葵"之句。卫在江陵，诗盖作于将发江陵之时。故定为秋末移居。）遇顾诫奢，（《醉歌行赠公安颜十少府请顾八题壁》："君不见东吴顾文学，君不见西汉杜陵老，诗家笔势君不嫌，词翰升堂为君扫。"）李晋肃，（晋肃，李贺之父，即韩愈所为作《辩讳》者。《公安送李入蜀》诗称二十九弟，李必公之姻娅。）及僧太易。（见《留别公安太易沙门》诗。太易又善司空曙，有赠《司空拾遗》诗。）留憩公安数月，〔《晓发公安》原注："数月憩息此县。"陆游《入蜀记》曰："公《移居公安》诗'水烟通径草，秋露接园葵'，而《留别太易沙门》诗'沙村白雪仍含冻，江县红梅已放春'，则以是秋至此，暮冬始去。其曰'数月憩息'，盖谓此也。"卢元昌曰："是时公安有警，故《山馆》有'世乱敢求安'句，后《晓发》则曰'邻鸡野哭如昨日'，《发刘郎浦》则曰'岸上空村尽豺虎'，此章（按即《移居公安赠卫大郎》）'入邑豺狼斗'，必有所指矣。"〕岁晏，至岳州。（《别董颋》："汉阳颇宁静，岘首试考槃。"与《公安送李晋肃》题中"余下沔鄂"语吻合。《送李诗》云"正解柴桑缆"，盖将由沔鄂下柴桑也。然而所至乃岳州，柴桑之行盖不遂耳。黄生曰："柴桑在江州。前诗云'江州涕不禁'，公岂有弟客此，而欲访之耶？又诗'九江春色外，三峡暮帆前'，知公久有此兴，或此行终不果耳。"多按：大历二年《又示两儿》诗曰："长葛书难得，江州涕不禁，团圆思弟妹，行坐白头吟。"仇云："前有送弟往齐州诗，长葛与齐州相近，故知长葛指弟。《七歌》云'有妹在钟离'，江州与钟离相近，故知江州指妹。"此可证黄说之讹。）

大历四年己酉（769）（二月，韦之晋自衡州刺史，迁潭州。是年，杜鸿渐卒。李益、冷朝阳并登进士第。）

公五十八岁。正月，自岳州至南岳，游道林二寺，观宋之问题壁。〔《岳麓山道林二寺行》："宋公（原注：宋之问）放逐曾题壁，物色分留待老夫。"〕入洞庭湖，（《过南岳入洞庭》："春生力更无。"）宿青草湖；又宿白沙驿；过湘阴，谒湘夫人祠。更溯流而上，以二月初抵凿石浦（湘潭县西。）宿之。又过津口，次空灵岸（湘潭县西一百六十里。）宿花石戍，次晚州。（在湘潭。）三月，抵潭州。（《清明二首》："此身飘泊苦西东，右臂偏枯半耳聋，寂寂系舟双下泪，悠悠伏枕左书空。"老病穷途，心绪可知也。）发潭州，次白马潭，入乔口，（原注："长沙北界。"）至铜官渚，阻风。发铜官，宿新康江口，（《北风》原注："新康江口信宿方行。"）次双枫浦，遂抵衡州。（《上水遣怀》："但遇新少年，少逢旧亲友……后生血气豪，举动见老丑，穷迫挫囊怀，常如中风走。"仇曰："公初入蜀则曰'故人供禄米'，在梓阆则曰'穷途仗友生'，再还蜀则曰'客身逢故旧'，初到夔则曰'亲故时相问'。至此则亲朋绝少，旅况益艰，故篇中多抑郁悲伤之语。"按公至湖南，必欲依韦之晋，及其既至，而韦旋卒。公晚节命途之舛，至于此极！之晋以本年二月受命自衡州刺史改潭州。公到潭时，之晋或犹未行，故有《奉送韦中丞之晋赴湖南》诗，在衡州送韦之潭也。四月，之晋卒，公有诗哭之，词极哀痛。）夏，畏热，复回潭州。（仇曰："是年有《发潭州》及《发白马潭》诗，乃春日自潭往衡岳也。又据韦迢《早发湘潭寄杜员外诗》云'湘潭一叶黄'，知秋深复在潭州矣。观公《楼上》诗'身事五湖南'，'终是老湘潭'，皆可证。"）晤张建封。（《别张十三建封》："相逢长沙亭。"）时苏涣旅居江侧，忽一日，访公于舟中，公请涣诵诗，大赏异之，遂订交焉。（见《苏大侍御访江浦赋八韵记异》诗并序，又有《又枉裴道州手札率尔遣兴寄苏涣侍御》诗云："倾壶箫管动白发（按此公自谓），舞剑霜雪吹青春（此谓苏），宴筵曾语苏季子，后来杰出云孙比。茅斋定王城郭门，药物楚老渔商市，市北肩舆每联袂，郭南抱瓮亦隐几。"卢注："苏卜斋定王郭门，公卖药鱼商市上，苏访公于市北，则肩舆频至，公访苏于郭南，则隐几萧然。此叙彼此往来之谊也。"）终岁在潭州。

大历五年庚戌（770）（四月，湖南兵马使臧玠杀其团练使崔瓘，杨子琳、阳济、裴虬各出兵讨玠，子琳取胳而还。是年，李端登进士第。李公佐生。）

公五十九岁。春，在潭州。正月二十一日，检故帙，得高适上元二年人日见寄诗，因追酬一首，寄示汉中王瑀及敬超先。（序曰："自枉诗，已十余年，莫记存殁，又十余年矣。

老病怀旧，生意可知。今海内忘形故人，独汉中王瑀与昭州敬使君超先在，爱而不见，情见乎辞。"）暮春，逢李龟年。(《明皇杂录》："龟年……后流落江南，每遇良辰胜景，常为人歌数阕，座上闻之，莫不掩泣罢酒。"《云溪友议》："李龟年奔江潭，曾于湖南采访使筵上唱'红豆生南国，春来发几枝，愿君多采撷，此物最相思'，又云'清风明月苦相思，荡子从戎十载余，征人去日殷勤嘱，归雁来时数附书'，此词皆王维所作也。"）四月，避乱入衡州，（《入衡州》曰："销魂避飞镝，累足穿豺狼，隐忍枳棘刺，迁延胝胼疮。远归儿侍侧，犹乳女在傍，久客幸脱免，暮年惭激昂。萧条向水陆，汩没随渔商。"《逃难》云："五十头白翁，南北逃兵难，疏布缠枯骨，奔走苦不暖。"《舟中苦热遣怀》云："中夜混黎甿，脱身亦奔窜……耻以风疾辞，胡然泊湘岸？入舟虽苦热，垢腻可溉灌。"）欲往郴州依舅氏崔伟，（时崔摄郴州。本年春，有《奉送二十三舅录事之摄郴州》诗曰："气春江上别。"《入衡州》曰："诸舅剖符近，开缄书札光，频繁命屡及，磊落字百行（言崔见招也）。江总外家养（感舅德也），谢安乘兴长（将赴郴也），……柴荆寄乐土（将居郴也），……"）因至耒阳，时属江涨，泊方田驿，半旬不得食，聂令驰书为致牛炙白酒。〔呈聂诗题曰："聂耒阳以仆阻水，书致酒肉，疗饥荒江。诗得代怀，兴尽本韵，至县呈聂令。陆路去方田驿四十里，舟行一日。时属江涨，泊于方田。"诗曰："耒阳驰尺素，见访荒江渺，……知我碍湍涛，半旬获浩溔，孤舟增郁郁，僻路殊悄悄，……礼过宰肥羊，愁当置清醥。"案世传饫死之说，不实，辩详见后。惟公阻水缺食之期间，诗明言"半旬"，而诸书或曰涉旬（《明皇杂录》），或曰旬日（《新书》），或曰旬余（鹤谱），皆不根之谈，此亦不可不辩也。鹤曰："郴州与耒阳，皆在衡州东南。衡至郴，四百余里，郴水入衡。公初欲往郴依舅氏，卒不遂。其至方田也，盖溯郴水而上，故诗云'方行郴岸静'。"按耒阳至衡州，一百六十八里。〕盛夏回棹，秋至潭州，小憩，遂遍别亲友，溯湘而下，（《回棹》旧编在大历五年，诗曰"蒸池疫疠遍""火云滋垢腻"，知返棹时当盛夏也。《登舟将适汉阳》曰"秋帆催客归"，又有《暮秋将归秦留别湖南幕府亲友》诗，知发潭州时届暮秋也。）将出沔鄂，由襄阳转洛阳，迤逦归长安，（《回棹》曰"清思汉水上，凉忆岘山巅"，《登舟将适汉阳》曰"鹿门自此往，永息汉阴机"，而在潭州留别湖南亲友诗题曰"将归秦"，知此行乃归长安，而预计经由之地，亦皆历历可考。）冬，竟以寓卒于潭岳间，旅殡岳阳。〔黄鹤曰："夏如郴，因至耒阳，访聂令，经方田驿，阻水旬余，聂令致酒肉。而史云令尝馈牛炙白酒，大醉，一夕卒。尝考谢聂令诗有云'礼过宰肥羊，愁当置清醥'，其诗题云'兴尽本韵'，又且宿留驿近山亭。若果以饫死，岂复能为是长篇，又复游憩山亭？以诗证之，其诬自可不考。况元稹作志，在《旧史》前，初无此说。按是秋舟下洞庭，故有《暮秋将归秦奉留别亲友》诗。又有《洞庭湖》诗云'破浪南风正，回樯畏日斜'，言南风畏日，又云回樯，则非四年所作甚明；当是是年，自衡州归襄阳，经洞庭诗也。元微之《志》云：'扁舟下荆楚，竟以寓卒，旅殡岳阳。其后嗣业启柩，襄祔事于偃师，途次于荆，拜余为志。'吕汲公亦云：

'夏还襄汉，卒于岳阳。'鲁谱云：'其卒当在衡岳之间，秋冬之交。'但衡在潭之上流，与岳不相邻，舟行必经潭，然后至岳，当云在潭岳之间，蔡《谱》以史为是，以吕为非，盖未之考耳。"仇兆鳌曰："五年冬，有《送李衔》诗云：'与子避地西康州，洞庭相逢十二秋。'西康州即同谷县。"公以乾元二年冬寓同谷，至大历五年之秋，为十二秋。又有《风疾舟中》诗，云："十暑岷山葛，三霜楚户砧。"公以大历三年春适湖南，至大历五年之秋，为三霜。以二诗证之，安得云是年之夏卒于耒阳乎？多按：《风疾舟中伏枕书怀呈湖南亲友》，题曰"舟中伏枕"，诗又曰"羁旅病年侵"，是舟中构疾也。诗又曰"群云惨岁阴"，曰"郁郁冬炎瘴"，时在冬候也。公之卒，在大历五年冬，无疑。又按戎昱《耒阳溪夜行》原注云："为伤杜甫作。"昱大历间人，有赠岑参诗。则是公饫死耒阳之说，由来甚久。其详见于郑处晦《明皇杂录》。厥后罗隐有《经耒阳杜工部墓》诗；郑谷《送沈光》诗亦曰"耒阳江口春山绿，恸哭应寻杜甫坟"；杜荀鹤《吊陈陶处士》曰"耒阳山下伤工部，采石江边吊翰林，两地荒坟各三尺，却成开解哭君心"；孟宾于《耒阳杜公祠》曰"白酒至今闻"；徐介《耒阳杜工部祠堂》曰"故教工部死，来伴大夫魂"；裴说《题耒阳杜公祠》曰"拟掘孤坟破，重教《大雅》生"；裴谐同作曰"名终埋不得，骨朽且何妨？"此皆宋以前诗也。（《耒阳县志》载李节《耒阳吊杜子美》诗，称节为天宝词客，则显系伪托。）然同时亦有怀疑之说。《诗话总龟》载僧绍员诗云："百年失志古来有，牛肉因伤是也无？"又载耒阳令诗云："诗名天宝大，骨葬耒阳空。"此皆言聂令空堆土也。黄鹤已知公实不死于耒阳，乃犹疑耒阳有坟有祠，谬说之起必有因，遂又创为新说，谓公尝瘗宗文于耒阳，后人遂误以为公坟耳。其所据则《风疾舟中伏枕书怀诗》"瘗夭追潘岳"句，及下句渴死事也。今按《入衡州》云"犹乳女在傍"，夭者想是此女耳。潘岳《西征赋》："夭赤子于新安，坎路侧而瘗之。"公诗，用此事，于哺乳之女乃切当。若宗文，是时计年已及冠，得谓为赤子耶？仇氏驳之曰："宗文若卒于湖南，应有哭子诗，而集中未尝见。"信然。《山海经》"夸父与日逐走，渴死，弃其杖，化为邓林"，此下句"持危觅邓林"所用事也。黄鹤割裂"渴死"二字，以属宗文，致文意乖乱不可通。今按"觅邓林"，觅瘗夭之所也（邓林，夸父死处，故得借用以言窆所），"持危"谓忍渴冒死以觅之也。诗题本云"舟中伏枕"，上句又云"行药病涔涔"，下句云"蹉跎翻学步"，则是力疾瘗夭，行步艰难，故云"持危"耳。仇注："邓林，谓老行须杖。"亦胜于鹤说百倍。〕

岑嘉州系年考证

（嘉州诗见存者三百六十首，其中可确指为某年或某数年间作者，依余所考，殆十有七八。兹篇初藁，本已分年隶属，厘订粗备。旋以每定一诗，疏通篇旨，参验时事，引绪既繁，卷帙大涨，虑其厖糅，不便省览，乃仅留其时地有征，可据诗以证事者，余悉汰之。盖兹篇意在研究作者之生活，当以事为经，以诗为纬，亦即不得不详于事而略于诗也。读者慎勿以为嘉州篇咏之有年可稽者，胥尽于是。至于编年诗谱，不容偏废，谁曰不然？别造专篇，傥在来日。

嘉州旧无年谱。撰此考垂成，或告以《岭南学报》第一卷第二期有《岑参年谱》，取而读之，则近时赖君义辉之所作也。以校拙撰，同者不及一二，异者何啻八九。诚以余为此考，年经月纬，枝叶扶疏，亦既自病其事甚寡而词甚费矣，故今也于其所以异于赖君者，雅不欲一一申辩，以重滋其芜蔓。其或赖君洞瞩未周，而事有关系甚巨，又非剖析不足以明真相者，则于附注中稍稍指陈之，但求有当于征实，不务抑彼以张我也。虽然，吾得读赖君此作，如入空谷，而足音跫然，忽在我前，斯亦可喜也矣。若夫筚路蓝缕，先我著鞭，伟哉赖君，吾有愧色焉。民国二十二年三月，三易藁竟，一多谨识,时距嘉州没后实一千一百六十三载也。)

公讳参,唐荆州江陵人,[1]其先世本居南阳棘阳,梁时长宁公善方始徙江陵。善方以降,岑氏谱系,可得而详焉,示图如次:[2]

---

[1] 诸书称南阳人者,从其旧望也。据《新书·宰相世系表》,周文王异母弟耀,子渠,武王封为岑子,其地梁国北岑亭是也(案说本《吕览》),子孙因以为氏,世居南阳棘阳(案汉棘阳县故城,在今河南新野县东北)。后汉有征南大将军岑彭,六传至晊,徙居吴郡,又六传至宠,徙盐官,十世孙善方又徙江陵。张景毓《大唐朝散大夫行润州句容县令岑君德政碑》(《续古文苑》一八,后简称《张碑》):"其先出自颛顼氏,后稷之后。周文王母弟辉尅定、殷墟,封为岑子,今梁国岑亭,即其地也。因以为姓,代居南阳之棘阳。十三代孙善方,随梁宣帝西上,因官投迹,寓居于荆州焉。"又曰:"梁亭汉室,先开佐命之封,吴郡荆门,晚葺因居之地。"此虽与《新表》所纪小异(《元和姓纂》五与《新表》略同,当为《表》所本),然岑氏之不居南阳已久,则无惑也。《旧书》七〇《岑文本传》,封江陵县子(《张碑》作江陵县伯),又尝自称"江南一布衣"。《法苑珠林》:"中书令岑文本,江陵人。"《新书岑羲传》:"羲江陵人。"《朝野佥载》:"京中谣曰,岑羲獠子后,崔湜令公孙,三人相比接,莫贺咄最浑。"亦谓羲为南人。唐世岑氏,籍隶江陵,此其明征矣。他若《新书·文本传》又称邓州人,则不悟望著南阳,本从汉郡,汉之南阳不因唐郡更名而为邓州也。夫诸书狃于六代积习,匿本贯而标郡望,已为无谓,此更改称邓州,则又歧中之歧。《全唐诗》《全唐文》岑参小传并从之,不思之甚矣。唐荆州(后升为江陵府)江陵县,即今湖北江陵县。

[2] 此图据《新书·宰相世系表》及《姓纂》改制。《表》颇有舛误,今依沈炳震《新旧唐书合钞》订正。长倩子五人(本传"五子同赐死"),《姓纂》但有虚源、广成二名,而虚源《旧书·文本传》又作灵源,今仍从《姓纂》。羲弟仲翔、仲休,《姓纂》《新书·文本传》及《宰相世系表》并同,惟《旧书·文本传》作翔、休,今从多数。杜确《岑嘉州集序》曰:"嗣子佐公,复纂前绪。"佐公似即公子之名,《表》原阙,据《序》补入。诸人历官皆不录,读者参阅《姓纂》《张碑》及《新表》可耳。

闻一多讲文学

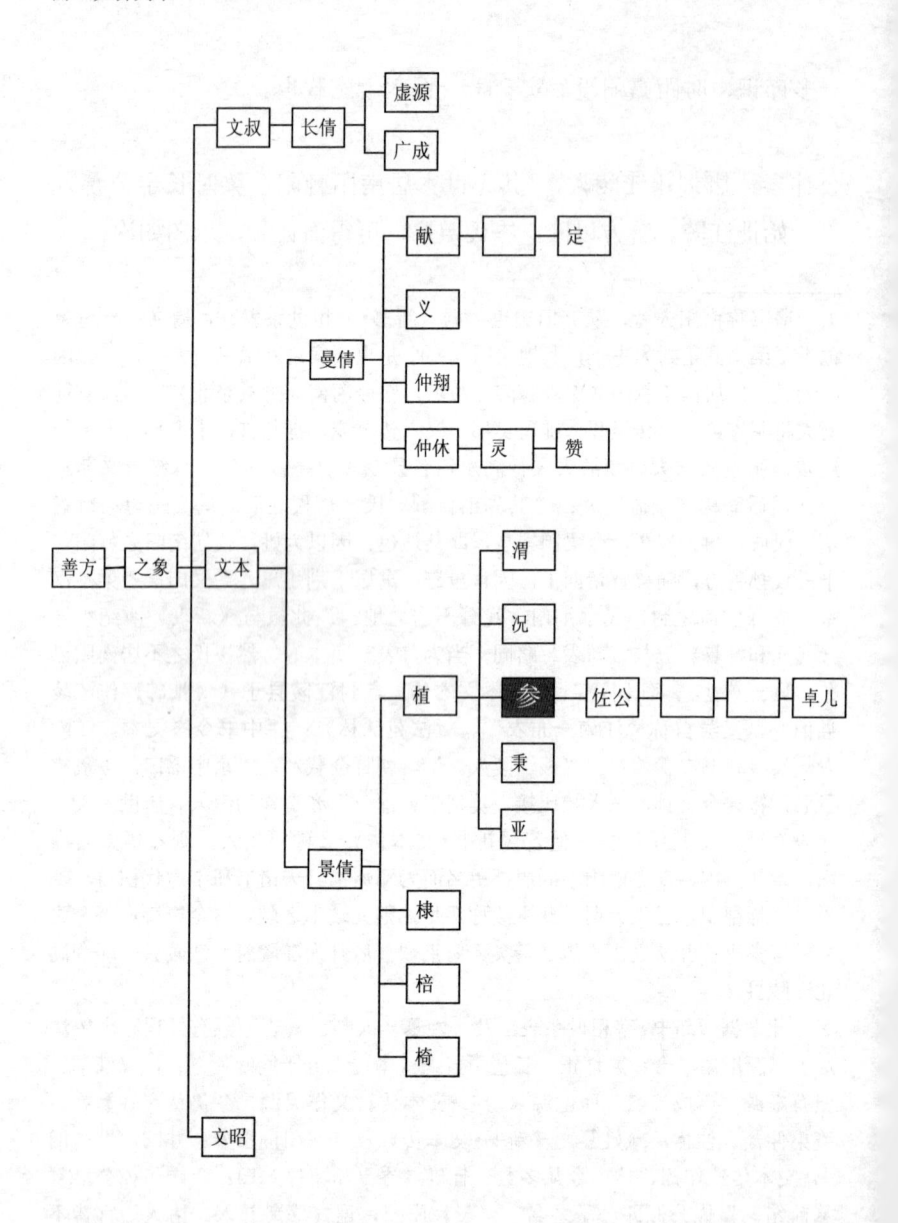

```
                              ┌─ 虚源
              ┌─ 文叔 ─ 长倩 ─┤
              │               └─ 广成
              │
              │               ┌─ 献 ─ □ ─ 定
              │               │
              │               ├─ 义
              │         ┌─ 曼倩┤
              │         │     ├─ 仲翔
              │         │     │
              │         │     └─ 仲休 ─ 灵 ─ 赞
              │         │
善方 ─ 之象 ─ 文本┤         │     ┌─ 渭
              │         │     │
              │         │     ├─ 况
              │         │     │
              │         │     ├─ 植 ─ 参 ─ 佐公 ─ □ ─ □ ─ 卓儿
              │         │     │
              │         │     ├─ 秉
              │         │     │
              │         └─ 景倩┤     └─ 亚
              │               │
              │               ├─ 棣
              │               │
              │               ├─ 棓
              │               │
              │               └─ 椅
              │
              └─ 文昭
```

— 112 —

〔公《感旧赋》（《全唐文》三五八）序曰："国家六叶，吾门三相矣。"三相者，曾祖文本相太宗，伯祖长倩相高宗，伯父羲相睿宗也。文本字景仁，以文翰位跻台辅，与虞世南、李百药、许敬宗辈齐名。所著有集六十卷，[1] 又尝与令狐德棻同撰《周史》，其史论多出于文本。张景毓称其"五车万卷，百家诸子，吐凤怀蛟，凌云概日，不尚浮绮，尤存典裁，藻翰之美，今古绝伦"，虽贡谀之辞，不无溢美，要其声荣之重，可想见也。《书》本传纪其少年轶事曰："父之象，隋末为邯郸令，常被人所讼，理不得申。文本性沈敏，有姿仪，博考经史，多所贯综，美谭论，善属文。时年十四，诣司隶称冤，辞情慨切，召对明辨。众颇异之，试令作《莲花赋》。下笔便成，属意甚佳。合台莫不叹赏。"又言其为中书舍人时"所草诏诰，或众务繁凑，即命书僮六七人随口并写，须臾悉成，亦殆尽其妙"。斯则公家文学之遗传，有足征者也。

长倩字某，羲字伯华，继居辅宰，并能守正不阿，然皆不获令终。长倩以忤诸武被戮，五子同赐死；羲亦因政潮受牵，身死家破。先是睿宗景云三年（712）正月，羲以户部尚书同中书门下三品，六月为侍中。时羲兄献为国子司业，弟翔为陕州刺史，休为商州刺史，从族弟子侄因羲引用登清要者数十人，故《感旧赋》云："朱门不改，画戟重新，暮出黄阁，朝趋紫宸，绣毂照路，玉珂惊尘，列亲戚以高会，沸歌钟于上春，无大无小，皆为缙绅，颙颙卬卬，逾数十人。"虽然"高

---

[1] 卢照邻《南阳公集序》（《全唐文》一六）："贞观中，虞、李、岑、许之俦以文章进。"新旧二史志有文本集六十卷，本传同，惟卢《序》云"凡所著述，千有余篇，今之刊写，成三十卷"，盖当时刊写未足之本耳。

明之家，鬼瞰其室"，羲于斯时，似有预感，尝叹曰："物极则返，可以惧矣！"果尔，明年七月，太平公主事发，羲以预谋伏诛，籍没其家，亲族数十辈，放逐略尽，时则嘉州诞生之前二年也。[1]

公祖景倩，武周时麟台少监，卫州刺史，宏文馆学士。[2]父植，字德茂，弱冠补修文生，明经擢第，解褐同州参军，转蒲州司户参军。俄以亲累左授夔州云安县丞。秩满，丁父忧去职。服阕，调补衢州司仓参军。擢润州句容县令，有政声。景龙二年（708）源乾曜为江东黜陟使，荐擢某官。既去句容，县人为立德政碑。[3]后终仙、晋二州刺史。[4]

植子五人，渭、况、参、秉、亚也。渭与秉、亚皆无考。况尝官单父尉，与刘长卿友善，似亦有文名，[5]杜甫《渼陂行》"岑参兄弟皆好奇"，王昌龄《留别岑参兄弟》"岑家双

1　三相事迹详见两《唐书·岑文本传》。
2　见《新书·宰相世系表》。《张碑》云："周大中大夫，行麟台著作郎，兼宏文馆学士。"
3　见张景毓《岑公德政碑》。
4　见《新》表。
5　刘长卿有《曲阿对月别岑况徐说》诗，又有《旅次丹阳郡遇康侍御宣慰兼别岑单父》诗。以公《梁园歌送河南王说判官》原注"时家兄宰单父"，及《送楚丘曲少府赴官》诗"单父闻相近，家书为早传"之句证之，此岑单父即公兄况无疑也。曲阿县属丹阳郡。天宝元年正月改润州为丹阳郡，同年八月二十日改曲阿县为丹阳县。长卿二诗于郡称新名，县称旧名，疑作于天宝元年正月至八月之间。天宝元年，况在丹阳，则公《敬酬杜华淇上见赠兼呈熊曜》诗"忆昨癸未岁（案天宝二年），吾兄自江东"，当即指况，而《送人归江宁》诗曰"吾兄应借问，为报鬓毛霜"，《送扬州王司马》"为报吾兄道，如今已白头"，皆即况矣。

琼树，腾光难为俦"，盖皆谓况也。

夷考群书，公之家世，大校如此。〕

玄宗开元三年乙卯（715）公一岁

父植除仙州刺史，至早当在此年，疑公即生于仙州官廨。

〔案景龙二年，植尚为句容县令，因源乾曜荐擢某官，则为仙州刺史当在景龙二年后。《旧书·玄宗纪》，开元三年二月，析许州、唐州置仙州。《唐会要》七〇仙州条下云："贞观八年置鲁州，九年废。开元二年析许鲁唐三州，复置仙州。"置仙州，《纪》作三年，《会要》作二年。检《会要》同卷同叶又载开元十一年十二月，敕以仙州频丧长史，欲废之，令公卿议其可否。崔沔上议，有"然自创置，未盈十年"之语。若依《会要》开元二年创置，则下推至十一年十二月，已足十年，与崔沔语不合。是知始置仙州，当从《纪》作三年为正。开元三年始有仙州，则植除仙州刺史不得早于此年明矣。

公之卒年，依余所考，定为大历五年，或不大谬（说详后），然但知卒年，不知寿算几何，是其生年仍无由推计也。且集中诸诗凡有年月可稽者，又不详其时作者几岁。间有语及年岁者，又类皆约举成数（如曰三十四十），文家修词，不拘摭实，故亦不敢决为谁实谁虚，是仍不足据以上推其生年也。不宁惟是。诸篇所述年岁，斟酌前后，往往互相牴牾。试观下表：

		作诗之年	作者年岁之各种假设			
（1）	"参年三十未及一命"（《感旧赋》序）		二九	二八	二六	三〇
（2）	"三十始一命"（《初授官题高冠草堂》）	七四四	三〇	二九	二七	三一
（3）	"丈夫三十未富贵，安能终日守笔砚"（《银山碛西馆》）		三五	三四	三二	三六
（4）	"可知年四十，犹自未封侯"（《北庭作》）	七五四—七五六	四〇—四二	三九—四一	三七—三九	四一—四三
（5）	"四十年未老"（《行军诗》二首）	七五七	四三	四二	四〇	四四
（6）	"年纪蹉跎四十强，自怜头白始为郎"（《秋夕读书幽兴呈兵部李侍郎》）	七六二	四八	四七	四五	四九

否认（1）之"三十"为实数，则（2）（3）之"三十"，（4）（5）之"四十"，皆为虚数，未始不可，惟（6）曰"四十强"，而其时实已四十九岁，则在疑似之间。若（5）之"四十"为实数，则（3）之"三十"为虚数可也，（6）之称四十五为"四十强"亦可，然（1）（2）（4）三例则皆相去甚远。若定（6）之"四十强"为四十七岁，则（3）

（4）（5）皆为虚数可也，（2）称二十九岁曰"三十"，尚可，（1）称二十八岁为"三十"则断不可。若认（2）之"三十"为实数，则（3）（5）并为虚数可也，（4）之"四十"或虚或实，亦无问题，（1）称二十九为"三十"，（6）之"四十强"为四十八岁，皆不甚悖于理。综观以上各例，除（3）（4）两诗不可确定为何年所作，无从假定，其余四例中，惟（2）为较无滞碍，故余即准此定《初授官题高冠草堂》诗所云"三十始一命"者为实指三十；其时为天宝三载（744）则登第之年可证也。天宝三载年三十岁，则当生于开元三年（715）。此虽别无确证，然优于其他各例则无疑也。[1]

既知公父为仙州刺史至早在开元三年，而公之生亦在此年，则公即生于仙州官廨，为极可能之事矣。］

开元四年丙辰（716）二岁

开元五年丁巳（717）三岁

开元六年戊午（718）四岁

开元七年己未（719）五岁

始读书。

（《感旧赋》序："五岁读书。"）

---

[1] 赖《谱》定公生于开元六年（718）乃本表第五例，其误甚显。《初授官题高冠草堂》诗当作于天宝三载，赖《谱》在六载，相差三年，此不可不辨。案杜《序》"天宝三载，进士高第，解褐右内率府兵曹参军"。《苏氏演义》曰："进士者，可以进受爵禄者也。"登第后即解褐授官，乃当时常式，故登第之年即解褐之年。赖君既知登第在天宝三载，乃谓六载始授官，岂别有据耶？又案唐制贡举人正月就礼部试，二月放榜，四月送吏部，则公初授官当在天宝三载四月。《初授官题高冠草堂》诗曰："涧水吞樵路，山花醉药栏。"物候颇合。是非特授官之年可考，抑其月亦有征矣。

开元八年庚申（720）六岁

公父转晋州刺史，约当此年，公亦以此年侍父至晋州。

〔有唐官制，一岁为一考，四考有替则为满，若无替，则五岁而罢，此其常例也。景龙以还，虽官纪大紊，然玄宗即位，大格奸滥，窃疑刺史改转，是时已复遵常轨。[1]故植转晋州，或经四考，或经五考，其时要不外开元七八两年。惟岑氏自羲得罪后，朝中遽失依冯，以常理推之，植守此劣州[2]必历久始得上迁。[3]今姑依五考之例，定植转晋州之时为开元八年。此固想当然耳，然亦有一事可资参证。本集《题平阳郡汾桥边柳树》诗原注曰："参曾居此郡八九年。"平阳郡即晋州，天宝元年改名。公居晋八九年之久，而集中晋州诗仅见，是必童年侍父侨寓于此。《感旧赋》序曰"十五隐于嵩阳"，明十五以前未常居嵩阳也。十五以前不居嵩阳者，其时父方刺晋，公亦在晋州耳。十五岁之前一年为开元十六年。由开元十六年上数九年为开元八年，公之居晋盖自是年始。既知公始至晋在开元八年，则父之来守是州，必经五考，而其年则亦为开元八年矣。（若依四考计之，则转晋在开元七年，而公之居晋宜为十年，与《题柳树》诗注不合。）〕

开元九年辛酉（721）七岁

1　《唐会要》六八载景龙二年，御史中丞卢怀慎上疏曰："臣窃见比来州牧上佐等，多者一二年，少者三五月，遂即迁改，不论课最，争取冒进。……臣请望诸州都督刺史上佐等，在位未经四考以上，不许迁除。"据《旧书》九八《怀慎传》，疏上不纳。

2　崔沔议有"户口稀疏"及"宁为卑位，独当废省"等语。

3　仙州下州，刺史正四品下。晋州上州，刺史从二品。

开元十年壬戌（722）八岁

开元十一年癸亥（723）九岁

　　始属文。

　　　　（《感旧赋序》："九岁属文。"）

开元十二年甲子（724）十岁

开元十三年乙丑（725）十一岁

开元十四年丙寅（726）十二岁

开元十五年丁卯（727）十三岁

开元十六年戊辰（728）十四岁

开元十七年己巳（729）十五岁

　　移居河南府登封县（太室别业）。

　　〔是时，公父已逝世。家贫，从兄受书，能自砥砺，遍览经史。

　　《感旧赋》序曰："十五隐于嵩阳。"案河南府嵩阳县，武后时已改名登封（即今河南登封县）。此序称嵩阳（赋亦曰"有嵩阳之一邱"），则用旧名也。[1]《初至虢西官舍南池呈左右省及南宫故人》诗曰："他日能相访，嵩南旧草堂。"嵩南犹嵩阳耳。又案嵩高之名，旧有二说。《史记·封禅书》："自殽以东，名山五。……曰太室——太室，嵩高也。"此狭义之嵩山。《艺文类聚》七引戴延之《西征记》："嵩高，山岩中也，东谓太室，西谓少室，相去七十里；嵩高，总名也。"此广义之嵩山。县名嵩阳，盖取狭义，专指太室。公有《峨眉东脚临江听猿怀二室旧庐》诗，既曰二室，是公于太室

---

[1] 更名登封后，唐人诗文中每沿用嵩阳旧名，即如公《浐水东店送唐子归嵩阳》诗，即其一例也。

少室，皆尝居之矣。其居少室，有《自潘陵尖还少室居止秋夕凭眺》诗可证。少室之居，既别有征，则诸言嵩阳嵩南者，非太室而何？李白《送杨山人归嵩山》诗曰："我有万古宅，嵩阳玉女峰。"据《登封县志》，太室二十四峰有玉女峰。玉女为太室峰名而曰嵩阳，可证唐人称嵩阳皆谓太室之阳矣。

《新表》于植历官，称"仙晋二州刺史"，是植官终于晋州刺史。植捐馆之年，载籍不详，难以确指。据杜《序》称公"早岁孤贫"，则植之卒，即不在晋州任内，亦不出尔后数年中，总之，公移居嵩阳时，父已早卒，则可断言也。盖植殁后，妻子仍留寓晋州，必至本年，始徙嵩阳，故公于《题汾桥边柳树》诗注云"居平阳郡八九年"耳。

《感旧赋》曰"无负郭之数亩，有嵩阳之一邱"，而居嵩阳时年方十五，则与杜《序》所云"早岁孤贫"者正合。赋又曰："志学集其荼蓼，弱冠干于王侯；荷仁兄之教导，方励己以增修。"杜《序》于"早岁孤贫"下亦曰："能自砥砺，遍览经史。"盖父卒，故从兄受业，而自十五至二十，则正其勤苦向学之时也。〕

开元十八年庚午（730）十六岁

移居颍阳（少室别业）当在本年以后。

〔《自潘陵尖还少室居止秋夕凭眺》诗曰"草堂近少室，夜静闻风松"，知公又尝居少室也。集中又屡言归颍阳（《醉题匡城周少府厅壁》曰"颍阳秋草今黄尽，醉卧君家犹未还"，《偃师东与韩樽同诣景云晖上人即事》曰"山阴老僧解《楞伽》，颍阳归客远相过"，《郊行寄杜位》曰"秋风引归梦，昨夜到汝颍"）。颍阳即"少室居止"所在，其证有三。

戴延之《西征记》称太室少室相去七十里。颍阳县故治即今河南自由县颍阳镇，在登封县西南七十里。登封县在太室山下，其距颍阳道里，乃与太室距少室道里符合，则公颍阳所居亦即少室居止矣。其证一。《还少室居止凭眺》诗又曰："火点伊阳村，烟深嵩角钟。"按舆图，少室距登封（嵩阳）与其距伊阳道里略相等，故此凭眺，东望嵩角，则暮烟深处，时闻远钟，南瞻伊阳，则数星村火，隐约可辨。按之地望，此与颍阳正合，则颍阳即少室也。其证二。韦庄《颍阳县》诗曰："琴堂连少室，故事即仙踪。"此尤颍阳县治在少室山下之明验，然则颍阳亦即少室也。其证三。又案《元和郡县志》五："颍水有三源，右水出阳乾山，颍谷，中水导源少室通阜，左水出少室南溪，东合颍水。"公又有《南溪别业》诗，曰"结宇依青嶂"，曰"溪合水重流"。"青嶂"殆即少室山，"溪合水重流"即南溪合颍水也。[1]盖以县言则曰颍阳，以山言则曰少室，以水言则曰南溪，其实一耳。

知移居颍阳在本年以后者：《会要》七〇："咸亨四年分河南伊阙、嵩阳等县置武林县，开元十五年九月二日改颍阳县。"集中凡言家园，绝无称武林者，其称颍阳者，数见不鲜，故移家颍阳，合在改名以后。然自开元八年至十六年，为居晋州之期，而十七年居登封（嵩阳），亦有诗赋可据，则是迁居颍阳，至早不得过开元十八年矣。

又案公生平所居之地，见于诗者，又有"缑山草堂""陆浑别业"，及"王屋别业"，疑皆天宝中迁长安以前所居之

---

[1] 《南溪别业》诗，明至德济南本《岑集》所无，《全诗》有，又见蒋洌诗中。据此，则作蒋洌者非也。

地，[1]其迁徙年次，则并不详。姑附识于此，以俟续考。〕

开元十九年辛未（731）十七岁

开元二十年壬申（732）十八岁

开元二十一年癸酉（733）十九岁

开元二十二年甲戌（734）二十岁

始至长安，献书阙下。此后十年，屡往返于京洛间。

成室当在本年以后，天宝元年八月以前。

（《感旧赋》序曰"二十献书阙下"，赋曰"弱冠干于王侯"，又曰"我从东山，献书西周"。按《登科记》有上书拜官，及上书及第。《封氏闻见记》云："常举外，有进献文章并上著述之辈，或付本司，或付中书考试，亦同制举。"《云麓漫钞》亦云："上书者中书试，同进士及第。"《权载之集》有《元和元年吏部试上书人策问》三道，是与制举对策无异。公献书后，盖亦尝对策而落第耳。

知本年初至长安者，赋曰："我从东山，献书西周。"东山用谢安事，犹上文云"隐于嵩阳也"。献书以前，未尝涉迹帝都，故得曰"隐"，曰"东山"。

《夜过盘石隔河望永乐寄闺中效齐梁体》诗有"春物知人意，桃花笑索居"之句，似其时去新婚未久。《会要》七〇："天宝元年八月，易州永乐县改为满城县。"此诗称永乐则当作于天宝元年八月以前。永乐在京洛道中，诗盖即"出入二

---

[1] 天宝三载登第授官后，当居京师，考集中天宝三载以后，吟咏所及，如曰"终南草堂"，曰"高冠草堂"，曰"杜陵别业"之类，咸在长安，故偶有涉及嵩颍故园者，皆追怀之诗，是知自移家长安后，遂不复东归也。

郡"途经永乐时所作也。[1]然本年以前，公未尝至长安，则是诗之作，至早不得过本年。既知诗当作于本年以后，天宝元年以前，则公授室之年，亦约略可知矣。）

开元二十三年乙亥（735）二十一岁

开元二十四年丙子（736）二十二岁

开元二十五年丁丑（737）二十三岁

开元二十六年戊寅（738）二十四岁

开元二十七年己卯（739）二十五岁

在长安。

〔王昌龄开元二十八年冬谪江宁丞（说详后），有《留别岑参兄弟》诗，曰："长安故人宅，秣马经前秋。"诗作于开元二十八年而曰"前秋"，则是二十七年秋也。此本年公在长安之证。〕

开元二十八年庚辰（740）二十六岁

在长安。是冬，王昌龄出为江宁丞，公有诗送之。

〔《送王大昌龄赴江宁》诗曰："泽国从一官，沧波几千里，群公满天阙，独去过淮水。"诗有悯惜之意，似是昌龄初谪江宁时赠别之作。昌龄谪官之岁月，载籍不详。《送许子擢第归江宁拜亲因寄王大昌龄》诗曰："王兄尚谪宦，屡见秋云生。"彼诗作于天宝元年（详后），曰"尚谪宦"，则初赴江宁必在天宝元年以前，又曰"屡见秋云"，则又不只前一年，是昌龄谪官亦不得在开元二十九年也。又考王士源《孟浩然集》序，开元二十八年，王昌龄游襄阳，浩然因欢宴，疾发

---

[1] 又有《题永乐韦少府厅壁》诗，宜为同时所作，诗曰"故人是邑尉，过客驻征轩"。永乐为公行役所经之地，此其确证。

而卒。昌龄若二十七年谪官,似既谪官后,不得于二十八年忽离职守,远赴襄阳,故谪官亦不得在二十八年以前。昌龄《留别岑参兄弟》诗曰"江城建业楼,山尽沧海头,副职守兹邑,东南桌孤舟",明为谪江宁将之官时所作。诗又曰"便以风雪暮,还为纵酒留",而公《送昌龄赴江宁》诗亦曰"北风吹微雪,抱被肯同宿",明时在冬日。意者昌龄游襄阳在二十八年冬前,其谪江宁则二十八年冬耳。〕

开元二十九年辛巳(741)二十七岁

是年游河朔。春自长安至邯郸,历井陉,抵贝丘。暮春自贝丘抵冀州。八月由匡城经铁丘,至滑州,遂归颍阳。

〔《送郭乂杂言》诗曰"去年四月初,我正在河朔",集中又有河南北诗数首,是公尝有河朔之游也。知此游在本年者,其证有三。(一)《冀州客舍酒酣贻王绮寄题南楼》诗曰:"携手到冀州。"冀州天宝元年改信都郡,至德二载复为冀州。然公自至德二载归自北庭,尔后在长安,在虢州,在蜀,游踪所届,历历可考,绝不见游河朔之迹。且河北诸郡,自禄山叛命,逮于藩镇,变乱相仍,迄无宁岁,其地亦断非游衍之所,故诗与题所称冀州,必天宝元年未更郡名以前之冀州。(二)斯游虽不在天宝元年,要当去天宝元年不远。《至大梁却寄匡城主人》诗为此游途中所作(详后),诗曰:"一从弃鱼钓,十载干明王,无由谒天阶,却欲归沧浪。"此即《感旧赋》所谓"我从东山,献书西周,出入二郡,蹉跎十秋"也。献书事在开元二十二年,自彼年下推十载,为天宝二年。此游不得在天宝元年后,既如前述,则诗曰"十载",乃举成数言之。然数字虚用,充其量,八载而冒称十载可耳,七载以下似不宜犹称十载。故此诗至早当作于开元二十九年,亦即献书后八年也。(三)且事实上,天宝元二两年皆不得有河朔之游。天宝元年有长安诗,既在长安,则必无又在河朔之理。据《送郭乂杂言》诗"地上青草出,经冬今始归"之句,知首年出游,次年"青草出"时,即二月间,始归长安。出游若在天宝二年,则归长安应在三载二月。然公三载登第,其年正月正就试礼部之时,安得二月始归长安哉?天宝元二年既皆不得有此游,则《寄匡城主人》诗所云"十载",实才八载,益无疑矣。

至斯游经行之地,案之舆图,参以各诗所纪时物,其先后次第,似亦可寻,姑以意定之如此。说详下方各诗本条中:

《邯郸客舍歌》诗曰"客从长安来",知此游乃自长安首途。

《题井陉双溪李道士所居》井陉县属恒州,即今河北井陉县。依路线当自邯郸至此,再至贝丘。

《冀州客舍酒酣贻王绮寄题南楼》诗曰"客舍梨花繁,深花隐鸣鸠",与《送郭乂杂言》"去年四月初,我正在河朔"之语颇合。诗又曰"忆昨始相值,值君客贝丘,相看复乘兴,携手到冀州",则是与王绮同自贝丘来冀也。贝丘在今山东清平县西四十里。

《醉题匡城周少府厅壁》匡城县在今河北长垣县南十里。诗曰"颍阳秋草今黄尽,醉卧君家犹未还",知是南旋途中所作,时在秋日也。

《至大梁却寄匡城主人》大梁即滑州,隋时名东郡,唐复曰滑州,天宝元年改名灵昌郡。诗曰"仲秋至东郡",又曰

"仲秋萧条景",又曰"平明辞铁丘,薄暮游大梁",盖自匡城至铁丘,又至大梁,时则八月也。铁丘在滑州卫南县东南十里,今河北濮阳县北。诗又曰"故人南燕吏",是匡城主人即前诗之周少府也。

《郊行寄杜位》诗曰"秋风引归梦,昨夜到汝颖",又曰"所思何由见,东北徒引领",似亦此次自河北归颍阳道中作。杜位时在河朔,故曰东北引领。

《偃师东与韩樽同诣景云晖上人即事》诗曰"颍阳归客远相过",疑亦同时所作。〕

天宝元年壬午(742)二十八岁

在长安。

(《送郭乂杂言》诗有"初行莫早发,且宿灞桥头"及"到家速觅长安使,待女书封我自开"等句,知作于长安。开元二十九年在河朔,诗曰"去年四月初,我正在河朔",又曰"地上青草出,经冬今始归",则诗当作于天宝元年春。又本年正月甲寅,田同秀上言,见玄元皇帝于丹凤门之空中,告以所藏灵符在尹喜故宅,上遣使于故函谷关尹喜台旁求得之;壬辰,群臣上表请于尊号加天宝字,从之。公《送许子擢第归江宁拜亲因寄王大昌龄》诗曰"玄元告灵符,丹洞获其铭。皇帝受玉册,群臣罗天庭。喜气薄太阳,祥光彻窅冥。奔走朝万国,崩腾集百灵",则亦作于天宝元年。《送许》诗又曰"六月槐花飞,忽思莼菜羹,跨马出国门,丹阳返柴荆",集中又有诗题曰"宿关西客舍,寄东山严许二山人,时天宝初七月初三日,在内学见有高道举征",足证是年六七月,公犹在长安也。)

天宝二年癸未（743）二十九岁

在长安。岁晚作《感旧赋》。

（《感旧赋》曰："我从东山，献书西周，出入二郡，蹉跎十秋。"若定赋作于本年，则自开元二十二年献书至本年，恰为十年。然本年二十九岁，而赋序曰"参年三十，未及一命"，何哉？若从序"年三十"之语，定此赋作于明年，则自献书至天宝三载为十一年，又与"蹉跎十秋"之语不合。此序与赋一篇之内，自相牴牾也。明年《初授官题高冠草堂》诗曰"三十始一命"，而赋序曰"参年三十，未及一命"。同为年三十，忽曰"始一命"，忽曰"未及一命"，此诗与赋又互相牴牾也。窃意诗言"三十"当为实数，赋曰"十秋"亦然，赋序言"三十"则为虚数，故赋当作于天宝二年，二十九岁时。或疑唐制新进士四月送吏部，授官即在送吏部后。若然，则岁初作赋，曰"未及一命"，至四月授官后，乃曰"始一命"，亦无不可，故赋与诗不妨同为天宝三载所作。应曰，此不可能也。赋曰："嗟此路之其阻，恐岁月之不留，眷城阙以怀归，将欲返云林之旧游。"将谓赋作于正月乎？则正月乃就试礼闱之时，焉有既已就试，犹云欲返旧游之理？将谓赋作于二三月乎？则既已放榜登第矣，更无返旧游之必要。且赋中"雪冻穿屦，尘缁敝裘"之语，已明示作于冬日。既知作赋时未登第，此而冬日必非天宝三载冬，则其为天宝二年冬，可不待烦言而解矣。赋又曰："强学以待，知音不无；思达人之惠顾，庶有望于亨衢。"盖二年冬，因将赴举而为此赋，意欲使达人惠顾，或见激扬耳。唐世举人，积习如此。公之此赋，倘亦贤者不免欤。）

天宝三载甲申（744）三十岁

在长安。是年举进士，以第二人及第，解褐授右内率府兵曹参军。

（杜《序》："天宝三载，进士高第，解褐右内率府兵曹参军。"《唐才子传》三："岑参……天宝三年赵岳榜第二人及第。"案是年礼部侍郎达奚珣知贡举，见《唐语林》。）

天宝四载乙酉（745）三十一岁

在长安。

（《通鉴》，天宝四载三月，以刑部尚书裴敦复充岭南五府经略等使。五月，敦复坐逗不之官，贬淄川太守。公有《送裴校书从大夫淄川觐省》诗，裴大夫当即敦复，校书，敦复之子也。诗曰"尚书东出守，爱子向青州"，疑敦复赴淄川后，其子旋往省侍，故诗又有"倚处戟门秋"之句。此诗乃本年秋作于长安，可证其时公在长安也。）

天宝五载丙戌（746）三十二岁

天宝六载丁亥（747）三十三岁

天宝七载戊子（748）三十四岁

在长安。是年颜真卿使赴河陇，公有诗送之。

〔殷亮《颜鲁公行状》（《全文》五四一）："（天宝）七载，又充河西陇右军试覆屯交兵使。"留元刚《颜鲁公年谱》同。[1] 公有《胡笳歌送颜真卿使赴河陇》诗。〕

---

[1] 据《行状》，六载使河东朔方，七载使河西陇右。《旧书》一二八《颜真卿传》载使河朔事，在使河陇前，而不书何年（《本平广记》三二引《仙传拾遗》与本传同），盖亦以六载使河朔，七载使河陇。《旧书》一一四《鲁炅传》云"天宝六年——颜真卿为监察御史，使至陇右"，误也。

天宝八载己丑（749）三十五岁

〔安西四镇节度使高仙芝入朝，表公为右威卫录事参军，充节度使幕掌书记，遂赴安西。

公有《武威送刘单判官赴安西行营便呈高开府》诗，可证公尝佐高仙芝幕。然始入高幕之年，载籍不详。考仙芝天宝六载十二月代夫蒙灵詧为安西四镇节使，[1] 十载入为右金吾大将军。此四年中，七载公在长安，则七载尚未受辟也，八载九载，于诗无征，在长安与否不可知。至十载，始有《武威送刘单便呈高开府》诗（此诗当作于十载，说详后），知其年已至边地。然十载在边，未必即十载始至边地也。窃意仙芝居节镇之四年中尝两度入朝，一在八载，一在十载，[2] 其辟公为幕僚，似在八载入朝之顷。《送刘单》诗作于武威，诗曰："都护新出师，五月发军装。"又有《临洮客舍留别祁四》诗，曰："无事向边外，至今仍不归，三年绝乡言，六月未春衣。"武威临洮，地近也，五月六月，时近也，故别祁诗亦当作于十载。十载作此诗而曰"三年绝家信"，则初去家时，宜为天宝八载。此与高仙芝节制安西后初次入朝之年，适合符节。然则定公受辟在八载仙芝入朝之时，不为无据矣。

杜《序》于"解褐右内率府兵曹参军"下曰"转右威卫录

1　仙芝代灵詧，据《旧书》一〇四《仙芝传》及《通鉴》，在天宝六载。《旧书》一二八，《段秀实传》作七载，误。又《仙芝传》作六月，沈炳震云当从《封常清传》作十二月。按《通鉴》亦作十二月。
2　第二次入朝，《旧书》本传作九载，《通鉴》作十载。案唐镇将多因元旦入朝。仙芝盖于九载十二月平石国后发安西，岁晏抵长安，其朝见玄宗则在十载元旦。故二书虽所纪互异而实无牴牾。

事参军"。右威卫录事参军疑为高仙芝辟公时所为表请之官。其在安西幕中所守职事，据《银山碛西馆》诗"丈夫三十未富贵，安能终日守笔砚"之语，[1]则似为掌书记。唐时文士初入戎幕，每充掌书记，如高适之佐哥舒翰是也。公之于高仙芝，殆其类欤？〕

天宝九载庚寅（750）三十六岁

在安西。

天宝十载辛卯（751）三十七岁

正月，高仙芝入朝，三月，除武威太守河西节度使，代安思顺。于是仙芝幕僚群趋武威，公亦同至。适思顺密讽群胡坚请留己，奏闻，制遂复留思顺于河西，以仙芝为右羽林大将军。四月，诸胡潜引大食，欲共攻四镇，仙芝闻之，急赴边，将蕃汉三万众击大食。遂以五月出师，至怛罗斯，与大食遇。仙芝所将蕃兵葛罗禄部众叛，与大食夹攻唐军，仙芝大败。仙芝出征时，留公等在武威。及仙芝兵败还朝，公亦迤逦东归，以六月次临洮，约于初秋至长安。

〔仙芝以天宝十载正月加开府仪同三司。又据《新书·方镇表》，天宝十载王正见代高仙芝为安西四镇节度使，十一载正见死，封常清代之，常清居此职，至十四载始迁平卢，是十载以后，仙芝不复在安西也。《武威送刘单》诗称"高开府"，又曰"安西行营"，则作于天宝十载无疑。公作《送刘单》诗之年为天宝十载，而作诗之地，乃在武威。此颇可注

---

[1] 银山碛在西州西南三百四十里，又四十里，至焉耆界，有吕光馆，诗题当即指此，在安西时所作也。本年三十五岁，而诗言三十者，计举成数言之。

意。本年仙芝除河西,实未尝赴镇,[1]何以其幕僚[2]在武威(河西节度使治武威郡)?集中又有武威诗四首,似并为同时所作。

1.《武威送刘判官赴碛西行军》按《会要》七八:"开元十二年以后,或称碛西节度,或称四镇节度。"高仙芝是时为安西四镇节度使,故知此刘判官为仙芝僚佐。诗曰"都护行营太白西","都护"即《送刘单》诗"都护新出师"之都护,谓仙芝也,"行营"与《送刘单》诗题之"安西行营"亦同。又此诗曰"火山五月行人少",与《送刘单》诗"孟夏边候迟,胡国草木长,都护新出师,五月发军装",所言时序亦合。此刘判官虽不必即刘单,然二诗皆作于天宝十载四五月间,则可断言也。

2.《武威暮春闻宇文判官使还已到晋昌》据前二诗,知公等四五月间在武威,此曰暮春,则三月已来矣。

3.《河西春暮忆秦中》诗曰"凉州三月半",凉州即武威郡。此与前篇同时所作。

4.《登凉州尹台寺》诗曰"胡地三月半,梨花今始开",时序与前诗吻合,知为同时所作。凉州,天宝元年改武威郡,此用旧名,亦犹前诗曰"凉州三月半",《武威暮春闻宇文判官使还已到晋昌》诗曰"闻已到瓜州"也(瓜州即晋昌郡,亦天宝元年改名)。

---

1 《新书·方镇表》,天宝十载,仙芝入朝,迁河西,未行,改右羽林大将军。
2 《旧书·高仙芝传》:"天宝六载九月,仙芝讨小勃律国还,令刘单草告捷书。"知刘单为仙芝幕僚。

综观各诗,知仙芝僚属之至武威者,公与刘单外,又有宇文判官,其赴碛西之刘判官,似别为一人,疑即刘眺。总之,仙芝僚佐之在武威者颇多,而其时则在天宝十载之三月至五月间。仙芝征大食,据《通鉴》在四月,而幕僚则三月已到武威,此必诸人闻仙芝除河西之命,即趋赴武威,其后虽安思顺复来,仙芝不果就镇,然诸人既已来武威,即暂留其地,直至仙芝征大食还,始同归长安也。

仙芝击大食事见《通鉴》《旧书·玄宗纪》及《仙芝传》皆不载。《通典》一九三引杜环《经行记》云:"怛罗斯,石国大镇,即天宝十载高仙芝兵败之地。"《通典》又云:"族子环,随镇西节度使高仙芝西征,天宝十载至西海,宝应初因贾商船自广州而回,著《经行记》。"是则杜环亦仙芝幕僚而兵败流落西域者。

《通鉴》载征大食事在四月,而公《送刘单》诗曰:"孟夏边候迟,胡国草木长,都护新出师,五月发军装。"盖仙芝四月辞长安,五月整师西征耳。

知公东归以六月次临洮者,《临洮客舍留别祁四》诗曰"六月未春衣",《临洮龙兴寺玄上人院同咏青木香丛》诗曰"六月花新吐",可证。六月至临洮,初秋应抵长安。是秋,杜甫有《九日寄岑参》诗。〕

天宝十一载壬辰(752)三十八岁

在长安。是秋,与杜甫、高适、储光羲、薛据同登慈恩寺塔,赋诗。

〔薛播天宝十一载擢进士第,见《五百家韩注》。公有《送薛播擢第归河东》诗,知本年在长安。

公有《与高适薛据登慈恩寺浮图》诗，杜甫、高适、储光羲并有同诸公登慈恩寺塔诗，知斯游杜、储亦与。今惟薛作不存，余四家诗中所纪时序并同（公诗曰"秋色从西来"，杜曰"少昊行清秋"，高曰"秋风昨夜至"，储曰"登之清秋时"），尤为五人同游之证。杜诗梁氏编在天宝十三载，诚近臆断，而仇氏但云"应在禄山陷京师以前，十载献赋之后"，亦未能确定何年。今案登塔事，十载，十二载，十三载皆不可能，各有反证，分述如下。

1. 天宝十载《旧玄宗纪》十载"是秋霖雨积旬，墙屋多瑰，西京尤甚"。是年杜甫所作《秋述》曰："秋杜子卧病长安旅次，多雨生鱼，青苔及榻。"多雨既非登塔之时，而杜甫卧病，尤无参与斯游之理，是登塔不得在天宝十载秋也。

2. 天宝十二载《通鉴》天宝十二载五月，哥舒翰击吐蕃，拔洪济大漠门等城，悉收黄河九曲，《旧玄宗纪》，天宝十二载九月，哥舒翰进封西平郡王。[1]案高适有《同吕判官从哥舒大夫破洪济城回登积石军多福寺七级浮图》《同李员外贺哥舒大夫破九曲之作》两诗，又有《九曲词三首》，句云"御史台中异姓王"。是则天宝十二载五月至九月，适在河西，不得与于长安慈恩寺塔之游也。

---

[1] 《唐会要》七八："神策军，天宝十三载七月十七日，陇右节度使哥舒翰以前年（案犹言去岁）收黄河九曲，请分其地置洮阳郡，内置军焉。"《旧书》一一〇《王思礼传》："十二载哥舒翰收黄河九曲。"又翰兼河西节度，实因收九曲之功，故知兼河西之年，即知收九曲之年，《旧书》一〇四《翰传》，十二载加河西节度使，《新书·方镇表》一二，天宝十二载哥舒翰兼河西。此并与《通鉴》合。《旧玄宗纪》收九曲在十三载三月，其误无疑。

3. 天宝十三载《旧玄宗纪》，十三载八月以久雨，左相陈希烈罢知政事，又云"是秋霖雨积六十余日"，盖即《杜甫秋雨叹》（卢氏编在十三载）所谓"秋来未曾见白日，泥污后土何时干"者。十三载秋亦积雨若是之久，则登塔亦为根本不可能。且据杜《年谱》，是秋因京师霖雨乏食，生计艰窘，携家往奉先，则纵有斯游，杜不得与。又十三载四月岑公已赴北庭（说详后），则岑亦不得与于斯游也。

十载，十二载，十三载，诸公既不得同时在京，再参以仇氏杜诗当作于十载献赋后之说，则登塔赋诗之事，必在十载无疑。《送薛播》诗已明示岑公是年在长安，高适十二载四月尚有《李云南征蛮》诗，[1]可证此前仍在长安。杜甫据《年谱》是年亦未他去，储光羲是时宜官监察御史，盖并薛据咸在京师也。]

天宝十二载癸巳（753）三十九岁

在长安。是春颜真卿出为平原郡太守，公有诗赠行。

（《送颜平原》诗序曰："十二年春，有诏补尚书十数公为郡守，上亲赋诗，饯群公，宴于蓬莱前殿，仍锡以缯帛，宠饯加等。参美颜公是行，为宠别章句。"留元刚《颜鲁公年谱》："天宝十二载，杨国忠以前事衔之，谬称请择，出公为平原太守。"又曰："按十三载有《东方朔画赞碑阴记》，云去岁拜此郡，则以是年出守明矣。"

又案《太一石鳖崖口潭旧庐招王学士》诗曰"偶逐干禄徒，十年皆小官"，自天宝三载解褐至本年为十年。太一即终

---

1 《李云南征蛮诗序》曰："十二载四月至于长安，……适忝斯人之旧，因赋是诗。"

南山，在长安城南。此亦本年公在长安之证。）

天宝十三载甲午（754）四十岁

〔是年，安西四镇节度使封常清入朝，三月，权北庭都护伊西节度瀚海军使，表公为大理评事，摄监察御史，充安西北庭节度判官，遂赴北庭。五月，常清出师西征，公在后方。六月，常清受降回军。是冬，常清破播仙，师还，公献《凯歌》六章。

《旧书》一〇四《封常清传》："十三载入朝，摄御史大夫。俄而北庭都护程千里入为右金吾大将军，仍令常清权知北庭都护，持节充伊西节度等使。"《旧玄宗纪》："十三载三月，封常清权北庭都护伊西节度使。"[1] 案伊西有瀚海军。诸书于常清职衔多略瀚海军使，今据《会要》七八补正。旧传称"伊西节度等使"者，盖即包瀚海军使在内耳。

知公本年始应封常清之辟赴北庭者，其证如次：

1. 十一二载皆有长安诗，十三载以后数年间无之，知十三载已离长安他去。然集中凡及封常清之诗多曰北庭，而常清兼北庭始于十三载，其时公既不在长安，则是因常清之辟而赴北庭明矣。

---

[1] 常清兼北庭，诸书云在十三载三月。独《唐会要》七八云："天宝十二载二月，始以安西四镇节度封常清兼伊西北庭瀚海军使。"两二字必皆三字之讹。《旧书》一八七下《忠义程千里传》："天宝十三载三月乙丑（《安禄山事迹》上作二十四日）献俘于勤政楼，……以功授右金吾卫大将军同正，仍留佐羽林军。"按千里罢北庭，乃留佐羽林，所遗北庭之职，封常清继之，是千里留佐羽林之日，即常清兼北庭之日也。千里既以十三载三月授金吾，佐羽林，则常清之兼北庭不得在十二载二月明矣。又《新书·方镇表》，天宝十三载，安西四镇复兼北庭节度，即指常清言。此亦常清兼北庭在十三载之证。

2. 十三载以前，镇北庭者为程千里，公诗中无二语及程，知其至北庭不在程千里作镇之时。继千里者为封常清，而瓜代之年在十三载。今及封之诗甚多，又多作于北庭，则知公至北庭必自十三载常清初兼北庭始。[1]

3. 十三载以前，安西与北庭分治。若十三载以前已事常清，则当在安西幕中。然诗凡及常清者辄曰北庭，此可证常清未兼北庭时，公不在幕中，其入幕乃自十三载兼北庭时始也。

4. 再以公平生经历推之，至北庭当在四十以后。集中有北庭作诗曰："可知年四十，犹自未封侯。"

天宝十三载公四十岁，则其赴北庭，至晚当在天宝十三载。

知此次所授官职为"大理评事，摄监察御史，充安西节度判官"者，其证如下。

《优钵罗花歌序》曰："天宝景申岁（案即丙申，天宝十五载），参忝大理评事，摄监察御史，领伊西北庭支度副使。"杜《序》曰："又迁大理评事，兼监察御史，充安西节度判官。"案《新书·百官志》，节度使幕属，有副大使知节度事、行军司马、副使、判官、支使、掌书记、巡官、衙推各

---

[1] 《送刘郎将归河东》诗原注曰"参曾北庭事赵中丞"，《送郭司马赴伊吾郡请示李明府》诗原注曰"郭子与赵节度同好"，集中又有《赵将军歌》，似即一人。《方镇表》，北庭节度无姓赵者。《旧高仙芝传》，讨小勃律时，"使疏勒守捉使赵崇玼三千骑趣吐蕃连云堡自北谷入，使拨换守捉使贾崇瓘自赤佛堂路入"（《通鉴》乾元元年九月，以右羽林大将军赵玼〔《方镇表》作沘〕为同蒲虢三州节度使。疑赵崇玼当作赵玼，崇字旧传误涉下贾崇瓘而衍）。赵本安西将领，或天宝十四载封常清被召入朝后，代为北庭节度者。然此乃十四载后事，不得为十三载前公已至北庭之藉口。

一人。其兼支度营田招讨经略使者则又有副使,判官各一人。副使位在判官上,则充判官宜在初应辟时,度支副使乃后此升迁之职也。

又案十三载以后,安西节度复兼北庭,则公是时所守之职衔,当称"安西北庭节度判官",不当但如杜《序》所云"安西节度判官"也。[1]

知五月常清出师西征,六月受降回军者,《北庭西郊候封大夫受降回军献上》,及《登北庭北楼呈幕中诸公》二诗可

---

[1] 据《赴北庭度陇思家》及《登北庭北楼呈幕中诸公》二诗,知是时节度使治所在北庭,不在安西(北庭大都护府治庭州,安西大都护府治龟兹)。故必欲省称,与其省"北庭",不如省"安西"。揣杜确之意,实为封常清幕判官。是时安西本兼北庭,称封曰安西节度,即知其为安西兼北庭节度也。然直称封常清判官则可,谓为安西节度判官则未确。

证。常清十三载入朝,加御史大夫,三月兼北庭,据诗,回军北庭西郊,又称"封大夫",[1]是至早作于十三载,且必在三月以后。又案是年首秋,公已自北庭至轮台(北庭治庭州,轮台在庭州西三百二十里),尔后居轮台时多,今二诗并作于北庭,则当在秋前也。《候受降回师》诗曰"大夫讨匈奴,前月西出师",《登北庭北楼》诗曰"六月秋风来",又曰"上将新破胡",明是役五月出征,六月回师,前与初抵北庭之时,后与去之轮台之时,皆相衔接矣。又知西征时公在后方者,则候师回于北庭西郊,诗题固已明言之矣。

---

[1] 封常清天宝六载加朝散大夫,赖《谱》因以诸称封大夫诗系于天宝六载后数年,此大谬也。偶拈四证,以实吾说。(一)《汉书·百官公卿表》:"御史大夫……掌副(《北堂书钞》五三引有贰字)丞相。"《书钞》五三引《汉官仪》:"高皇帝置御史大夫,位次丞相。"故后世称御史大夫为副相,或曰亚相。公《奉陪封大夫九日登高》诗曰"霜威逐亚相",《轮台歌奉送封大夫出师西征》曰"亚相勤王甘苦辛",二诗题并称大夫而诗曰亚相,则是御史大夫无疑(高适《贺哥舒大夫破九曲之作》曰"遥传副丞相,昨日破西蕃",此则唐人御史大夫称副相之例)。(二)《旧书·职官志》:"天宝边将,故事加节度使之号,连制数郡,奉辞之日,赐双节双旌。"公《北庭西郊候封大夫受降回军献上》诗曰"驿马从西来,双节夹路驰",明为节度使之制。常清为节度使后乃加御史大夫,其加朝散大夫,在为节度使前六载。题中大夫二字果指朝散,则诗复言节度使之事可乎?(三)《旧书·常清传》"天宝六载,……〔高〕仙芝代夫蒙灵詧为安西四镇节度使,更奏常清为庆王府录事参军,充节度判官,赐紫鱼袋,加朝散大夫,专知四镇仓库屯田甲仗支度营田事。仙芝每出征,常令常清知留后事。"此明言常清为朝散大夫时,不得有出征事。今一则曰"封大夫出师西征",再则曰"封大夫受降回军",此大夫得谓为朝散耶?(四)据《旧书·职官志》,朝散大夫,文散官,御史大夫,文职事官。唐世士大夫未闻以散官相呼者,故称大夫,断无指朝散之理。此唐人文字中凡称大夫者皆然,又不特岑公此数诗而已也。

知七月至轮台者，《首秋轮台》诗可证也。诗曰："轮台万里地，无事历三年。"考公此次在边，自十三载夏，至至德二载夏，适为三周年。此诗题曰首秋，而至德二载六月已归至凤翔，则必作于至德元载之秋。其时在轮台已历三年，则本年应已自北庭至轮台。

常清破播仙事，史传失载，今从公《轮台歌奉送封大夫出师西征》，及《献封大夫破播仙凯歌六章》诸诗考得之。《轮台歌》曰"剑河风急雪片阔，沙口石冻马蹄脱"，《凯歌》曰"蒲海晓霜凝马尾，葱山夜雪扑旌竿"，知与前者五月西征非一事。明年十一月，常清被召还京，则破播仙必在本年冬。〕

天宝十四载乙未（755）四十一岁

在轮台，间至北庭。十一月禄山反，主帅封常清被召还京。

（《北庭贻宗学士道别》诗曰："忽来轮台下，相见披心胸，饮酒对春草，弹琴闻夜钟。"去年春公尚在长安，此言春与宗相见于轮台，至迟当为本年春。诗又曰"今且还龟兹"，曰"君有贤主将"。龟兹为安西节度使治所，贤主将应指封常清。然本年十一月，常清已入京，则明年春不得仍在安西。此曰还龟兹有贤主将，断为本年春所作。此本年春公在轮台之证。然诗曰见宗于轮台，而题曰北庭，何哉？诗又有"四月犹自寒"之句，盖春晤宗于轮台，旋同至北庭，四月宗又自北庭归龟兹，公因作此诗以道别耳。此则本年公尝至北庭之证。）

肃宗至德元载丙申（756）四十二岁

在轮台，领伊西北庭支度副使。岁晚东归，次晋昌、酒泉。

〔领支度副使，[1]见《优钵罗花歌》序。《首秋轮台》诗曰"轮台万里地，无事历三年"，则七月犹在轮台。至其东归之时，以《玉门关盖将军歌》等诗推之，当在本年十二月。《通鉴》，至德二载正月，"河西兵马使盖庭伦，与武威，九姓商胡安门物等杀节度使周佖"。案《元和郡县志》，玉门关在瓜州晋昌县东二十步，属河西节度管内。此盖将军在玉门关，当即河西兵马使盖庭伦也。[2]公本年始领伊西北庭支度副使，诗曰"我来塞外按边储"，是至早当作于本年。诗又曰"暖屋绣帘红地炉"，"腊日射杀千年狐"，明年六月已归凤翔，则诗必本年腊日所作。诗既作于本年，而盖庭伦本年适在河西，则盖将军为庭伦益无疑矣。本年腊日忽在晋昌，必东归途次于

1　户部郎官称度支，各道节度使属僚之判官当称支度，二名各不相混，说详钱大昕《十驾斋养新录》十。岑集《优钵罗花歌》序称"度支副使"，必传写误倒，今校正。

2　明正德济南刊本《岑集》于《盖将军歌》下注曰"即盖嘉运"，影响之说，谬孰甚焉。考盖嘉运二史皆不立传。《新书·方镇表》自开元二十三年至二十八年，盖嘉运为安西四镇节度使。又考之《通鉴》：

开元二十四年，北庭都护盖嘉运破突骑施；

开元二十六年，命碛西节度使盖嘉运招集突骑施拔汗那以西诸国；

开元二十七年，碛西节度盖嘉运擒突骑施可汗吐火仙；

开元二十八年，盖嘉运入朝献捷，改河西陇右节度使；

开元二十九年，盖嘉运御吐蕃无功。

所纪至此戛然而止。盖开元二十九年以后，嘉运或因兵败免官，或内调，或阵亡，要不复为边疆镇将可知也。又检《通典》"瀚海军，开元中盖嘉运增筑"，《会要》"开元中安西都护盖嘉运撰《西域》记"，诸书凡及嘉运者，亦无不曰开元，此亦天宝改元后，嘉运不在西陲之验。天宝以后盖嘉运既不在西陲而天宝以前公又未尝涉足塞外，则与公相遇于玉门关之盖将军，必非嘉运矣。

此。知腊日归次晋昌,则知《过酒泉忆杜陵别业》诗曰"醉里愁消日,归期尚隔年",《玉门寄长安李主簿》诗曰"况复明朝是岁除"(此玉门乃玉门县:《元和郡县志》,玉门县属肃州酒泉郡,东至州二百二十里),与《盖将军歌》皆同月所作而略后,盖腊日次晋昌,除夕次酒泉也。〕

至德二载丁酉(757)四十三岁

二月,肃宗幸凤翔,公亦旋至。六月十二日,杜甫等五人荐公可备谏职,诏即以公为右补阙。十月,扈从肃宗还长安。

(去岁除夕途次酒泉,计本年正月已到家。惟自去年六月长安失陷,其家人或留长安,或避地他徙,概不可知。肃宗二月幸凤翔,杜甫荐状署六月十二日,是公至凤翔,当在二月后六月前。《行军诗二首》《凤翔府行军送程使君赴成州》《宿岐州北郭严给事别业》《行军九日思长安故园》诸诗,皆作于凤翔,然皆在拜补阙以后,则初来凤翔,又似去拜官前未久也。

杜甫荐状,见存《杜集》中。其余连署者,为左拾遗裴荐,右拾遗孟昌浩、魏齐聘,左补阙韦少游等四人。状前于公结衔称"宣议郎试大理评事,摄监察御史,赐绯鱼袋"。状中有"臣等窃见岑参识度清远,议论雅正,佳名早上,时辈所仰"等语。杜《序》云"入为右补阙",与公《西掖省即事》诸诗及杜甫《奉答岑参补阙见赠》诗"君随丞相后"之句并合。十月,肃宗还长安,公既为朝臣,理当扈从还京。)

乾元元年戊戌(758)四十四岁

在长安。时杜甫、王维、贾至等并为两省僚友,倡和甚盛。

〔《和贾至早朝大明宫》《寄左省杜拾遗》《送许拾遗归

江宁拜亲》（杜甫同赋）并本年春夏所作。〕
乾元二年己亥（759）四十五岁

在长安。三月转起居舍人。四月署虢州长史，五月之官。是秋，杜甫自秦州寄诗问讯。

〔《佐郡思旧游》诗序曰："己亥岁春三月，参自补阙转起居舍人，夏四月署虢州长史。"[1]杜《序》曰："入为右补阙，频上封章，指述权佞，改起居郎，寻出虢州长史。"案《六典》九，起居郎属门下省，起居舍人与右补阙并属中书省。公自右补阙当转起居舍人，同为中书省（亦称右省）官也。杜称起居郎者误。

知五月始到官所者，《出关经华岳寺访法华云公》诗曰"谪宦忽东走，王程苦相仍"，又曰"五月山雨热"，则是五月始出关之任也。

杜甫有《寄彭州高三十五使君适虢州岑二十七长史参三十韵》诗，乾元二年秋作于秦州。〕

上元元年庚子（760）四十六岁

在虢州。

上元二年辛丑（761）四十七岁

在虢州。

（《虢州送郑兴宗弟归扶风别庐》诗曰："佐郡已三载。"自乾元二年至本年为三年，故知本年犹在虢州。）

---

[1] 《太平御览》九五七："乾元中，虢州刺史王奇光奏阌乡县界女娲坟，天宝十三载，大雨晦暝，失所在，今河上侧近忽闻雷风声，晓见坟踊出……"二史《五行志》并载此事在乾元二年六月，则公为长史时，虢州刺史乃王奇光也。

代宗宝应元年壬寅（762）四十八岁

改太子中允，至迟在本年春。旋兼殿中侍御史，充关西节度判官。十月，天下兵马元帅雍王适（即德宗）会师陕州，讨史朝义，以公为掌书记。入为祠部员外郎，疑在本年冬。

〔杜《序》："又改太子中允兼殿中侍御史，充关西节度判官。圣上潜龙藩邸，[1]总戎陕服，参佐僚吏，皆一时之选，由是委公以书奏之任。"案杜甫有《送魏十八仓曹还京因寄岑郎中参范郎中季明》诗曰："帝乡愁绪外，春色泪痕边。"公去年春在虢州，明年春应已改考功员外郎，此诗称中允，又称春色，则改中允至迟在本年春。又杜诗称中允而不称侍御或判官，则兼侍御充判官当在改中允后。杜《序》并为一事，恐未确。

《新书·方镇表》一，上元二年，华州置镇国节度，亦曰关东节度，广德元年，镇国节度使李怀让自杀，罢镇国节度，置同华节度使。案镇国节度治华州，乃潼关之西，宜称关西节度，表作关东，疑为字讹。公有《潼关镇国军句覆使院早春寄王同州》《潼关使院怀王七季友》二诗，盖即为关西节度判官时所作。《寄王同州》诗曰"昨从关东来"，谓自虢州来也。关西节度去年始置，而《寄王同州》诗题曰早春则初入使幕在本年早春，盖改中允后，旋即兼侍御为关西判官也。《怀王季友》诗曰"满目徒春华"，则亦本年春所作。

《新书·百官志》，天下兵马元帅幕属有掌书记一人，杜《序》所谓委以书奏之任，盖即此官。

---

[1] 杜确卒于贞元时，序曰"圣上"，应指德宗。《全唐诗》岑参小传以为代宗，谬甚。

〔杜《序》又云："入为祠部考功二员外郎。"石刻《郎官石柱题名》，祠部员外郎有岑参。案拜祠部员外郎，不知在何时，姑以意定为本年十月雍王收东京、河阳、汴、郑、滑、相、魏等州后。《秋夕读书幽兴献兵部李侍郎》诗曰："年纪蹉跎四十强，自怜头白始为郎。"本年四十八岁，诗盖即作于此时。〕

广德元年癸卯（763）四十九岁

在长安。改考功员外郎，疑在本年。

（本年正月刘晏同中书门下平章事，明年正月罢。公有《刘相公中书江山画障》诗，此本年在京师之证一也。《旧书·代宗纪》，广德元年十月，[1]以京兆尹兼吏部侍郎严武为黄门侍郎。公有《暮秋会严京兆后厅竹斋》诗曰"能将吏部镜，照取寸心知"，则此严京兆即武也。去年六月以刘晏为京兆尹，本年正月晏同中书门下平章事，武代为京兆尹。武以本年正月为京兆尹，十月迁黄门，则公诗题曰"暮秋会严京兆后厅竹斋"者，正谓本年暮秋。此本年公在京师之证二也。

改考功员外郎年月无考。明年当以转虞部郎中，则改考功或在本年。）

广德二年甲辰（764）五十岁

在长安。转虞部郎中。

（《旧书》一一〇《李光弼传》："代宗还京二年正月……以光进为太子太保，兼御史大夫，凉国公，渭北节度使。"公有《奉送李太保兼御史大夫充渭北节度使》诗，原

---

[1] 《唐大诏令集》作五月，误。

注："即太尉光弼弟。"《通鉴》广德二年正月，剑门东西川以黄门侍郎严武为节度使，公有《送严黄门拜御史大夫再镇蜀川兼觐省》诗。本年正月二十五日，第五琦奏诸道置常平仓，使司量置本钱和籴，许之（见《旧书·代宗纪》《新书·食货志》及《会要》八八），公有《送许员外江外置常平仓》诗。此可证本年正月公在长安《新书·代宗纪》《通鉴》并云本年三月甲子盛王琦薨，公有《盛王挽歌》。[1]《通鉴》，广德二年三月，太子宾客刘晏为河南江淮以来转运使，疏浚汴水，公有《送张秘书充刘相公通汴河判官便赴江外觐省》诗。[2]此可证本年三月公在长安。《旧代宗纪》，广德二年十月，河南尹苏震薨，公有《故河南尹岐国公赠工部尚书苏公挽歌二首》。此可证本年十月公在京师。

　　杜《序》于"入为祠部、考功二员外郎"后云"转虞部、库部二正郎"。案转虞部郎中不知在何年月，今据《送祁四再赴江南别》诗，定为本年。祁四即画家祁岳。[3]于邵《送家令祁丞》序，称善画能诗，别家令丞即祁岳。序曰："去年八月，闽越纳贡，而吾子实董斯役，水陆万里，寒暄浃年。三江五湖，复然复游。远与为别，故人何情？虞部郎中岑公赠诗

1　诸本咸误作成王。成王乃代宗居藩邸时封号。
2　本年正月刘晏已罢知政事，此曰刘相公者，盖袭称旧衔以尊之。唐人诗文，不乏此例。
3　杜甫《奉先刘少府新画山水障歌》曰："岂但祁岳与郑虔，笔迹远过杨契丹。"朱景玄《名画录》"空有其名，不见踪迹二十五人"有祁岳，在李国垣下。公有《送祁乐归河东》诗曰"有时忽乘兴，画出江上峰"，岳作乐，或传写之讹。诗又云"天子召不见，挥鞭遂从戎"，而集又有《临洮客舍留别祁四》诗，故知祁岳行四也。

一篇,情言兼至,当时之绝也。"案岑公所赠诗当即《再送祁四赴江南别》诗,"三江五湖,夐然复游",即"再赴江南"也。《旧书》一八八《于邵传》:"转巴州刺史,夷獠围州掠众,邵与贼约,出城受降而围解。节度使李抱玉以闻,超迁梓州,以疾不至,迁兵部郎中。"《旧书》一八三《李抱玉传》:"广德元年冬,兼山南西节度使。"则其表奏于邵受降解围。及邵辞梓州,迁兵部事,至早当在本年。本年于邵始至京师,序称公为虞部郎中,则本年公已转此官矣。)

永泰元年乙巳(765)五十一岁

在长安。转库部郎中疑在本年。十一月,出为嘉州刺史,因蜀中乱,行至梁州而还。

〔独孤及有《同岑郎中屯田韦员外花树歌》,公原唱《韦员外家花树歌》今在集中。[1]《新书》一六二《独孤及传》:"天宝末以道举高第,补华阴尉,辟江淮都统李垣府掌书记。[2]代宗以左拾遗召,既至,上疏陈政。"《通鉴》载上疏事在永泰元年三月。李嘉祐《送独孤拾遗先辈先赴上都》诗曰"行春日已晓,桂楫逐寒烟",又曰"入京当献赋,封事又闻天"。据此,及入京在春日,则是永泰元年春,甫至京师,即上疏也。既知独孤及本年春始至长安,而明年春,公又已入蜀,则《花树歌》之作断在本年春矣。公又有《送卢郎中除杭

---

[1] 卢纶有《同耿讳司空曙二拾遗题韦员外东斋花树》诗,乃五言近体,似非同赋。

[2] 独孤及有《癸卯岁赴南丰道中闻京师失守寄权士繇韩幼深》诗。癸卯为广德元年,时及方赴南丰,知广德元年以后,及不在京师,盖至永泰元年始被召入朝耳。

州赴任》诗。案李华《杭州刺史厅壁记》:"诏以兵部郎中范阳卢公幼平为,麾幢庡止,未逾三月,降者迁忠义,归者喜生育。"末云:"永泰元年七月二十五日记。"[1]公诗之卢郎中当即幼平。诗曰:"千家窥驿舫,五马饮春湖,柳色供诗用,莺声送酒须。"此所纪幼平出京时物候,明为暮春李记作于七月,而曰"麾幢庡止,未逾三月",是幼平至杭州时为四月。三月出京,四月到杭,诗与记纪时正合,则亦作于永泰元年矣。二诗皆本年春在长安作,此本年春公在长安之证。《旧书·代宗纪》,永泰元年四月,太保致仕苗晋卿薨,公有《苗侍中挽歌二首》。此本年四月公在长安之证。《通鉴》,永泰元年五月,以右仆射郭英乂为剑南节度使,公有《送郭仆射节制剑南》诗。此本年五月,公在长安之证。转库部郎中岁月无征。去年《再送祁四赴江南别》诗有云"山驿秋云冷",据于邵序,公作是诗时尚为虞部。则转库部,当在去年秋后,本年十一月出刺嘉州以前。今姑系于本年。

知本年十月出刺嘉州者,《酬成少尹骆谷行见呈》诸诗可证。《酬成》诗曰:"忆昨蓬莱宫,新授刺史符,……何幸承命日,得与夫子俱。携手出华省,连骕赴长途,五马当路嘶,按节投蜀都。"知公与成同日受命,且同行入蜀也。独孤及送《成少尹赴蜀序》曰:"岁次乙巳,定襄郡王英乂出镇庸蜀,谋亚尹。金曰:'左司郎中成公可。温良而文,贞固能干,力

---

[1] 《新书·宰相世系表三》,大房卢氏,暄子沄,杭州刺史,弟幼平,太子宾客。据李华所记,则表于二人历官互误。《吴兴志》云宝应三年,幼平自杭州刺史授湖州刺史,《统纪》作永泰元年,按宝应无三年,《统纪》是也(见劳格《读书杂识》七,《杭州刺史考》)。

足以参大略,弼成务。'既条奏,诏曰:'俞往。'公朝受命而夕撰日。卜十一月癸已出车吉。"[1]据此,则公实以本年十一月被命,即以同月之官,故其《酬成》诗又曰"飞雪缩马毛,烈风擘我肤",而《赴嘉州过城固县寻永安超禅师房》诗亦曰"满树枇杷冬着花","汉王城北雪初霁"耳。(城固县属梁州。)〕

大历元年丙午(766)五十二岁

岁初在长安。二月,杜鸿渐为山南西道剑南东西川副元帅,剑南西川节度使,平蜀乱,表公职方郎中,兼殿中侍御史,列置幕府,同入蜀。自春徂夏,留滞梁州,四月至益昌,六月入剑门,七月抵成都。

〔史称鸿渐二月受命,八月始至蜀境。杜序:"副元帅相国杜公鸿渐,表公职方郎中,兼侍御史,列为幕府。"据郎士元《和杜相公益昌路作》诗"春半梁山正落花,台衡受律向天涯"句,及钱起《赋得青城山歌送杨杜二郎中赴蜀军》诗"绿萝春月营门近"句,知鸿渐等二月实已就道。公有《奉和杜相公初发京城作》诗曰"叨陪幕中客,敢和《出车》诗",似公与鸿渐同行。二月与鸿渐同发京师,故知公本年岁初在长安。

《旧书》一二二《张献诚传》:"三迁检校工部尚书,兼梁州刺史。"又《代宗纪》,永泰元年正月:"山南西道节度使张献诚加检校工部尚书。"公有《过梁州奉赠张尚书大夫

---

[1] 石刻《郎官石柱题名》,左司郎中有成贲。《文苑英华》五三四有成贲《对夷攻蛮假道判》。此成少尹即贲也。公有《与鲜于庶子自梓州成都(此下疑夺六字)少尹自褒城同行至利州道中作》《汉川山行呈成少尹》二诗,《和刑部成员外秋夜寓直寄台省知己》诗之成员外,疑亦即此人。

公》诗，即张献诚也。诗曰"行春雨仍随"，曰"春景透高
戟"，献诚去年正月始加工部尚书，而去年春公未离长安，
若明年春则已至成都，故此诗必本年春日入蜀过梁州时作。又
有《梁州陪赵行军龙冈寺北庭》（庭字疑误）、《泛舟》诗，
曰"唱歌江鸟没，吹笛岸花香"，亦是春景，此并《龙冈寺泛
舟》诗，疑皆本年所作。他若《梁州对雨怀曲二秀才便呈曲大
判官时病赠余新诗》首曰"当暑凉幽斋"，则时已入夏。《早
发五盘岭》诗曰"松疏露孤驿，花密藏回滩，栈道溪雨滑，畲
田原草干"，景物与前《梁州对雨》诗仿佛，盖自梁州南行道
中作也。诗又曰"此行为知己，不觉蜀道难"，知己即谓杜鸿
渐，[1]此亦公与鸿渐同行入蜀之证。又有《与鲜于庶子自梓州
成都少尹自褒城同行至利州道中作》诗，曰"前日登七盘，旷
然见三巴"，又曰"水种新插秧，山田正烧畲，夜猿啸山雨，
曙鸟鸣江花"。五盘岭一名七盘，此曰"前日登七盘"，即前
诗发五盘岭也。至二诗所叙景物，尤无一不合。此行目的地为
利州，利州即益昌，杜鸿渐尝驻节于此（《奉和杜相公发益
昌》诗可证），是亦与鸿渐同入蜀之一证。《和杜发益昌》诗
曰"朝登剑阁云随马，夜渡巴江雨洗兵，山花万朵迎征盖，川
柳千条拂去旌"，仍似初夏物候，故定四月至益昌。至《入剑
门作寄杜杨二郎中时二公并为杜元帅判官》诗曰"凛凛三伏
寒"，则六月始入剑门也。

知七月抵成都者，《陪狄员外早秋登府西楼因呈院中诸
公》诗可证。诗曰"常爱张仪楼，西山正相当"，知题中府字

---

[1] 《陪狄员外早秋登府西楼因呈院中诸公》诗曰"知己犹未报，鬓毛飒已霜"，亦谓鸿渐。

谓成都府也。杜鸿渐本年至成都，明年四月入朝。诗曰"亚相自登坛，[1]时危安此方，声威振蛮貊，惠化锤华阳，旌节罗广庭，戈鋋凛秋霜，阶下貔虎士，幕中鹓鹭行"，明鸿渐尚在成都，则此早秋谓本年七月也。史称八月鸿渐至蜀境，失之诬矣。〕

大历二年丁未（767）五十三岁

四月，杜鸿渐入朝奏事，以崔宁知西川留后。六月，鸿渐至京师，荐宁才堪寄任，上乃留鸿渐复知政事，使职遂罢。是月，公始赴嘉州刺史任。

〔《早春陪崔中丞同泛浣花溪宴》诗[2]之崔中丞当即崔宁。公去年秋始至成都，明年在嘉州，此曰早春，宜为本年之早春。《江上春叹》诗曰"忆得故园时"，此江当指蜀江，诗曰"从人觅颜色"，乃居幕府时语气，非任郡守时也，故知此言春日亦本年春。《送崔员外入奏因访故园》诗有巴山汉水等语，明在蜀中，又曰"仙郎去得意，亚相正承恩"，知崔乃为杜鸿渐入奏，诗当作于本年四月鸿渐未还朝以前。此上三诗皆本年春作于成都，可证本年春犹未赴嘉州也。《送赵侍御归上都》诗曰"霜随驱夏暑，风逐振江涛"，江涛应指蜀江。此亦

---

[1] 鸿渐本已为宰相，而此曰亚相者，专指其御史大夫之职而言。登坛则谓副元帅也。

[2] 此首亦见《全唐诗》张谓集内。据见存关于张谓之记载，无入蜀事，而浣花溪在成都，则此诗不得为张谓作矣。且崔宁加御史中丞，宜在大历改元后，然大历三年张谓方自礼部侍郎出刺潭州，（《唐诗纪事》引《长沙风土记》云"巨唐八叶，元圣六载，谓待罪江东，"正为大历三年。）是宁为御史中丞时，谓在京师，在潭州，二人安得有同泛浣花溪之事？据此，诗非谓所作益无疑矣。

成都诗，作于本年夏者也。《过王判官西津所居》诗曰"潜移岷山石，暗引巴江流"，明在蜀中。诗又曰"落日出公堂"，节度使幕有判官，出公堂，出使院也。此亦当为成都诗，其曰"竹深夏已秋"者，则夏令向尽而秋未遽至，时在六月也。[1] 以上二诗地在成都，而时当夏月，可证本年夏犹未赴嘉州也。

然《赴犍为经龙阁道》曰"汗流出鸟道，胆碎窥龙涡，骤雨暗溪口，归云网松萝"，《江上阻风雨》曰"云低岸花掩，水涨滩草没"，《初至犍为作》曰"草生公府静，花落讼庭闲，云雨连三峡，风尘到百蛮"，皆似夏日景物，而《登嘉州凌云寺作》曰"夏日寒飕飕"，则既抵嘉州，仍在夏日。（前三诗皆言云雨，《凌云寺》诗亦曰"回风吹虎穴，片雨当龙湫，僧房云濛濛"，故知四诗时日最相近。）前在成都时已是盛夏，今至犍为，仍云夏月，则发成都，抵犍为，并在六月矣。盖杜鸿渐本年六月，复知政事，罢使职，于是幕府解散，而公亦得离成都赴嘉州之任耳。〕

大历三年戊申（768）五十四岁

在嘉州。七月，罢官东归，至戎州，阻群盗，淹泊泸口。久之乃改计北行，遂却至成都。

〔《阻戎泸间群盗》诗原注"戊申岁，余罢官东归"，《东归发犍为至泥溪舟中作》诗曰"七月江水大，沧波满秋空"，知罢官东归在本年七月也。《阻戎泸间群盗》诗注又曰"属断江路，时淹泊戎州"，诗曰"帝乡北近日，泸口南连蛮。何当遇长房，缩地到京关"，则是旅泊于泸口。按《通

---

[1] 诗意谓竹中清凉，虽当夏日，俨有秋意，非谓已入秋序也。

鉴》，大历三年四月，崔宁入朝，以弟宽为留后，泸州刺史杨子琳帅精骑数千乘虚突入成都。宽与子琳战，数不利。七月，崔宁妾任氏出家财数十万募兵，得数千人，帅以击子琳，破之。子琳走。公七月罢官归家，不由成都出剑门北上，而取江路东行者，盖因其时成都战氛未息，或甫息而秩序尚未恢复耳。《通鉴》又称杨子琳既败，还泸州，招聚亡命，得数千人，沿江东下，声言入朝。[1]子琳兵败，退还泸州。公此行若取道成都，则难免与溃卒相遇于途中。然泊公既至戎泸间，而群盗复起，[2]江路亦断，淹泊江干，既非长策，则不得不却回成都，仍取陆路北归。明年又有成都诗，可证其回至成都矣。

然公旅泊巴南似为时颇久。《青山峡口泊舟怀狄侍御》诗曰："往来巴山道，三见秋草凋。"自大历元年初秋入蜀至本年秋为三年，则诗当为本年所作。诗又曰"九月芦花新，弥令客心焦"，则本年九月犹在巴南也。又《楚（当为秋字之讹）夕游泊古兴》曰"秋风冷萧瑟，芦荻花纷纷"，《晚发五渡》曰"芦花杂渚田"，《下外江怀终南旧居》曰"水宿已淹时，芦花白如雪"，诸篇并言芦花，与《青山峡口》诗同，当属一时所作。意九月尚未回至成都也。〕

大历四年己酉（769）五十五岁

旅寓成都。《招北客文》疑作于本年。

〔《西蜀旅舍春叹寄朝中故人呈狄评事》诗题曰"旅舍"，则非佐幕时，亦非守郡时，此当为本年春作，杜《序》

---

[1] 此《通鉴》大历四年二月文，然实追叙前年初败时事，至下击王守仙，杀张忠云云，乃大历四年事。

[2] 群盗或即指杨子琳。

所云"无几使罢，[1]寓居于蜀"者是也。然他篇（《阻戎泸间群盗》）曰"罢官自南蜀"，指嘉州，此曰"西蜀旅舍"则当指成都，故知本年春已至成都。诗曰"吾将税归鞅，旧国如咫尺"，则意欲取陆路北归之明证。《送绵州李司马秩满归京因呈李兵部》诗曰"久客厌江月，罢官思早归，眼看春光老，羞见梨花飞"，似亦本年春作于成都。《客舍悲秋有怀两省旧游呈幕中诸公》诗曰"三度为郎已白头，一从出守五经秋"，自永泰元年出守，至本年为五年。题曰幕中诸公，则与前诗曰"西蜀旅舍"者正合。据此，则本年秋公仍在成都。

杜《序》："旅轸有日，犯软侯时，吉往凶归，呜呼不禄。"唐李归一《王屋山志》及《唐诗纪事》并云："中原多故，卒死于蜀。"然据《旧书·代宗纪》，本年十二月戊戌，左仆射冀国公裴冕薨，公有《故仆射裴公挽歌三首》，则本年十二月，公犹健在也。

杜《序》："时西川节度因辞受职，本非朝旨。其部统之内，文武衣冠，附会阿谀，以求自结，皆曰中原多故，剑外少（疑当作小）康，可以庇躬，无暇向阙。公乃著《招蜀客归》一篇，申明逆顺之理，抑挫佞邪之计。有识者感叹，奸谋者惭沮，播德泽于梁益，畅皇风于邛僰。"案《文苑英华》有岑参《招北客》文，即杜所云《招蜀客归》也。《北梦琐言》引"千岁老蛟"数句，亦作岑参。《文粹》三十三录《招北客文》作独孤及撰，后人遂以为岑作《招蜀客归》别为一文，今佚，其实非也。公《峨眉东脚临江听猿怀二室旧庐》诗曰"哀

---

[1] 此谓罢嘉州刺史。刺史亦称使君。故曰使罢。

猿不可听，北客欲流涕"，《巴南舟中思陆浑别业》诗曰"泸水南州远，巴山北客稀"，公诗屡用北客字，则文题当以招北客归为正，杜确误忆，题为《招蜀客归》，后世因之，遂多异说。

姚铉以为独孤及作，不知何据。今赵怀玉刊本《毗陵集》实无此篇，惟补遗有之，云录自《文粹》，则以此文为独孤及作，《文粹》而外，亦别无佐证也。文末曰"蜀之北兮可以往，北客归去来兮"，亦自述其将出剑门北归长安之意，此与本年《西蜀旅舍春叹》诗"吾将税归鞅，旧国如咫尺"之语正合。]

大历五年庚戌（770）五十六岁

正月，卒于成都旅舍。

（公诗岁月可考者，止于去年十二月之《故仆射裴公挽歌》。赖谱据杜甫《追酬故高蜀州人日见寄》诗序云："今海内忘形故人，独汉中王瑀与昭州敬使君超先。"诗作于大历五年正月二十一日，而称海内忘形故人，不及岑公，必其时公已逝世。案此说甚是，杜诗作于本年正月二十一日，则公之卒，当在正月二十一日以前。[1]）

---

[1] 赖《谱》定公卒于大历四年，此因不知《裴公挽歌》作于四年十二月而致误。赖又假定杜《序》作于贞元十五年（799），云自彼年逆数至大历四年为三十年，与序中"岁月逾迈，殆三十年"之语，所差甚微。今案序是否作于贞元十五年，尚属疑问。假设不误，则贞元十五年上距大历五年为二十九年，与序中"殆三十年"之语，不更合符节乎？故赖君此证，施于大历四年之说，转不若施于大历五年之说为有力矣。

杜甫

引言

明吕坤曰:"史在天地,如形之景。人皆思其高曾也,皆愿睹其景。至于文儒之士,其思书契以降之古人,尽若是已矣。"数千年来的祖宗,我们听见过他们的名字,他们生平的梗概,我们仿佛也知道一点,但是他们的容貌、声音,他们的性情、思想,他们心灵中的种种隐秘——欢乐和悲哀,神圣的企望,庄严的愤慨,以及可笑亦复可爱的弱点或怪癖……我们全是茫然。我们要追念,追念的对象在哪里?要仰慕,仰慕的目标是什么?要崇拜,向谁施礼?假如我们是肖子肖孙,我们该怎样的悲恸,怎样的心焦!

看不见祖宗的肖像,便将梦魂中迷离恍惚的,捕风捉影,摹拟出来,聊当瞻拜的对象——那也是没有办法的慰情的办法。我给诗人杜甫绘这幅小照,是不自量,是渎亵神圣,我都承认。因此工作开始了,马上又搁下了。一搁搁了三年,依然死不下心去,还要赓续,不为别的,只还是不奈何那一点"思其高曾,愿睹其景"的苦衷罢了。

像我这回掮起的工作,本来应该包括两层步骤,第一是分析,第二是综合。近来某某考证,某某研究,分析的工作作得不少了;关于杜甫,这类的工作,据我知道的却没有十分特出的成绩。我自己在这里偶尔虽有些零星的补充,但是,我承认,也不是什么大发现。我这次简直是跳过了第一步,来径直做第二步;这样作法,是不会有好结果的,自己也明白。好在这只是初稿,只要那"思其高曾,愿睹其景"的心情不变,永远那样的策励我,横竖以后还可以随时搜罗,随时拼补。目下我决不敢说,这是真正的杜甫,我只说是我个人想象中的"诗圣"。

我们的生活如今真是太放纵了,太夸妄了,太杳小了,太龌龊了。因此我不能忘记杜甫;有个时期,华茨华斯也不能忘记弥尔敦,他喊——

"Milton!thou shouldst be living at this hour:
England hath need of thee: she is a fen
Of stagnant waters: alter sword, and pen,
Fireside, the heroic wealth of hall and bower,
Have forfeited their ancient English dower
Of in ward happiness, we are selfish men:
O raise us up, return to us again;
And give us manners virtue freedom power."

第一部分 唐诗杂论

一

当中一个雄壮的女子跳舞。四面围满了人山人海的看客。内中有一个四龄童子,许是骑在爸爸肩上,歪着小脖子,看那舞女的手脚和丈长的彩帛渐渐摇起花来了,看着,看着,他也不觉眉飞目舞,仿佛很能领略其间的妙绪。他是从巩县特地赶到郾城来看跳舞的。这一回经验定给了他很深的印象。下面一段是他几十年后的回忆:

> 爌如羿射九日落,矫如群帝骖龙翔,来如雷霆收震怒,罢如江海凝清光。

舞女是当代名满天下的公孙大娘。四岁的看客后来便成为中国有史以来第一个大诗人,四千年文化中最庄严,最瑰丽,最永久的一道光彩。四岁时看的东西,过了五十多年,还能留下那样活跃的印象,公孙大娘的艺术之神妙,可以想见,然而小看客的感受力,也就非凡了。

杜甫,字子美;生于唐睿宗先天元年(七一二);原籍襄阳,曾祖依艺作河南巩县县令,便在巩县住家了。子美幼时的事迹,我们不大知道。我们知道的,是他母亲死得早,他小时是寄养在姑母家里。他自小就多病。有一天可叫姑母为难了。儿子和侄儿都病着,据女巫说,要病好,病人非睡在东南角的床上不可;但是东南角的床铺只有一张,病人却有两个。老太太居然下了决心,把侄儿安顿在吉利的地方,叫自家的儿子填了侄儿的空子。想不到决心下了,结果就来了。子美长大了,听见老家人讲姑母如何让表兄给他替了死,他一辈子觉得对不起姑母。

早慧不算稀奇;早慧的诗人尤其多着。只怕很少的诗人开笔开得像我们诗人那样有重大的意义。子美第一次破口歌颂的,不是什么凡物。这"七龄思即壮,开口咏凤凰"的小诗人,可以说,咏的便是他自己。禽族里再没有比凤凰善鸣的,诗国里也没有比杜甫更会唱的。凤凰是禽中之王,杜甫是诗中之圣,咏凤凰简直是诗人自占的预言。从此以后,他便常常以凤凰自比;(《凤凰台》《赤风行》便是最明白的表示。)这种比拟,从现今这开明的时代看去,倒有一种特别恰当的地方。因为谈论到这伟大的人格,伟大的天才,谁不感觉寻常文字的无效?不,无效的还不只文字,你只顾呕尽心血来悬拟,揣测,总归是隔膜,那超人的灵府中的秘密,他的心情,他的思路,像宇宙的谜语一样,决不是寻常的脑筋所能猜透的。你只懂得你能懂的东西;因此,谈到杜甫,只好拿不可思议的比不可思议的。凤凰你知道是神话,是子虚,是不可能。可是杜甫那伟大的人格,伟大的天才,你定神一想,可不是太伟大了,伟大得可疑吗?上下数千年没有第二个杜甫(李白有他的天才,没有他的人格),你敢信杜甫的存在绝对可靠吗?一切的神灵和类似神灵的人物都有人疑过,荷马有人疑过,莎士比亚有人疑过,杜甫失了被疑的资格,只因文献,史迹,种种不容抵赖的铁证,一五一十,都在我们手里。

子美自弱冠以后,直到老死,在四方奔波的时候多,安心求学的机会很少。若不是从小用过一番苦功,这诗人的学力哪得如此的雄厚？生在书香门第，家境即使贫寒，祖藏的书籍总还够他餍饫的。从七八岁到弱冠的期间中，我们想象子美的生活，最主要的，不外作诗，作赋，读书，写擘窠大字，……无论如何，闲游的日子总占少数。（从七岁以后，据他自称，四十年中做了一千多首诗文；一千多首作品是要时候作的。）并且多病的身体当不起剧烈的户外生活，读书学文便自然成了唯一的消遣。他的思想成熟得特别早，一半固由于天赋，一半大概也是孤僻的书斋生活酿成的。在书斋里，他自有他的世界。他的世界是时间构成的；沿着时间的航线，上下三四千年，来往的飞翔，他沿路看见的都是圣贤、豪杰、忠臣、孝子、骚人、逸士——都是魁梧奇伟，温馨凄艳的灵魂。久而久之，他定觉得那些庄严灿烂的姓名，和生人一般的实在，而且渐渐活现起来了，于是他看得见古人行动的姿态，听得到古人歌哭的声音。甚至他们还和他揖让周旋，上下议论；他成了他们其间的一员。于是他只觉得自己和寻常的少年不同，他几乎是历史中的人物，他和古人的关系比和今人的关系密切多了。他是在时间里，不是在空间里活着。他为什么不那样想呢？这些古人不是在他心灵里活动，血脉里运行吗？他的身体不是从这些古人的身体分泌出来的吗？是的，那政事、武功、学术震耀一时的儒将杜预便是他的十三世祖；那宣言"吾文章当得屈宋作衙官，吾笔当得王羲之北面"的著名诗人杜审言，便是他的祖父；他的叔父杜升是个为报父仇而杀身的十三岁的孝子；他的外祖母便是张说所称的那为监牢中的父亲"菲屦布衣，往来供馈，徒行颒色，伤动人伦"的孝女；他外祖母的兄弟，崔行芳，曾经要求给二哥代死，没有诏准，就同哥哥一起就刑了，当时称为"死悌"。你看他自己家里，同外家里，事业、文章、孝行、友爱，——立德、立功、立言的人物这样多；他翻开近代的史乘,等于翻开自己的家谱。这样读书,对于一个青年的身心,潜移默化的影响,定是不可限量的。难怪一般的少年,他瞧不上眼。他是一个贵族,不但在族望上,便论德行和智慧,他知道,也应该高人一等。所以他的朋友,除了书本里的古人,就是几个有文名的老前辈。要他同一般行辈相等的庸夫俗子混在一起,是办不到的。看看这一段文字,便可想见当时那不可一世的气概:

性豪业嗜酒,嫉恶怀刚肠;脱略小时辈,结交皆老苍;饮酣视八极,俗物皆茫茫。

子美所以有这种抱负,不但因为他的血缘足以使他自豪,也不仅仅是他不甘自暴自弃;这些都是片面的,次要的理由。最要紧的,是他对于自己的成功,如今确有把握了。崔尚、魏启心一般的老前辈都比他作班固、扬雄;他自己仿佛也觉得受之无愧。十四五岁的杜二,在翰墨场中,已经是一个角色了。

这时还有一件事也可以增长一个人的兴致。从小摆不脱病魔的纠缠,如今摆脱了。这件事竟许是最足令人开心的。因为毕竟从前那种幽闭的书斋生活不大自然,只因一个人缺欠了健康,身体失了自由,什么都没有办法。如今健康恢复了,有了办法,便尽量的追回以前的积欠,当然是不妨的,简直是应该的。譬如院子里那几棵枣树,长得比什么树都古怪,都有精神,枝子都那样剑拔弩张的挺着,仿佛全身都是劲。一个人如今身体强了,早起在院子里走走,往往也觉得浑身是劲,忽然看见它们那挑衅的样子,恨不得拣一棵抱上去,和它摔一跤,决个雌雄。但是想想那举动又未免太可笑了。最好是等八月来,枣子熟了,弟妹们只顾要枣子吃;枣子诚然好吃，但是当哥哥的，尤其筋强力壮的哥哥，最得意的，不是吃枣子，是在那给弟妹们不断的供应枣子的任务。用竹篙子打枣子还不算本领。哥哥有本领上树，不信他可以试给他们看看。上树要上到最高的枝子，又得不让枣刺轧伤了手，脚得站稳了，还不许踩断了树枝；然后躲在绿叶里，一把把的洒下来；金黄色的，朱砂色的，红黄参半的枣子，花花刺刺的洒将下来，得让孩子们抢都抢不赢。上树的技术练高了，一天可以上十来次，棵棵树都要上到。最有趣的，是在树顶上站直了，往下一望；离天近，离地远，一切都在脚下，呼吸也轻快了，他忍不住大笑一声；那笑里有妙不可言的胜利的庄严和愉快。便是游戏，一个人的地位也要站得超越一点，才不愧是杜甫。

健康既经恢复了，年龄也渐渐大了，一个人不能老在家乡守着。他得看看世界。并且单为自己创作的前途打算，多少通都广邑，名山大川，也不得不瞻仰瞻仰。

二

大约在二十岁左右，诗人便开始了他的飘流的生活。三十五以前，是快意的游览（仍旧用他自己的比喻），便像羽翮初满的雏凤，乘着灵风，踏着彩云，往濛濛的长空飞去。他胁下只觉得一股轻松，到处有竹实，有醴泉，他的世界是清鲜，是自由，是无垠的希望，和薛雷的云雀一般，他是

An unbodied joy whose race is just begun.

三十五以后，风渐渐尖峭了，云渐渐恶毒了，铅铁的穹窿在他背上逼压着，太阳也不见了，他在风雨雷电中挣扎，血污的翎羽在空中缤纷的旋舞，他长号，他哀呼，唱得越急切，节奏越神奇，最后声嘶力竭，他卸下了生命，他的挫败是胜利的挫败，神圣的挫败。他死了，他在人类的记忆里永远留下了一道不可逼视的白光；他的音乐，或沈雄，或悲壮，或凄凉，或激越，永远，永远是在时间里颤动着。

子美第一次出游是到晋地的郇瑕（今山西猗氏县），在那边结交的人物，我们知道的，有韦之晋。此后，在三十五岁以前，曾有过两次大举的游历：第一次到吴越，第二次到齐赵。两度的游历，是诗人创作生活上最需要的两种精粹而丰富的滋养。在家乡，一切都是单调，平凡，青的天笼盖着黄的地，每隔几里路，绿杨藏着人家，白杨翳着坟地，分布得驿站似的呆板。土人的生活也和他们的背景一样的单调。我们到过中州的人都知道那是个什么样的去处；大概从唐朝到现在是不会有多少进步的。从那样的环境，一旦踏进山明水秀的江南，风流儒雅的江南，你可以想象他是怎样的惊喜。我们还记得当时和六朝，好比今天和昨日；南朝的金粉，王谢的风流，在那里当然还留着够鲜明的痕迹。江南本是六朝文学总汇的中枢，他读过鲍、谢、江、沈、阴、何的诗，如今竟亲历他们歌哭的场所，他能不感动吗？何况重重叠叠的历史的舞台又在他眼前，剑池、虎邱、姑苏台、长洲苑、太伯的遗庙、阖闾的荒冢，以及钱塘、剡溪、鉴湖、天姥——处处都是陈迹、名胜，处处都足以促醒他的回忆，触发他的诗怀。我们虽没有他当时纪游的作品，但是诗人的得意是可以猜到的。美中不足的只是到了姑苏，船也办好了，都没有浮着海。仿佛命数注定了今番只许他看到自然的秀丽，清新的面相；长洲的荷香，镜湖的凉意，和明眸皓齿的耶溪女……都是他今回的眼福；但是那瑰奇雄健的自然，须得等四五年后游齐赵时，才许他见面。

在叙述子美第二次出游以前，有一件事颇有可纪念的价值，虽则诗人自己并不介意。

唐代取士的方法分三种——生徒、贡举、制举。已经在京师各学馆，或州县各学校成业的诸生，送来尚书省受试的，名曰生徒；不从学校出身，而先在州县受试，及第了，到尚书省应试的，名曰贡举。以上两种是选士的常法。此外，每多少年，天子诏行一次，以举非常之士，便是制举。开元二十三年（736）子美游吴越回来，挟着那"气劘屈贾垒，目短曹刘墙"的气焰应贡举，县试成功了，在京兆尚书省一试，却失败了。结果没有别的，只是在够高的气焰上又加了一层气焰。功名的纸老虎如今被他戳穿了。果然，他想，真正的学问，真正的人才，是功名所不容的。也许这次下第，不但不能损毁，反足以抬高他的身价。可恨的许只是落第落在名职卑微的考功郎手里，未免叫人丧气。当时士林反对考功郎主试的风潮酝酿得一天比一天紧，在子美"忤下考功第"的明年，果然考功郎吃了举人的辱骂，朝廷从此便改用侍郎主试。

子美下第后八九年之间，是他平生最快意的一个时期，游历了许多名胜，结交了许多名流。可惜那期间是他命运中的朝曦，也是夕照，那几年的经历是射到他生命上的最始和最末的一道金辉；因为从那以后，世乱一天天的纷纭，诗人的生活一天天的潦倒，直到老死，永远闯不出悲哀、恐怖和绝望的环攻。但是末路的悲剧不忙提起，我们的笔墨不妨先在欢笑的时期多留连一会儿，虽则悲惨的下文早晚是要来的。

开元二十四五年之间，子美的父亲——闲——在兖州司马任上，子美去省亲，乘便游历了兖州、齐州一带的名胜，诗人的眼界于是更加开扩了。这地方和家乡平原既不同，和秀丽的吴越也两样。根据书卷里的知识，他常常想见泰山的伟大和庄严，但是真正的岱岳，那"造化钟灵秀，阴阳割昏晓"的奇观，他没有见过。这边的湍流、峻岭、丰草、长林都另有一种他最能了解，却不曾认识过的气魄。在这里看到的，是自然的最庄严的色相。唯有这边自然的气势和风度最合我们诗人的脾胃，因为所有磅礴郁结在他胸中的，自然已经在这景物中说出了；这里一丘一壑，一株树，一朵云，都能引起诗人的共鸣。他在这里勾留了多年，直变成了一个燕赵的健儿；慷慨悲歌、沈郁顿挫的杜甫，如今发现了他的自我。过路的人往往看见一行人马，带着弓箭旗枪，驾着雕鹰，牵着猎狗，望郊野奔去。内中头戴一顶银盔，脑后斗大一颗红缨，全身铠甲，跨在马上的，便是监门胄曹苏预（后来避讳改名源明）。在他左首并辔而行的，装束略微平常，双手横按着长槊，却也是英风爽爽的一个丈夫，便是诗人杜甫。两个少年后来成了极要好的朋友。这回同着打猎的经验，子美永远不能忘记，后来还供给了《壮游》诗一段有声有色的文字：

  春歌丛台上，冬猎青邱旁；呼鹰皂枥林，逐兽云雪岗；射飞曾纵鞚，引臂落鹙鸧。苏侯据鞍喜，忽如携葛强。

原来诗人也学得了一手好武艺！

这时的子美,是生命的焦点,正午的日曜,是力,是热,是锋棱,是夺目的光芒。他这时所咏的《房兵曹胡马》和《画鹰》恰好都是自身的写照。我们不能不腾出篇幅,把两首诗的全文录下。

胡马大宛名,锋棱瘦骨成,竹批双耳峻,风入四蹄轻;所向无空阔,真堪托死生。骁腾有如此,万里可横行。

——(《房兵曹胡马》)

素练风霜起,苍鹰画作殊,㧐身思狡兔,侧目似愁胡,绦镟光堪摘,轩楹势可呼。何当系凡鸟,毛血洒平芜!

——(《画鹰》)

这两首和稍早的一首《望岳》都是那时期里最重要的代表作品,实在也奠定了诗人全部创作的基础。诗人作风的倾向,似乎是专等这次游历来发现的;齐赵的山水,齐赵的生活,是几天的骄阳接二连三的逼成了诗人天才的成熟。

灵机既经触发了,弦音也已校准了,从此轻拢慢捻,或重挑急抹,信手弹去,都是绝调。艺术一天进步一天,名声也一天大一天。从齐赵回来,在东都(今洛阳)住了两三年,城南首阳山下的一座庄子,排场虽是简陋,门前却常留着达官贵人的车辙马迹。最有趣的是,那一天门前一阵车马的喧声,顿时老苍头跑进来报道贵人来了。子美倒屣出迎;一位道貌盎然的斑白老人向他深深一揖,自道是北海太守李邕,久慕诗人的大名,特地来登门求见。北海太守登门求见,与诗人相干吗?世俗的眼光看来,一个乡贡落第的穷书生家里来了这样一位阔客人,确乎是荣誉,是发迹的吉兆。但是诗人的眼光不同。他知道的李邕,是为追谥韦巨源事,两次驳议太常博士李处，和声援宋璟，弹劾谋反的张昌宗弟兄的名御史李邕——是碑版文字，散满天下，并且为要压倒燕国公的"大手笔"，几乎牺牲了性命的李邕——是重义轻财，卑躬下士的李邕。这样一位客人来登门求见，当然是诗人的荣誉；所以"李邕求识面"可以说是他生平最得意的一句诗。结识李邕在诗人生活中确乎要算一件有关系的事。李邕的交游极广，声名又大，说不定子美后来的许多朋友，例如李白、高适诸人，许是由李邕介绍的。

三

写到这里，我们该当品三通画角，发三通擂鼓，然后提起笔来蘸饱了金墨，大书而特书。因为我们四千年的历史里，除了孔子见老子（假如他们是见过面的）没有比这两人的会面，更重大，更神圣，更可纪念的。我们再逼紧我们的想象，譬如说，青天里太阳和月亮走碰了头，那么，尘世上不知要焚起多少香案，不知有多少人要望天遥拜，说是皇天的祥瑞。如今李白和杜甫——诗中的两曜，劈面走来了，我们看去，不比那天空的异瑞一样的神奇，一样的有重大的意义吗？所以假如我们有法子追究，我们定要把两人行踪的线索，如何拐弯抹角，时合时离，如何越走越近，终于两条路线会合交叉了——统统都记录下来。假如关于这件事，我们能发现到一些翔实的材料，那该是文学史里多么浪漫的一段掌故！可惜关于李杜初次的邂逅，我们知道的一成，不知道的九成。我们知道天宝三载三月，太白得罪了高力士，放出翰林院之后，到过洛阳一次，当时子美也在洛阳。两位诗人初次见面,至迟是在这个当儿,至于见面时的情形,在什么时候,什么地方,也许是李邕的筵席上,也许是洛阳城内一家酒店里,也许……但这都是可能范围里的猜想,真确的情形,恐怕是永远的秘密。

有一件事我们却拿得稳是可靠的。子美初见太白所得的印象,和当时一般人得的,正相吻合。司马子微一见他,称他"有仙风道骨,可与神游八极之表"。贺知章一见,便呼他作"天上谪仙人"。子美集中第一首《赠李白》诗,满纸都是企羡登真度此的话,假定那是第一次的邂逅,第一次的赠诗,那么,当时子美眼中的李十二,不过一个神采趣味与常人不同,有"仙风道骨"的人,一个可与"相期拾瑶草"的侣伴,诗人的李白没有在他脑中镌上什么印象。到第二次赠诗,说"未就丹砂愧葛洪",回头就带着讥讽的语气问:

痛饮狂歌空度日,飞扬跋扈为谁雄?

依然没有谈到文字。约莫一年以后,第三次赠诗,文字谈到了,也只轻轻的两句"李侯有佳句,往往似阴铿",不是什么了不得的恭维,可是学仙的话一概不提了。或许他们初见时,子美本就对于学仙有了兴味,所以一见了"谪仙人",便引为同调;或许子美的学仙的观念完全是太白的影响。无论如何,子美当时确是做过那一段梦——虽则是很短的一段;说"苦无大药资,山林迹如埽";说"未就丹砂愧葛洪"。起码是半真半假的心话。东都本是商贾贵族蜂集的大城,尘市的繁华,人心的机巧,种种城市生活的罪恶,我们明明知道,已经叫子美腻烦,厌恨了;再加上当时炼药求仙的风气正盛,诗人自己又正在富于理想的、如火如荼的浪漫的年华中——在这种情势之下,萌生了出世的观念,是必然的结果。只是杜甫和李白的秉性根本不同:李白的出世,是属于天性的,出世的根性深藏在他骨子里,出世的风神披露在他容貌上;杜甫的出世是环境机会造成的念头,是一时的愤慨。两人的性格根本是冲突的。太白笑"尧舜之事不足惊",子美始终要"致君尧舜上"。因此两人起先虽觉得志同道合,后来子美的热狂冷了,便渐渐觉得不独自己起先的念头可笑,连太白的那种态度也可笑了;临了,念头完全抛弃,从此绝口不提了。到不提学仙的时候,才提到文字,也可见当初太白的诗不是不足以引起子美的倾心,实在是诗人的李白被仙人的李白掩盖了。

东都的生活果然是不能容忍了,天宝四载夏天,诗人便取道如今开封归德一带,来到济南。在这边,他的东道主,便是北海太守李邕。他们常时集会,宴饮,赋诗;集会的地点往往在历下亭和鹊湖边上的新亭。在座的都是本地的或外来的名士;内中我们知道的还有李邕的从孙李之芳员外,和邑人蹇处士。竟许还有高适,有李白。

是年秋天太白确乎是在济南。当初他们两人是否同来的,我们不晓得;我们晓得他们此刻交情确是很亲密了,所谓"醉眠秋共被,携手日同行",便是此时的情况。太白有一个朋友范十,是位隐士,住在城北的一个村子上。门前满是酸枣树,架上吊着碧绿的寒瓜,渹渹的白云镇天在古城上闲卧着——俨然是一个世外的桃源;主人又殷勤;太白常常带子美到这里喝酒谈天。星光隐约的瓜棚底下,他们往往谈到夜深人静,太白忽然对着星空出神,忽然谈起从前陈留采访使李彦如何答应他介绍给北海高天师学道箓,话说过了许久，如今李彦许早忘记了，他可是等得不耐烦了。子美听到那类的话，只是唯唯否否；直等话头转到时事上来，例如贵妃的骄奢，明皇的昏聩，以及朝里朝外的种种险象，他的感慨才潮水般的涌来。两位诗人谈着话，叹着气，主人只顾忙着筛酒，或许他有意见不肯说出来，或许压根儿没有意见。

（本文未完。原载《新月》第一卷第六期）

英译李太白诗

《李白诗集》The Works of Li Po, The Chinese Poet.

小畑薰良译Done into English Verse by Shigeyoshi Obata, E. P. Dutton & Co, New York City. 1922.

小畑薰良先生到了北京，更激动了我们对于他译的《李白诗集》的兴趣。这篇评论披露出来了，我希望小畑薰良先生这件惨淡经营的工作，在中国还要收到更普遍的注意，更正确的欣赏。书中虽然偶尔也短不了一些疏忽的破绽，但是大体上看起来，依然是一件很精密，很有价值的工作。如果还有些不能叫我们十分满意的地方，那许是应该归罪于英文和中文两种文字的性质相差太远了；而且我们应注意译者是从第一种外国文字译到第二种外国文字。打了这几个折扣，再通盘计算起来，我们实在不能不佩服小畑薰良先生的毅力和手腕。

这一本书分成三部分：（一）李白的诗，（二）别的作家同李白唱和的诗，以及同李白有关系的诗，（三）序，传，及参考书目。我把第一部分里面的李白的诗，和译者的序，都很尽心的校阅了，我得到无限的乐趣，我也发生了许多的疑窦。乐趣是应该向译者道谢的，疑窦也不能不和他公开的商榷。

第一我觉得译李白的诗，最要注重鉴别真伪，因为集中有不少的"赝鼎"，有些是唐人伪造的，有些是五代中国人伪造的，有些是宋人伪造的，古来有识的学者和诗人，例如苏轼讲过《草书歌行》《悲歌行》《笑歌行》《姑熟十咏》，都是假的；黄庭坚讲过《长干行》第二首和《去妇词》是假的；萧士赟怀疑过的有七篇，赵翼怀疑过的有两篇；龚自珍更说得可怕——他说李白的真诗只有一百二十二篇，算起来全集中至少有一半是假的了。

我们现在虽不必容纳龚自珍那样极端的主张，但是讲李白集中有一部分的伪作，是很靠得住的。况且李阳冰讲了"当时著作，十丧其九"，刘全白又讲"李君文集，家有之而无定卷"，韩愈又叹道"惜哉传于今，泰山一毫芒"。这三个人之中，阳冰是太白的族叔，不用讲了。刘全白、韩愈都离着太白的时代很近，他们的话应当都是可靠的。但是关于鉴别真伪的一点，译者显然没有留意。例如：《长干行》第二首，他便选进去了。鉴别的工夫，在研究文艺，已然是不可少的，在介绍文艺，尤其不可忽略。不知道译者可承认这一点？

再退一步说，我们若不肯断定某一首诗是真的，某一首是假的，至少好坏要分一分。我们若是认定了某一首是坏诗，就拿坏诗的罪名来淘汰它，也未尝不可以。尤其像李太白这样一位专仗着灵感作诗的诗人，粗率的作品，准是少不了的。所以选诗的人，从严一点，总不会出错儿。依我的见解，《王昭君》《襄阳曲》《沐浴子》《别内赴征》《赠内》《巴女词》，还有那证明李太白是日本人的朋友的《哭晁卿衡》一类的作品，都可以不必翻译。至于《行路难》《饯别校书叔云》《襄阳歌》《扶风豪士歌》《西岳云台歌》《鸣皋歌》《日出人行》等等的大作品，都应该人选，反而都落选了。这不知道译者是用的一种什么标准去选的，也不知道选择的观念到底来过他脑筋里没有。

太白最擅长的作品是乐府歌行，而乐府歌行用自由体译起来，又最能得到满意的结果。所以多译些《蜀道难》《梦游天姥吟留别》一类的诗，对于李太白既公道，在译者也最合算。太白在绝句同五律上固然也有他的长处；但是太白的长处正是译者的难关。李太白本是古诗和近体中间的一个关键。他的五律可以说是古诗的灵魂蒙着近体的躯壳，带着近体的藻饰。形式上的秾丽许是可以译的，气势上的浑璞可没法子译了。但是去掉了气势，又等于去掉了李太白。"我来竟何事，高卧沙丘城？城边有古树，日夕连秋声……"这是何等的气势，何等古朴的气势！你看译到英文，成了什么样子？

> Why have I come hither, after all?
> Solitude is my lot at Sand Hillcity
> There are old trees by the city wall
> And many voices of autumn, day and night

这还算好的，再看下面的，谁知道那几行字就是译的"人烟寒橘柚，秋色老梧桐"？

> The smoke from the cottages curls

Up around the citron trees,
And the hues of late autumn are
On the green paulownias,

这到底是怎么一回事？怎么中文的"浑金璞玉"，移到英文里来，就变成这样的浅薄，这样的庸琐？我说这毛病不在译者的手腕，是在他的眼光，就像这一类浑然天成的名句，它的好处太玄妙了，太精微了，是禁不起翻译的。你定要翻译它，只有把它毁了完事！譬如一朵五色的灵芝，长在龙爪似的老松根上，你一眼瞥见了，很小心的把它采了下来，供在你的瓶子里，这一下可糟了！从前的瑞彩，从前的仙气，于今都变成了又干又瘪的黑菌。你搔着头，只着急你供养的方法不对。其实不然，压根儿你就不该采它下来，采它就是毁它，"美"是碰不得的，一黏手它就毁了，太白的五律是这样的，太白的绝句也是这样的。

峨眉山月半轮秋，影入平羌江水流，夜发青溪向三峡，思君不见下渝州。
The autumn moon is half round above Omei Mountain;
Its pale light falls in and flows with the water of the Pingchang River.
In-night I leave Chingchi of the limpid stream for the Three Canyons,
And glides down past Yuchow, thinking of you whom I can not see.

在诗后面译者声明了,这首诗译得太对不起原作了。其实他应该道歉的还多着,岂只这一首吗?并且《静夜思》《玉阶怨》《秋浦歌》《赠汪伦》《山中答问》《清平调》《黄鹤楼送孟浩然之广陵》一类的绝句,恐怕不只小畑薰良先生,实在什么人译完了,都短不了要道歉的。所以要省了道歉的麻烦,这种诗还是少译的好。

我讲到了用自由体译乐府歌行最能得到满意的结果。这个结论是看了好几种用自由体的英译本得来的。读者只要看小畑薰良先生的《蜀道难》便知道了。因为自由体和长短句的乐府歌行,在体裁上相差不远;所以在求文字的达意之外,译者还有余力可以进一步去求音节的仿佛。例如篇中几句"蜀道之难难于上青天",是全篇音节的锁钥,是很重要的。译作"The road to Shu is more difficult to climb than to climb the steep blue heaven"两个(climb)在一句的中间作一种顿挫,正和两个难字的功效一样的;最巧的"难"同climb的声音也差不多。又如"上有六龙回日之高标;下有冲波逆折之洄川"译作:

Lo, the road mark high above, where the six dragons circle the sun!
The stream far below, winding forth and winding back, breaks into foam.

这里的节奏也几乎是原诗的节奏了。在字句的结构和音节的调度上,本来算韦雷(Arthur Waley)最讲究。小畑薰良先生在《蜀道难》《江上吟》《远别离》《北风行》《庐山谣》几首诗里，对于这两层也不含糊。如果小畑薰良同韦雷注重的是诗里的音乐，陆威尔（Amy Luwell）注重的便是诗里的绘画。陆威尔是一个 imagist，字句的色彩当然最先引起她的注意。只可惜李太白不是一个雕琢字句、刻画词藻的诗人，跌宕的气势——排奡的音节是他的主要的特性。所以译太白与其注重词藻，不如讲究音节了。陆威尔不及小畑薰良只因为这一点；小畑薰良又似乎不及韦雷，也是因为这一点。中国的文字尤其中国诗的文字，是一种紧凑非常——紧凑到了最高限度的文字。像"鸡声茅店月，人迹板桥霜"这种句子连个形容词动词都没有了；不用说那"尸位素餐"的前置词、连读词等等的。这种诗意的美，完全是靠"句法"表现出来的。你读这种诗仿佛是在月光底下看山水似的。一切的都幂在一层银雾里面，只有隐约的形体，没有鲜明的轮廓；你的眼睛看不准一种什么东西，但是你的想象可以告诉你无数的形体。温飞卿只把这一个一个的字排在那里，并不依着文法的规程替它们联络起来，好像新印象派的画家，把颜色一点一点的摆在布上，他的工作完了。画家让颜色和颜色自己去互相融洽，互相辉映——诗人也让字和字自己去互相融洽，互相辉映。这样得来的效力准是特别的丰富。但是这样一来中国诗更不能译了。岂只不能用英文译？你就用中国的语体文来试试，看你会不会把原诗闹得一团糟？就讲"峨眉山月半轮秋"，据小畑薰良先生的译文（参看前面）把那两个 the 一个 is 一个 above 去掉了，就不成英文，不去，又不是李太白的诗了。不过既要译诗，只好在不可能的范围里找出个可能来。那么唯一的办法只是能够不增减原诗的字数，便不增减，能够不移动原诗字句的次序，便不移动。小畑薰良先生关于这一点，确乎没有韦雷细心。那可要可不要的 and，though，while……小畑薰良先生随便就拉来嵌在句子里了。他并且凭空加上一整句，凭空又给拉下一句。例如《乌夜啼》末尾加了一句for whom I wonder是毫无必要的。《送汪伦》中间插上一句It was you and your friends come to bid me farewell简直是画蛇添足。并且译者怎样知道给李太白送行的，不只汪伦一个人，还有"your friends"呢？李太白并没有告诉我们这一层。《经乱离后天恩流夜郎忆旧游书怀赠江夏韦太守良宰》里有两句"江带峨眉雪，横穿三峡流"，他只译作And lo, the river swelling with the tides of Three Canyons.

试问"江带峨眉雪"的"江"字底下的四个字，怎么能删得掉呢？同一首诗里，他还把"君登凤池去，勿弃贾生才"十个字整个儿给拉下来了。这十个字是一个独立的意思，没有同上下文重复。我想定不是译者存心删去的，不过一时眼花了，给看漏了罢了（这是集中最长的一首诗；诗长了，看漏两句准是可能的事）。可惜的只是这两句实在是太白作这一首诗的动机。太白这时贬居在夜郎，正在想法子求人援助。这回他又请求韦太守"勿弃贾生才"。小畑薰良先生偏把他的真正意思给漏掉了；我怕太白知道了，许有点不愿意罢？

译者还有一个地方太滥用他的自由了。一首绝句的要害就在三四两句。对于这两句，译者应当格外小心，不要损伤了原作的意味。但是小畑薰良先生常常把它们的次序颠倒过来了。结果，不用说了，英文也许很流利，但是李太白又给挤掉了。谈到这里，我觉得小畑薰良先生的毛病，恐怕根本就在太用心写英文了。死气板脸的把英文写得和英美人写的一样，到头读者也只看见英文，看不见别的了。

虽然小畑薰良先生这一本译诗，看来是一件很细心的工作，但是荒谬的错误依然不少。现在只稍微举几个例子。"石径"决不当译作stony wall,"章台走马著金鞭"的"著"决不当译作lightly cairied,"风流"决不能译作wind and stream,"燕山雪大花如席"的"席"也决不能译作pillow,"青春几何时"怎能译作Green Spring and what time呢?扬州的"扬"从"手";不是杨柳的"杨",但是他把扬州译成了willow valley。《月下独酌》里"圣贤既已饮"译作Both the sages and the wise were drunkers,错了。应该依韦雷的译法——of saint and sage I have long quaffed deep,才对了。考证不正确的例子也有几个。"借问卢耽鹤"卢是姓,耽是名字,译者把"耽鹤"两个字当作名字了。紫微本是星的名字。紫微宫就是未央宫,不能译为imperial palace of purple。郁金本是一种草,用郁金的汁水酿成的酒名郁金香。所以"兰陵美酒郁金香"译作The delicious wine of Lanling is of golden hue and flavorous,也不妥当。但是,最大的笑话恐怕是《白纻辞》了。这个错儿同Ezra Pound的错儿差不多。Pound把两首诗抟作一首,把第二首的题目也给抟到正文里去了。小畑薰良先生把第二首诗的第一句割了来,硬接在第一首的尾巴上。

我虽然把小畑薰良先生的错儿整套的都给搬出来了,但是我希望读者不要误会我只看见小畑薰良先生的错处,不看见他的好处。开章明义我就讲了这本翻译大体上看来是一件很精密,很有价值的工作。一件翻译的作品,也许旁人都以为很好,可是叫原著的作者看了,准是不满意的,叫作者本国的人看了,满意的许有,但是一定不多。Fitzgerald译的Rubazyat在英文读者的眼里,不成问题,是译品中的杰作,如果让一个波斯人看了,也许就要摇头了。再要让莪默自己看了，定要跳起来嚷道："牛头不对马嘴！"但是翻译当然不是为原著的作者看的，也不是为懂原著的人看的，翻译毕竟是翻译，同原著当然是没有比较的。一件译品要在懂原著的人面前讨好，是不可能的，也是没有必要的。假使小畑薰良先生的这一个译本放在我眼前，我马上就看出了这许多的破绽来，那我不过是同一般懂原文的人一样的不近人情。我盼望读者——特别是英文读者不要上了我的当。

翻译中国诗在西方是一件新的工作（最早的英译在一八八八年），用自由体译中国诗，年代尤其晚。据我所知道的小畑薰良先生是第四个人用自由体译中国诗。所以这种工作还在尝试期中。在尝试期中，我们不应当期望绝对的成功，只能讲相对的满意。可惜限于篇幅，我不能把韦雷、陆威尔的译本录一点下来，同小畑薰良先生的作一个比较。因为要这样我们才能知道小畑薰良先生的翻译同陆威尔比，要高明得多，同韦雷比，超过这位英国人的地方也不少。这样讲来，小畑薰良先生译的《李白诗集》在同类性质的译本里，所占的位置很高了。再想起他是从第一种外国文字译到第二种外国文字，那么他的成绩更有叫人钦佩的价值了。

（原载《北平晨报》副刊）

第二部分 诗经新义

一　好

　　君子好逑　　〔《关雎》〕《传》："逑，匹也。言后妃有关雎之德，是幽闲贞专之善女，宜为君子好匹。"《笺》："怨耦曰仇。言后妃之德和谐，则幽闲处深宫，贞专之善女，能为君子和好众妾之怨者。"

　　公侯好仇　　〔《兔罝》〕《笺》："怨耦曰仇。此兔罝之人，敌国有来侵伐者，可使和好之。"

《兔罝》篇一章曰"公侯干城"，三章曰"公侯腹心"，"干城""腹心"皆二名词平列而义复相近，则二章"公侯好仇"之"好仇"，亦当为义近平列之二名词。考卜辞辰巳之巳作㠯，与子孙之子同，亦或作㜽，又与已然之已同，是子、已、巳古为一字（子、巳同源，篆书形复近似，故在后世，其用虽分，而字犹有时相混。《文选·辩命论》注引《韩诗》〔《芣苢》篇〕薛君《章句》曰："诗人伤其君子有恶疾，人道不通，求已不得。"案求已即求子也）。子、巳一字，则好、妃亦本一字（《大戴礼记·保傅》篇"及太子少长，知妃色"，

《新书·保傅》篇作"好色",此又好、妃相混之例),因之,《诗》之"好仇"字虽作好,义则或当为妃。仇,匹也,好训为妃者,妃亦匹也,故《诗》以"好仇"二字连用,而与"干城""腹心"平列。"好仇"之语,经传亦有直作"妃仇"者。《左传·桓二年》:"嘉耦曰妃,怨耦曰仇。""妃仇"当为古之成语,二字平列,不分反正,左氏所说,殆非其朔。字一作"娓𠬪"。《太玄》五《内》初一"仅于娓𠬪",范望注曰"𠬪,匹也",《释文》曰"娓𠬪,古妃仇字"。一作匹俦。曹大家《雀赋》"乃凤皇之匹俦",曹植《赠王粲诗》"哀鸣求匹俦"。妃与匹,仇与俦,声义并同,"匹俦"与"妃仇"实一语也。又作𠀉俦。《古文苑》杜笃《首阳山赋》"州域乡党亲𠀉俦"。妃仇,娓𠬪,匹俦,𠀉俦,字有古今,义无二致。要皆"好仇"之云仍耳。《兔罝》篇"公侯好仇",即"公侯匹俦",逑、仇古通,《关雎》篇"君子好逑"(鲁、齐《诗》并作好仇),亦即君子匹俦也。《关雎》《传》曰"是幽闲贞专之善女,宜为君子好匹",似读好为形容词,失之。《关雎》《兔罝》两《笺》更牵合怨耦曰仇之义,而读好为动词,尤为纰缪。惟《学斋占毕》二引《尚书大传》微子歌曰:"麦秀渐渐兮,禾黍油油,彼狡獞兮,不我好仇。"虽用为动词,与《诗》微异,然以二字平列,则犹存古语之义,用知此歌之传,由来旧矣(《楚辞·九怀·危俊》篇曰"览可与兮匹俦",亦用为动词,《大传》之"好仇"即《楚辞》之"匹俦")。

二 覃诞

葛之覃兮　〔《葛覃》〕《传》："覃，延也。"
何诞之节兮　〔《旄邱》〕《传》："诞，阔也。"

覃，《释文》本亦作蕈。《仪礼·乡饮酒礼》《燕礼》两郑注《释文》，《礼记·缁衣》郑注《释文》，张参《五经文字》，唐元度《九经字样》并云葛覃本亦作蕈。蔡邕《协和婚赋》"葛蕈恐其失时"，陆云《赠顾骠骑诗》"思乐葛藟，薄采其蕈"，字亦并作蕈。案覃为蕈之省，蕈即藤声之转（藤字《说文》所无，始见《广雅》）。蕈从覃声，藤从滕声，滕从朕声。朕声字每与覃声字通（朕在蒸部，覃在侵部，声类最近，例得相转）。（一）《考工记·弓人》"挢角欲孰于火而无燂"，故书燂或作朕。（二）《方言》五"槌……其横关西曰椴"，注："县蚕薄柱也。"《说文·木部》："樳……一曰蚕槌也。"藤之为蕈，犹朕之为燂，椴之为樳矣（《方言》八："鸤鸠……东齐、海岱之间谓之戴南……或谓之戴胜。"戴胜谓之戴南，亦朕声字转入侵部之例。覃南声类同，

《释文》覃徒南反）。葛之覃即葛之藤耳。陆云诗"薄采其蕈"，正谓采其藤，若如《传》训覃为延，则陆诗为不辞矣。《旄邱》篇曰"旄邱之葛兮，何诞之节兮"，诞亦藤声之转。知之者：诞与覃通。《葛覃》传曰"覃，延也"，《大戴礼记·子张问》篇"入宫修业，居久勿谭"，卢注曰："谭，诞也。"伪《书·大禹谟》"诞敷文德"，亦作覃敷，并其比。覃与藤通，又与诞通，是诞亦可通作藤，此其一。延有长义，因之物之弱而长者，其命名多从延受义。《广雅·释器》曰"鞔，带也"，《家语·正论》篇"加之以纮綖"，王注曰："缨屈而上者谓之纮綖。"藤谓之诞，犹带谓之鞔，缨谓之綖矣，此其二。节者，《节南山》《传》曰："节，高峻貌。"案山之高曰峻，草木之高亦曰峻（《楚辞·离骚》"冀枝叶之峻茂兮"，《淮南子·览冥》篇"山无峻干"，《新序·杂事》篇"玄居桂林之中，峻叶之上"，《汉书·司马相如传》"实叶葰茂"）。峻、节一声之转（真，屑阳入对转），故山之高曰峻，亦曰节，草木之高曰峻，亦曰节。高与长义通，因之峻节又并训长。《离骚》"冀枝叶之峻茂兮"，注"峻，长也"。《诗》"何诞之节兮"，犹言何藤之长耳。《传》《笺》既误读节如字（《说文·竹部》"节，竹约也"），因不得不训诞为阔。不知葛安得有节乎？葛既无节，则阔义自亦无所施矣。

三 污

薄污我私 〔《葛覃》〕《传》："污，烦也。"《笺》："烦撋之功用深，瀚谓濯之耳。"

《诗》曰："薄污我私，薄瀚我衣。"私与衣为互文，污与瀚亦不分二义。污瀚声近对转，污亦瀚也。列三事以明之。（一）《广雅·释诂》三"瀙，浊也"，瀙与瀚同。瀚训濯，又训浊，犹之污训浊，又训濯也。（二）《说文·水部》"湔，一曰手瀚之"，瀚与瀚亦同。《战国策·齐策》"以臣之血湔其袿"，注："湔，污也。"湔训瀚，又训污，此相反为义，明污瀚义本相通也。（三）《释文》瀚本又作浣（《说文》浣为瀚之重文）。《说文·目部》"盱，张目也"，玄应《一切经音义》十九引《苍颉》篇"睆，目出貌"，张目与目出貌义近。污之为瀚，犹盱之为睆矣。《传》训污为烦，《笺》释烦为烦撋，良是（烦撋是瀚衣之貌。《释文》引阮孝绪《字略》"烦撋犹挼抄也"，《说文·手部》"挼，一曰手切摩也"，挼抄即挼长言之），顾又谓其功用深，则是以为污之与瀚，事有深浅之别，斯为蛇足矣。

四　夭夭

桃之夭夭〔《桃夭》〕　《传》："夭夭，其少壮也。"

棘心夭夭〔《凯风》〕　《传》："夭夭，盛貌。"《笺》："夭夭以喻七子少长。"

《说文·夭部》："夭，屈也。"《凯风》篇曰："凯风自南，吹彼棘心，棘心夭夭。"谓棘受风吹而屈曲也。乐府古辞《长歌行》曰"凯风吹长棘，夭夭枝叶倾。黄鸟飞相追，咬咬弄音声"，语意全本《诗·风》。"夭夭枝叶倾"者，正以枝叶倾申夭夭之义，倾与屈义相成也。《桃夭》篇"桃之夭夭"义同。谢灵运《悲哉行》"差池燕始飞，夭袅桃始荣"，夭袅即屈折之貌。谢以夭袅易夭夭，亦善得《诗》恉。《桃夭》《传》训少壮，《凯风》《传》训盛貌，并失之。

五　肃肃

肃肃〔《兔罝》〕《传》:"肃肃,敬也。"《笺》:"兔罝之人,鄙贱之事,犹能恭敬,则是贤者众多也。"

肃当读为缩(《豳风·七月》"九月肃霜",《传》"肃,缩也,霜降而收缩万物",《周礼·甸师》"祭祀共萧茅",郑众注"萧字或为茜,茜读为缩",《仪礼·特牲馈食礼》"乃宿尸",注"宿读为肃"),缩犹密也。《易林·丰之小过》曰"网密网宿,动益蹙急,困不得息",是其义。字一作数(《周礼·司尊彝》"醴齐缩酌",注:"故书缩为数。"《方言》五:"炊㸑谓之缩。"《说文》作籔)。《小雅·鱼丽》《传》"庶人不数罟",《释文》曰:"数罟,细网也。"《孟子·梁惠王》上篇"数罟不入洿池",赵注曰:"数罟,密网也。"《诗》"肃肃"即"缩缩""数数",网目细密之貌也。《传》《笺》并训肃肃为敬,此其失固不足辩,而俞樾据《文选·西京赋》"飞罕潚箾"薛综注曰"潚箾,罕形也",谓肃肃即潚箾,亦未得其环中。案《说文·木部》曰"梀,长木貌",《尔雅·释木》"梢,梢櫂",郭注曰"谓木无枝柯,梢櫂长而杀者",是肃声与肖声字并有长义。《尔雅·释虫》曰"蟏蛸,长踦",蟏蛸为长貌,此虫踦长,故即以为名。潇箾之语与蟏蛸同,亦长貌也。罼有长柄者(《汉书·司马相如传》上注引张揖曰"罼,毕也",《礼记·月令》注曰"小而柄长谓之毕"),故曰"潇箾长罼"。若置则无柄,与罼异制,今谓肃肃之义等于潇箾,庸有当乎?

六　干翰

公侯干城　〔《兔罝》〕《传》："干，扞也。"《笺》："干也，城也，皆以御难也。"

之屏之翰　〔《桑扈》〕《传》："翰，榦。"《笺》："王者之德，外能捍蔽四表之患难，内能立功立事为之桢榦。"

王后维翰　〔《文王有声》〕《传》："翰，榦也。"《笺》："王后为之榦者，正其政教，定其法度。"

大宗维翰　〔《板》〕《传》："翰，榦也。"《笺》："王当用公卿诸侯及宗室之贵者为藩屏垣榦为辅弼。"

维周之翰　〔《崧高》〕《传》："翰，榦也。"《笺》："入为周之桢榦之臣。"

戎有良翰　〔《崧高》〕《笺》："翰，榦也。申伯入谢，遍邦内皆喜，曰女有善君也。"

召公维翰　〔《江汉》〕《笺》："召康公为之桢榦之臣，以正天下。"

《说文·韦部》曰："韓，井垣也，从韦，取其帀也，倝声。"相承皆用幹。韓、垣声近，盖本一语。许君以为井垣专字，非也。《诗》翰字当为韓（幹）之假借。《桑扈》篇"之屏之翰"，翰与屏并举；《板》篇"价人维藩，大师维垣，大邦维屏，大宗维翰……宗子维城"，翰与藩垣屏城并举；《嵩高》篇"维周之翰，四国于蕃（藩），四方于宣（垣）"，翰与蕃、宣并举，皆互文也。《说文·土部》曰"壁，垣也"，《广雅·释室》曰"廦，垣也"，是辟亦有垣义。《文王有声》篇四章曰"四方攸同，王后维翰"，五章曰"四方攸同，皇王维辟"，辟训垣，翰亦训垣，翰与辟亦互文也。《嵩高》篇纪申伯筑城之事，又曰"戎有良翰"，犹言汝有良城耳。《江汉》篇"召公维翰"，与《文王有声》篇"王后维翰"，《板》篇"大宗维翰"句法同，翰亦当训为垣。至《兔罝》篇"公侯干城"之干，则闲之省。闲亦韓也，知之者，韓训垣，闲亦训垣。《文选·西京赋》注引《苍颉篇》："闲，垣也。"闲韓皆训垣，而韓字今作幹，故《楚辞·招魂》"去君之恒幹些"，旧校幹亦作闲。《兔罝》篇以干城并举，犹之《板》以"大宗维翰"与"宗子维城"连言。干也，翰也，皆韓之借字也。诸翰字《传》皆训为榦，字或作幹，《笺》皆释为桢榦，胥失之。干，《传》训为扞，以名词为动词，失之尤远。《笺》读为干盾之干，似若可通，不知盾之与城，巨细悬绝，二名并列，未免不伦。以是知其不然。

七　游

汉有游女　　〔《汉广》〕《传》："汉上游女，无求思者。"《笺》："贤女虽出游汉水之上，无欲求犯礼者，亦由贞洁使之然。"

《说文·水部》："汓，浮行水上也。"重文作泅。经传皆作游：《书·君奭》"若游大川"，《周礼·萍氏》"禁川游者"，《礼记·祭义》"舟而不游"，并《诗·汉广》篇"汉有游女"，《邶·谷风》篇"泳之游之"，是也。《谷风》以泳游并举，其义至显。《汉广》篇"汉有游女"亦当用此义。三家皆以游女为汉水之神，即郑交甫所遇汉皋二女。郑交甫事未审系何时代，然足证汉上实有此传说。游女既为水神，则游之义当为浮行水上，如《洛神赋》云"凌波微步，罗袜生尘"之类。《诗》曰"汉有游女，不可求思"，下即继之曰"汉之广矣，不可泳思，江之永矣，不可方思"。夫求之必以泳以方，则女在波上，审矣。《文选·羽猎赋》

曰"汉女水潜",《说文·水部》"泳,潜行水中也",《尔雅·释言》"泳,游也",注:"潜行游水底。"《方言》十"潜亦遊也",注:"潜行水中亦为遊也。"(游与遊通)盖游与泳、潜对文异,散文通。扬雄取通义,故以潜释游,然其读《诗》游字为水游则甚明。《笺》曰"贤女出游汉水之上,亦由贞洁使之然",则以神为人,读游为遊,不若三家义长。

八　楚

言刈其楚　　〔《汉广》〕《笺》："楚，杂薪中之尤翘翘者，我欲刈而取之，以喻众女皆贞洁，我又欲取其尤高洁者。"

不流束楚　　〔《王风·扬之水》〕《传》："楚，木也。"

不流束楚　　〔《郑风·扬之水》〕

绸缪束楚　　〔《唐风·绸缪》〕

楚有草木二种，木类之楚，人尽知之，草类之楚，盖知之者寡。《仪礼·士丧礼》注"楚，荆也"，《疏》曰"荆本是草之名"，斯说得之。古人服丧居倚庐，倚庐者，以草盖屋（《荀子·礼论》篇"属茨倚庐"，注："茨，盖屋草也，属茨，令茨相连属。"），而亦谓之梁闇（《书·无逸》"高宗亮阴"，《尚书大传》作梁闇，云"高宗居倚庐，三年不言，百官总己以听于冢宰而莫之违，此之谓梁闇"〔《仪礼经传通解续》十五丧礼义引〕），

《礼记·丧服四制》篇引《书》作谅阇，郑注"谅古作梁"，《史记·鲁世家集解》亦引郑作梁），于省吾谓梁阇即荆庵，荆庵者，以荆草覆屋也（案于说精确。惟谓梁乃荆之讹，则非是。于氏曰："《贞毁》'贞从王伐荆'，荆作▨……《梁伯戈》梁作▨，《狱毁》'狱驭从王南征，伐楚荆'，荆作▨，《说文》荆之古文作▨，古籀从▨者，今楷多作▨，如尔作▨，罂作▨是也。荆梁二字形近，故前人多误释。"案于氏谓梁阇即荆庵是也，谓梁为荆之误字则非。《说文》："刅，伤也。"重文作创，"劢，造法刅业也，读若创"，经传通作创，"刑，罚辠也"，"荆，楚木也"，案刅、劢、刑、荆古当为一字〔有说别详〕。《贞毁》之▨即刅字，《狱毁》之▨即劢字，而并读为荆。二字于皆释荆，义得而形未符。以金文证之，许书荆从刀乃从刅之讹。《大梁鼎》梁作▨，《曾伯簠》梁作▨，《叔朕簠》作▨，《史兔匿》作▨，并从刅，与《梁伯戈》同，亦与小篆同。荆梁并从刅声，是二字古同音，故荆庵一作梁阇。古字假借，何尝未有，安得尽以误字目之哉？且《说苑·正谏》篇荆台，《淮南子·原道》篇作京台，而从京之字如凉、谅、倞等皆读来母。《史记·刺客列传》"荆卿，卫人谓之庆卿"，而庆、麖古同字，详下"麟"字条。麖亦来母字，则荆古音亦正可隶来母而读如梁矣。于氏知阇之可假作庵，而不知梁之可假作荆，此千虑之一失耳）。荆为草类，故制字从草，楚即荆（如上说，荆亦从刅声，则荆楚为阳鱼对转），是楚亦草矣。楚为草属，故《管子·地员》篇曰："其木宜蚖蕭与杜松，其草宜楚棘。"（《方言》三："凡草木刺人……江湘之间谓之棘。"）《诗》中楚字亦多为草名。《汉广》篇二章曰："言刈其楚。"三章曰："言刈其蒌。"楚与蒌并举。《王·扬之水》篇一章曰"不流束薪",二章曰"不流束楚",三章曰"不流束蒲",楚与薪蒲并举。《郑·扬之水》篇一章曰"不流束楚",二章曰"不流束薪",楚与薪并举。《绸缪》篇一章曰"绸缪束薪",二章曰"绸缪束刍",三章曰"绸缪束楚",楚与薪刍并举。蒌蒲并草类,薪刍亦皆以草为之(《说文·艸部》"薪,荛也","荛,薪也",《诗·板》《释文》,《文选·长杨赋》注并引《说文》作:"荛,草薪也。"《汉书·贾山传》注、《扬雄传》注亦并云:"荛,草薪。"是薪本谓草薪,故制字亦从艸),然则楚亦草矣。知楚为草类,则《汉广》篇曰:"翘翘错薪,言刈其楚,之子于归,言秣其马。""翘翘错薪,言刈其蒌,之子于归,言秣其驹。"谓以楚与蒌为秣马之刍耳。刈楚与秣马本为一事,乃《笺》曰:"楚,杂薪中之翘翘者,我欲刈取之,以喻众女皆贞洁,我又欲取其尤高洁者。"又曰:"于是子之嫁,我愿秣其马,致礼饩,示有意焉。"分刈楚秣马为两事,盖即坐不知楚为草名之故与?《王·扬之水》《传》训楚为木,其失亦显。

九 枚

伐其条枚　〔《汝坟》〕《传》："枝曰条，干曰枚。"
施于条枚　〔《大雅·旱麓》〕《传》："葛也，藟也，延蔓于木之枚本而茂盛。"

枚之言微也（《东山》《传》"枚，微也"，《閟宫》"实实枚枚"，《文选·南都赋》作微微），故枝之小者谓之枚。《说文·木部》曰"条，小枝也"，《广雅·释木》曰"枚，条也"，《太玄》二《达》"阳气枝枚条出"，宋衷注曰："自枝别者为枚，自枚别者为条。"是条也，枚也，皆小枝也。《汝坟》篇二章"伐其条肄"，《传》曰："斩而复生曰肄。"案斩而复生之枝亦小枝。《诗》一章曰"伐其条枚"，二章曰"伐其条肄"，条枚犹条肄矣。《旱麓》篇"施于条枚"义同。《汝坟》《传》训枚为干，《旱麓》《传》训枚为本，并非。

十　麟

麟之趾　《序》："《麟趾》《关雎》之应也。《关雎》之化行，则天下无犯非礼，虽衰世之公子，皆信厚如《麟趾》之时也。"

古人婚礼纳征，用鹿皮为贽。《仪礼·士婚礼》："纳征，玄纁束帛，俪皮。"注："皮，鹿皮。"崔骃《婚礼文》："委禽奠雁，配以鹿皮。"《说文·鹿部》："麗……从鹿丽声，礼麗皮纳聘，盖鹿皮也。"然以《野有死麕》篇证之，上古盖用全鹿，后世苟简，乃变用皮耳。《说文·鹿部》："慶，行贺人，从心从夂，吉礼以鹿为贽，故从鹿省。"此据小篆为说，殆不可信。慶，金文《秦公簋》作麖（文曰："以受屯鲁多釐，鼍寿无疆，畯霝在天，高弘又〔有〕麖，灶囿四方。"慶与疆方为韵，宋人释麖最确），其字于卜辞则为麐之初文（辞曰："□戌卜贞……王……麖驳𪊺……"字与驳𪊺连文，诸家释麐亦不可易），是慶与麐古为同字（《尔雅·释兽》"麐，麕身牛尾一角"，又"麠，大麃，牛尾一角"。而《史记·五帝本纪》《索隐》引韦昭曰"楚人谓麇为麎"〔麇麢同〕，是麇与麢一物也。麇〔麎〕麢声类同，麢盖即麇〔麎〕之后起形声字，慶则麖之讹变。然《说文》麢之重文作麖，而从京之字如涼倞諒等均读来母，故麢又读来母，而孳乳为慶）。麐与麟同，鹿类之中，莫尊于麐，故古礼纳征用贽，麐为最贵，因之麐遂孳乳为慶贺字（《尔雅·释兽》"麐，麢身牛尾一角"，《说文·鹿部》"麋，麢也"，籀文作麖，是麋与麢同类。《易·丰》五六爻辞"来章有慶"，疑章当读为麐〔《考工记·画繢之事》"山以章"，亦以章为麐〕。以来章为有慶，亦麐慶同字之证。喜慶之慶，乃慶贺之慶之引申义耳）。知纳征本用麐为赘，而《二南》复为房中乐（《诗谱·周南召南谱》，《仪礼·燕礼》注，《乡饮酒礼》注），其诗多与婚姻有关，则《麟之趾》篇之麟，或系纳征所用。麐麢同类（详上），《麟之趾》篇之以麟为贽，犹《野有死麕》篇之以麕为贽矣。且《序》曰"天下无犯非礼"，此礼字当即指婚礼纳采、问名、纳吉、纳征诸所以防淫佚、禁暴乱之节文。《汉广·序》曰："江汉之域，无思犯礼，求而不可得也。"《野有死麕·序》曰："虽当乱世，犹恶无礼也。"《氓·序》曰："礼义消亡，淫风大行，男女无别，遂相奔诱。"《有狐·序》曰："古者国有凶荒，则杀礼，而多昏，会男女之无夫家者，所以育人民也。"《大车·序》曰："礼义陵迟，男女淫奔。"《东门之墠·序》曰："男女有不待礼而相奔者也。"《东方之日·序》曰："君臣失道，男女淫奔，不能以礼化也。"《载驱·序》曰："（齐襄公）无礼义……与文姜淫。"《猗嗟·序》曰："不能以礼防闲其母。"（谓鲁庄公不能防闲其母文姜）凡《序》言礼，十九皆谓为男女大防之礼。《麟之趾·序》亦以礼为言，是已暗示此诗与婚姻有关，因知所谓"无犯非礼"者，正谓夫家能行纳征之礼，不以强暴相陵，而求急亟之会耳。此《麟趾》为纳征之乐歌，证诸本序而益明者也。至《序》又谓《麟趾》为《关雎》之应，及《传》所谓"麟信而应礼，以足至者也"，并以麟为瑞兽，则俗师怪迂之谈，无足深论，固知以谶纬说诗，不特齐学为然矣。

又案《诗》曰："公子""公姓""公族"者，谓此纳征者乃公之子姓，公之族嗣也。《文选》王融《曲水诗序》张铣注曰："《麟趾》，美公族之盛也。"（王先谦定为《韩诗》说）则误以独体名词为集体名词，故尔为此臆说。此亦不可不辩。

十一　角

　　谁谓雀无角　〔《行露》〕《传》："雀之穿屋，似有角者。"《笺》："人皆谓雀之穿屋似有角……物有似而不同，雀之穿屋，不以角，乃以味。"

　　角谓鸟喙，昔儒类皆知其然（吴仁杰、何楷、俞樾、于鬯、薛蛰龙并主此说），而未能明其所以然。请列五事，以证成之。（一）以语根为证。喙者，《说文·口部》："噣，喙也。"噣角古同音，触亦作觕（《淮南子·齐俗》篇"兽穷则觕"，《新序·杂事》篇作觸，《晋书音义》下觕古文觸，《古文四声韵》五引崔希裕《篆古》觸古文作㹑。㹑觕同），擉亦作捔（《集韵》擉同捔），并其证。噣角音同，角盖噣之初文（详下），故噣为喙，角亦为喙。（二）以文字画为证。古葬器铭识有大喙鸟：

— 200 —

鼎文(《续殷文存上》四)

其喙作▲形,与卜辞角字作◁者逼肖,与▲字之角形
▲(《前》七,四一、一)
▲(《前》二,三一,四)
▲(《前》四,四六,六)

笔意亦近,是古人造字,喙与角不分二物也。(三)以古谚为证。《汉书·董仲舒传》:"予之齿者去其角,傅之翼者两其足。"角即咮也,二句以鸟兽对言,"予之齿者去其角",谓兽有齿以啮,即不得有角以啄;"傅之翼者两其足",谓鸟有两翼以飞,即不得有四足以走也。若以角为兽角,则牛羊麋鹿之类,有齿复有角者多矣,安得云"予之齿者去其角"乎(吴仁杰、俞樾说如此)?古称鸟咮为角,此其明征。(四)以本系孳乳字为证。角孳乳为觜(今字作嘴),后世用为鸟觜专字。《文选·射雉赋》"裂膆破觜",注:"觜,喙也。"觜为鸟喙,而兽角亦或称觜。《说文·角部》:"觜,鸱旧头上角觜也。"案头上角觜即毛角。鸟之毛角,以象兽角而得名,毛角谓之觜,则兽角古亦或称觜,从可知矣。兽角谓之角,鸟喙亦谓之角;鸟喙谓之觜,兽角亦谓之觜,其例一也。(五)以支系孳乳字为证。角又孳乳为桷。《广雅·释室》:"桷,橡也。"案橡谓之桷,犹喙谓之角也。要之,兽角鸟喙,其形其质,并极相似,又同为自卫之器,故古者角之一名,兽角与角喙共之。寖假而角字为兽角所专,乃别制形声之嚼字以当鸟

喙之名。噣行而其初文之角废，故《传》《笺》说《行露》篇皆曰“雀之穿屋似有角”，谓雀似有角而实无，是读角为兽角之角，失之（三章“谁谓鼠无牙”，牙即齿。牙与齿散文通，此称齿为牙，犹《泮水》“元龟象齿”又称牙为齿也。《传》“视墙之穿，推其类，可谓鼠有牙”，谓牙为牡牙亦误）。至古谚“予之齿者去其角，傅之翼者两其足”，惟董子所引，尚存其真。他若《大戴记·易本命》篇“四足者无羽翼，戴角者无上齿”，《太玄》九《玄捝》“啧以牙者童其角，掔以翼者两其足”，虽词句各殊，而角皆谓兽角，盖皆不达古语之义而妄改之。

十二　素丝

羔羊之皮，素丝五紽　〔《羔羊》〕《传》："古者素丝以英裘，不失其制，大夫羔裘以居。"

羔羊之革，素丝五緎《传》："緎，缝也。"

羔羊之缝，素丝五总

素丝纰之，良马四之　〔《干旄》〕《传》："纰，所以织组也。总纰于此，成文于彼，愿以素丝纰组之法御四马也。"《笺》："素丝者，以为缕，以缝纰旌旗之旒缕，或以维持之。"

素丝组之，良马五之　《传》："总以素丝而成组也，骖马五辔。"《笺》："以素丝缕缝组于旌旗，以为之饰。五之者，亦为五见之也。"

素丝祝之，良马六之　《传》："祝，织也，四马六辔。"《笺》："祝当作属，属，著也。六之者，亦谓六见之也。"

王闿运以《公食大夫礼》说《羔羊》篇，谓羔羊之皮即礼之庭实乘皮，素丝即礼之束帛（《仪礼·公食大夫礼》"庭实设〔注'乘皮'〕遂饮奠于丰上。公受宰夫束帛以侑，西乡立。宾降筵，北面。摈者进相币。宾降辞币，升听命。公辞。宾升再拜稽首受币，当东楹北面，退西楹西，东面立。公一拜，宾降也，公再拜，介逆出。宾北面辑，执庭实以出。公降立，上介受宾币，从者讶受皮"），其说甚新而确。解《诗》如此，信乎可以扩万古之心胸矣。惟《诗》曰素丝，《礼》曰束帛，帛之与丝，虽所异甚微，然庆赏用丝，经典究无明文，此惑不祛，恐终无以执问者之口。今案以丝为赠，的系古制，其证不在经典，而论其坚实可任，或百倍于经典所载。金文《守宫尊》曰："易（锡）守宫丝束，蓆（苴）䑏（幕）五，蓆（苴）萆（幂）二，马匹，毳帀（布）三，夤僕二，苹朋。"此其铁证也。《曶鼎》曰："我既賞（赎）女（汝）三□（夫），□（效）父用匹马束丝限詰（许）曶。"此以丝为交易品，亦赠遗用丝之旁证。且《诗》曰"五纯""五緎""五总"，五数与束丝之义亦合。《公食大夫礼》注"束帛，十端也"，《周礼·媒氏》注"五两，十端也"。《礼记·杂记》"纳币一束，束五两"，是二端为一两，十端则五两为一束也。帛五两为一束谓之束帛，则丝必亦五两为一束，谓之束丝。"五纯""五緎""五总"并犹五两也（说详下条）。丝以五两为一束，是《诗》之"素丝五纯"云云者，即金文之束丝矣。《干旄》篇之"素丝"，当亦赠遗所用，其以丝马并赠，则与上揭二彝铭所纪，尤为密合（金文锡马数见，经传亦每言赐马赠马，兹不备举，举其帛马并用者。《仪礼·觐礼》"至于郊，王使人皮弁用璧劳……侯氏用束帛乘马偩使者"，又"天子赐舍……偩之束帛乘马"，又"天子赐侯氏以车服，偩使者，诸公赐服者束帛四马，侯大史亦如之"〔以上诸侯朝觌所用）。《聘礼》"宾觌，奉束锦总乘马"，又"君使卿韦弁归饔饩……奉束帛……〔傧以〕马乘……束锦"，又"上介饔饩……下大夫韦弁用束帛致之……傧之两马束锦"，又"夫人使下大夫韦弁归礼……以束帛致之……傧之乘马束锦"，又"〔归〕上介〔礼〕，傧之两马束锦"〔以上大夫聘礼所用，锦亦帛类）。《既夕礼》"公赗，玄纁束〔帛〕，马两"，《礼记•檀弓》上"伯高之丧，孔氏之使者未至，冉子摄束帛乘马而将之"，《公羊传•隐元年》"丧事有赗，赗者盖以马，以乘马束帛"，《礼记•少仪》"赗马与其币……不入庙门"〔以上丧礼赗赙所用，币亦即帛）。此皆帛马并用，与《诗》及金文之以丝马并用，其例适同）。曰："纰之""组之""祝之"者，纰之言比次也，组亦聚集之意，与纰义近，祝当从《笺》读为属，《说文•尾部》"属，连也"，《礼记•经解》"属辞比事"，是属纰义亦近。纰、组、祝皆束丝之法，无奥义。下文曰"畀之""予之""告之"（告与畀、予义同，详后），所畀、所予、所告之物，即此素丝良马也（金文每言赐旂，不知此诗"干旄""干旟""干旌"，亦在赠遗之列否？俟考）。要之，《羔羊》篇之皮与丝为二，《传》合而为一，谓丝为裘之英饰，不知皮既非裘，丝亦非英也。《干旄》篇之丝与马亦不相谋，《传》又牵合《皇皇者华》"六辔如丝"之语，以为丝以喻辔，亦以丝马混为一谈，《笺》则蒙上文"干旄""干旟""干旌"之词而以丝为旌旗旒縿之属，俱不可凭。又案彝器铭文，自《守宫尊》《舀鼎》而外，未见以丝为庆赏或货币之资者，经典之言赠丝者，亦仅此二诗而已，疑赠遗用丝，乃一时特殊之风尚。郭沫若定《守宫尊》为懿王时器，《舀鼎》为孝王时器（懿、孝世次毗连），然则二诗亦西周末叶，懿孝前后所作欤？谨贡此疑，以俟博疋。

十三 紽 沱 差池 杝

素丝五紽 〔《羔羊》〕《传》:"紽,数也。"

江有沱 〔《江有沱》〕《传》:"沱,江之别者。"《笺》:"岷山道江,东别为沱。"

差池其羽 〔《燕燕》〕《传》:"燕之于飞必差池其羽。"《笺》:"差池其羽,谓张舒其尾翼,兴戴妫将归,顾视其衣服。"

析薪杝矣 〔《小弁》〕《传》:"析薪者随其理。"《笺》:"杝谓观其理也,必随其理者,不欲妄挫折之。"

《羔羊》篇《释文》出它字,云"本又作佗……或作紽"。马瑞辰曰佗即古他字。他者,彼之称也,此之别也,由此及彼,则其数为二。《管子·轻重甲》篇"〔则是农〕夫得居装而卖其薪荛,一束十他",他一本作倍(多案《小弁》《传》"佗,加也",《庄子·养生主》篇《释文》"倍,加也",是他倍同义,灼然无疑。《管子》书多古字,此盖本作他,后人注其义于旁,故传写又有作倍之本),《墨子·经上》篇"倍为二也",他与倍

— 206 —

第二部分　诗经新义

通，则他亦二数矣。《柏舟》"之死矢靡他"，犹云有死无二也。《小旻》"人知其一，莫知其他"，犹云知其一，不知其二也。纶通他，盖二丝之数（"当云丝之二数"）。案马说精核。纶有二义，则与两同（两亦倍也，《小尔雅·广度》"倍端谓之两"），丝谓之纶，犹帛谓之两，《周礼·媒氏》"凡嫁子娶妻，入币，纯帛毋过五两"，丝称五纶，亦犹帛称五两矣。纶义既明，二章之緎，三章之总，可以隅反。原本《玉篇·系部》引韩诗说曰"緎，数也"，《毛传》"总，数也"，《西京杂记》邹长倩《遗公孙宏书》曰"五丝为䌰，倍䌰为升，倍升为緎，倍緎为纪，倍纪为緵，倍緵为𦇧"，䌰与总同。纶有倍义，而緎、总均为倍数，故得与纶并举而为互文（纶、緎、总之实数虽异，其递进之率，皆取倍数则同。三字并举，则但论其同，不论其异。诗人用字不拘，往往如此）。凡从它声之字，多有二义，马氏已举《柏舟》《小旻》二他字证之矣。今案《江有汜》篇之沱，《小弁》篇之杝，以及《燕燕》篇"差池"之池，字亦皆从它，而义为二之引申。《江有汜》《传》《笺》并以别训沱，盖水有别流，则一水歧而为二，故谓之沱也。此诗本以江有别流，喻夫之情不专一（详《汜址》字条），则诗曰"江有沱"者，充其寄意所在，亦犹《氓》篇之曰"士贰其行"矣。《小弁》篇曰"析薪杝矣"，直谓一薪析为二耳，《传》《笺》所说，咸失之凿。《燕燕》篇曰"差池其羽"，差池者，《左传·文二年》注"忒，差也"，《释文》"差，二也"，池即沱字。沱有二义，已见上文，则二字连文，正合联绵字上下同义之例。差池并有二义，于此当训两翼舒张之貌。鸟飞则两翼见，故曰"燕燕于飞，差池其羽"。《传》说甚允，《笺》云"张舒其尾翼"，尾字可省。

十四　缝

羔羊之缝　〔《羔羊》〕《传》:"缝言缝杀之大小得制。"

诗一章曰"羔羊之皮",二章曰"羔羊之革",三章曰"羔羊之缝",皮革一义(《传》"革犹皮也"),则缝亦当与之同。缝依字似当作鞤。《集韵》引《字林》"鞤,被鞤也",被鞤之训,或系后起,字从革作,本字当为皮革之异名,《字林》以被鞤训鞤,被谓之缝,亦犹皮谓之鞤矣。又案金文革作🙰(《郑虢仲𣪘》霸字偏旁),皮作🙰(《者减钟》《郤□句鑃》),王国维谓🙰者革之半字,从又持半革,故为剥去兽皮之名(《史籀篇》疏证)。案王说至确,皮革不特古字形近,古语音亦近。尝疑革古读滂母,与皮为双声,故霩从革声而读若膊(《说文·雨部》"霩,雨濡革也,从雨从革,读若膊",案当云从雨革声),又孴乳为霸(《癸𣪘》"既生霸",不从月)。知皮革古为双声字,则《诗》之皮、革、缝皆一语之转,故字虽三变,义则一而已矣。《传》释缝为"缝杀之大小得制",失之。

十五 摽

摽有梅〔《摽有梅》〕《传》:"摽,落也。"

　　摽,即古抛字。《玉篇》曰"摽,掷也",《说文新附》曰"抛,弃也",重文作摽。《公羊传·庄二年》曰"曹子摽剑而去之",《孟子·万章下》篇曰"摽使者出诸大门之外",二摽字并即抛。字亦作僄,《荀子·修身》篇"怠慢僄弃",僄弃即抛弃也(又作暴,《孟子·离娄上》篇"自暴者不可与有言也,自弃者不可与有为也",自暴自弃即自抛自弃)。掷物而弃之谓之摽,掷物以击人亦谓之摽。《说文·手部》曰"摽,击也",又"抟,疾击也",案抟即抛字,当为摽之重文。《广雅·释诂》三、《一切经音义》三引《埤苍》、十六引《字林》并曰"抛,击也",可证(今有兵器曰镖,曰镖枪,案镖之言摽也,皆掷出以击人之谓也。此义古亦借暴为之,《穀梁传·宣二年》"灵公朝诸大夫而暴弹之。观其避丸也",谓飞弹以击之也。又以同声孳乳为炮。《文选·闲居赋》"炮石雷骇",注:"炮石,今之抛石也。"案抛出以击人之石也)。掷物以予人亦谓之摽。

《诗》曰"摽有梅"是也。《木瓜》篇曰"投我以木瓜,报之以琼琚,匪报也,永以为好也",当是女之求士者,相投之以木瓜,示愿以身相许之意,士亦嘉纳其情,因报之以琼瑶以定情也(《丘中有麻》曰"彼留之子,贻我佩玖",《女曰鸡鸣》曰"知子之来之,杂佩以赠之;知子之顺之,杂佩以问之;知子之好之,杂佩以报之",凡以玉为赠者,莫非男赠于女〔《渭阳》以"路车乘黄"与"琼瑰玉佩"并赠,不属此例〕,此诗报琼琚者,亦当为男报女。知报者为男,则投者必为女矣。秦嘉《留郡赠妇诗》"诗人感木瓜,乃欲答瑶琼",陆机为《陆思远妇作诗》"敢忘桃李陋,侧想瑶与琼",何承天《木瓜赋》"愿佳人之予投,想同归以托好,顾《卫风》之攸珍,虽琼瑶而匪报",最合《诗》恉,或系三家旧义)。《摽有梅》篇亦女求士之诗,而摽与投字既同谊,梅与木瓜、木桃、木李又皆果属,则摽梅亦女以梅摽男,而以梅相摽,亦正所以求之之法耳。意者,古俗于夏季果熟之时,会人民于林中,士女分曹而聚,女各以果实投其所悦之士,中焉者或以佩玉相报,即相约为夫妇焉。《晋书·潘岳传》"岳美姿仪⋯⋯少时常挟弹出洛阳道,妇人遇之者,皆连手萦绕,投之以果,遂满载以归",盖犹有古俗之遗意欤(《左传·庄二十四年》曰"女贽不过榛栗枣脩,以告虔也",《礼记·曲礼下》曰"妇人之挚,椇榛脯脩枣栗"〔《疏》:"椇即今之白石李也,形如珊瑚,味甜美"〕,并《古微书》引《春秋元命苞》"织女星主瓜果",似亦与此俗有关,姑附着之,以俟续证)?《传》训摽为落,而以梅落喻女色浸衰,失之。

十六 今

迨其今兮〔《摽有梅》〕《传》:"今,急辞也。"

林义光曰"今读为堪,堪字通作忺(昭二十年《左传》"王心弗堪",《汉书·五行志》作"王心弗忺",孟康曰"忺,古堪字"。又《说文》引《书》"西伯既忺黎",《尔雅》郭注引《书》作堪黎),忺亦后出字,故文省借,宜作今也(古金文伯作白,仲作中,祖作且,锡作易,并是其例)。首章'迨其吉兮',言于众士中求吉士而嫁之,此章则已以失时为惧,故曰'迨其堪兮',言有可嫁者即嫁之,不暇审择也。"案林读今为堪,是也,惟首章之吉既谓吉士(《野有死麕》"吉士诱之",《卷阿》"王多吉士",《书·立政》"庶常吉士"),则二章之堪亦当谓堪士,核诸词例,最为显白。《吕氏春秋·报更》篇"堪士不可以骄恣有也",是古有"堪士"之语(堪、能义近,堪士犹能士也。《荀子·王霸》篇"足以容天下之能士矣",《韩非子·说难》篇"今以吾言为宰虏,而可以听用而振世,此非能士〔今作仕,从《史记·老庄申韩列传》索隐引改〕之所耻)。"迨其堪兮",犹言庶几此所求得之士为堪士尔。《传》误读今如字而训为急辞,林氏辩之审矣。然林氏读今为堪,而释之曰"有可嫁即嫁之,不暇审择",则是名虽易《传》而实从之,宜其进退失据,不能自圆其说也。

十七 塈 溉 介

　　顷筐塈之　〔《摽有梅》〕《传》:"塈,取也。"《笺》:"顷筐取之,谓夏已晚,顷筐取之于地。"
　　溉之釜鬵　〔《匪风》〕《传》:"溉,涤也。"
　　介尔景福　〔《小明》〕《传》:"介景皆大也。"《笺》:"介,助也,神明听之,则将助女以大福。"
　　介尔景福　〔《既醉》〕《笺》:"介,助,景,大也。成王,女有万年之寿,天又助女以大福,谓五福也。"
　　介尔昭明　〔《既醉》〕
　　绥我眉寿,介以繁祉　〔《雝》〕《笺》:"安助之以考寿,与多福禄。"
　　是用大介,我龙受之　〔《酌》〕《笺》:"介,助也。……来助我者,我宠而受用之。"

《广雅·释诂》三"气,予也",《汉书·朱买臣传》"粮用乏,上计吏卒更乞匄之"(各本匄字重出,从王念孙删),乞为气之省变,乞与匄同,皆与也,《西域传》"我匄若马"注:"匄,乞与也。"(《左传·昭十六年》《疏》:"气之与乞,一字也,取则入声,与则去声也。"案此相反为义之例)气既声类同(《说文》气之重文作槩),是乞可通作塈若溉。《摽有梅》篇"顷筐塈之",即顷筐乞之,以顷筐与之也。诗一章曰"其实七兮",谓十梅摽去其七,二章曰"其实三兮",谓又摽其三,三章曰"顷筐塈之",则梅实都尽,并顷筐亦摽与之也。《匪风》篇"溉之釜鬵",溉亦当读为乞,训与。《诗》曰"谁能亨鱼,溉之釜鬵,谁将西归,怀之好音",《传》"怀,归也",案怀读为归(《礼记·缁衣》"私惠不归德",注"归或为怀"),《广雅·释诂》三"归,遗也",遗亦与也。"溉之釜鬵"与"怀之好音",句法同,溉之与怀之,对文也。金文乞取字多作匄,亦有作乞者(《郜公諴鼎》"用气釁寿,万年无疆",《洹子孟姜壶》"用气嘉命"),《诗》则多用介。匄介同祭部,乞在脂部,最相近,故三字通用。匄、乞皆兼取与二义,介字亦然。《小明》篇"介尔景福",《既醉》篇"介尔景福","介尔昭明",林义光并读匄训予,得之。今案《雝》篇曰"绥我眉寿,介以繁祉",绥读为遗(《那》篇"绥我思成",林义光读绥为遗,云"与《烈祖》篇'赉我思成',义正相同也。《周礼·夏采》'以乘车建绥',郑注云'故书绥为襚',是绥、遗古同音。"吴闿生说同。案此篇及《烈祖》"绥我眉寿",《载见》"绥以〔台〕多福",诸绥字亦并当读遗。又《易·系辞》"夫坤隤然示人简矣",隤,陆、董、姚并作妥,亦绥、遗同音之比),遗亦与也,以当为台,我也,"绥我眉寿"与"介以(台)繁祉"亦对文。介亦当训与。《酌》篇曰"是用大介,我龙(宠)受之",介字义同,大介犹大赐,上言介,下言受,义正相应。综之,塈、溉、介声近义同,并即训与之匄若乞,今俗呼与为给,亦即此字。《摽有梅》《传》训塈为取,似知塈即乞字,特误以乞与为乞取尔。诸介字《笺》并训为助,未确。《匪风》《传》训溉为涤,《小明》《传》训介为大,则远失之。

十八　谓

迨其谓之　〔《摽有梅》〕《传》："不待备礼也。三十之男，二十之女，礼未备，则不待礼，会而行之者，所以蕃育人民也。"《笺》："谓，勤也。女年二十而无嫁端，则有勤望之忧。不待礼会而行之者，谓明年仲春不待以礼会之也。时礼虽不备，相奔不禁。"

瑕不谓矣　〔《隰桑》〕《笺》："谓，勤。……君子虽远在野，岂能不勤思之乎？宜思之也。"

谓读为归。古音喉牙不分，故读谓如归（《说文·口部》喟重文作䪤。《召旻》篇"草不溃茂"，《笺》云"溃当作猬"，而《说文》猬从胃省声，重文作蝟，是胃声与贵声同。《释名·释言语》"汝颍言贵声如归往之归"。然则谓亦可读如归矣）。声同则义通。谓有趣义。《列子·说符》篇注"谓者所以发言之指趣"，《汉书·杨王孙传》注"谓者名称也，亦指趣"。《华严经音义》下引《汉书音义》"谓者，指趣也"（《墨子·经上》篇"谓，移举加也",移此举以加之于彼,即有所趣向归往之义)。《淮南子·原道》篇注"趣亦归也"。盖谓之与归,本为一语,其分也,则意之所趣谓之"谓",身之所趣谓之"归"。其合也,则"归"属身言,而意有所趣亦谓之"归",汉严遵著书名《老子指归》是也。谓属意言,而身有所趣亦谓之"谓",《诗》"迨其谓之""瑕不谓矣"是也(《说文》"谓,报也",报赴古通,《礼记·少仪》"毋报往"注"报读赴疾之赴",《古诗为焦仲卿妻作》"吾今且报府",即赴府。谓、报义同,归、赴义同,报、赴可通,则谓归亦可通)。《摽有梅》篇曰"求我庶士,迨其谓之",犹言求我庶士,庶几归之。《隰桑》篇曰"心乎爱矣,瑕不谓矣",犹言心既爱之,胡不归之也。归即"之子于归"之归。《摽有梅》《传》曰"礼未备,则不待礼(句读从马瑞辰),会而行之",行即"女子有行"之行,古谓女子适人为行也(《文选》江文通《杂体诗》注引《宋玉集·高唐赋》"我,帝之季女,未行而亡",《列女传》四《鲁寡陶婴传》"虽有贤雄兮,终不重行",《仪礼·丧服》"子嫁返"注"凡女行于大夫以上曰嫁,行于士庶人曰适人",《释名·释亲属》"兄弟之女为姪,姪,迭也,共行事夫,更迭进御也",陈琳《饮马长城窟行》"结发行事君",诸行字义与此同)。《传》以"行之"释"谓之",似正读谓为归。《笺》申《传》曰"时礼虽不备,相奔不禁",当矣,顾又训谓为勤,则仍未达夫经旨。《隰桑》《笺》亦训谓为勤,误与前同。

十九 抱

抱衾与裯 〔《小星》〕《笺》:"裯,床帐也。诸妾夜行,抱衾与床帐,待进御之次序。不若,亦言尊卑异也。"

《序》说此诗为"夫人无妒忌之行,惠及贱妾,进御于君",其言甚鄙,且于文义亦多不可通。自来解者,惟王质曰"妇人送君子以夜而行,事急则人劳",最为明通。然窃疑此行亦非必远道行役。凡《诗》言"在公",皆谓在公所在之地。《采蘩》篇曰"公侯之宫",又曰"夙夜在公",《有駜》篇曰"夙夜在公,在公饮酒",《臣工》篇曰"敬尔在公",《序》以为"诸侯助祭遣于庙"之诗,并可参验。他若《羔羊》篇之"退食自公",《东方未明》篇之"自公召之","自公令之",公亦皆谓公之所在地,而《七月》篇曰"献豜于公",《大叔于田》篇曰"献于公所",尤为明证。明乎此,则《小星》篇之"夙夜在公",只是辨色入朝而已,因之"抱衾与裯"即不得如姚际恒所云"犹后人言襆被之谓",审矣。今案抱当读为抛(包从勹声,尬亦从勹声,二字古为同音)。《史记·三代世表》"姜嫄以为(后稷)无父,贱而弃之道中,牛羊避不践也,抱之山中,山者养之",钱大昕谓抱即抛字。《北堂书钞》四四引曹羲《肉刑论》"蛇蝮螫手,则士断其腕。系蹠(原误號)在足,则虎抱(原误跑)其蹠",抱其蹠即抛其蹠也。又《玉台新咏》十《近代吴歌》"芙蓉始结叶,抛艳未成莲",《乐苑》抛作抱,并二字古通之证。"抛衾与裯"者,妇人谓其夫早夜从公,抛弃衾裯,不遑寝息,殆犹唐人诗"辜负香衾事早朝"之意与。其在《三百篇》中,则《鸡鸣》《东方未明》并与此诗情事如一,惟《东方未明》怒夫之"不能辰夜",辞忿而意荡,《小星》惜夫之抛弃衾裯,言婉而情正,《鸡鸣》则趣夫早起,爱之以德,语重而心长,此其异尔。《笺》沿旧说读抛如字,非是。

二十　命

　　寔命不同　〔《小星》〕《传》："命不得同于列位也。"《笺》："谓诸妾肃肃然夜行，或早或夜，在于君所，以次序进御者，是其礼命之数不同也。凡妾御于君不当夕。"

　　寔命不犹　《传》："犹，若也。"《笺》："不若，亦言尊卑异也。"

　　命彼倌人　〔《定之方中》〕

　　不知命也　〔《蝃蝀》〕《传》："乃如是淫奔之人也，不待命也。"《笺》："又不知昏姻当待父母之命。"

　　舍命不渝　〔《郑·羔裘》〕《笺》："是子处命不变，谓守死善道，见危授命之类。"

　　我闻有命　〔《唐·扬之水》〕《传》："闻曲沃有善政命，不敢以告人。"

　　《蝃蝀》篇"不知命也"，《传》《笺》并释为父母之命，最确（《传》《笺》此解，当以读知为待为先决条件。知待古通，有说别详）。

自余诸命字则皆谓君命。金文令、命同字，经传亦每通用，《小星》篇二命字实即《东方未明》篇"自公令之"之谓。《礼记·玉藻》："朝，辨色始入，君日出而视之。"此诗盖以急事特召，早于常时，故曰"寔命不同"，"寔命不犹"。《东方未明》与《小星》情事本同，二诗合读，词旨自明（参阅上条）。金文屡言"舍命"，其义与敷命、施命同（林义光、于省吾俱有说，不备引）。《羔裘》篇"舍命不渝"，戴震以命为君命，证之金文而益信。《扬之水》篇"我闻有命"，《传》曰"闻曲沃有善政命"，是亦以命为君命。《定之方中》篇"命彼倌人"之为君命于臣，无待诠释。以上《国风》中诸命字，用为名词者五，用为动词者一，要皆谓人事中上施于下之命令，而非天道中天授于人之命数，如修短之期，穷达之分诸抽象观念。《小星》《传》曰"命不得同于列位"，《羔裘》《笺》曰"见危授命"，皆以人事之命为天道之命，断不可从（《笺》释《羔裘》之命为礼命，亦非。《周礼·小宰之职》"五曰听禄位以礼命"，先郑注曰"礼命，谓九赐也"，后郑彼注曰"礼命，礼之九命之差等"。《笺》既以贱妾进御于君释此诗，不知九赐九命之事与贱妾何与）。若朱子训《蝃蝀》之命为"正理"，则又以宋儒心性之学说诗矣。《诗》中命字凡数十见，自来于《国风》中一部分之命字，误解最深，即《雅》《颂》中诸命字，虽多属天道之命，然核其涵义，亦与后世微异。今先取《国风》中诸命字，最而论之，去其氛障，求其通谊，以备治先秦思想者采择焉。

二十一　汜　沚

　　江有汜　〔《江有汜》〕《传》："决复入为汜。"
　　湜湜其沚　〔《谷风》〕《笺》："小渚曰沚。"

　　《江有汜》篇一章曰"江有汜"，二章曰"江有渚"，三章曰"江有沱"，《传》曰"水歧成渚"（今本上有"渚，小洲也"四字，《释文》云"本或无此注"，陈奂云当据删，今从之），又曰"沱，江之别者"，歧别义同，是渚与沱皆江之枝流也。渚、沱之义如此，汜亦宜然。《汉书·叙传》"芊疆大于南汜"，注"汜，江水之别也"，最为确诂。《传》曰"决复入为汜"。水决则歧出，以决释汜，固无不可耳。"复入"二字则断非汜义，特因下文"其后也悔"，而傅会之耳（《说文》"汜，水别复入水也"，水别犹言水之别枝，汜之义只此，"复入水"三字承毛之误）。然则诗称江汜云云者，究何所取义乎？曰：此当与《氓》篇参互求之。《氓》篇"淇则有岸，隰则有泮"，《笺》曰"言淇与隰皆有厓岸以自拱持，今君子放恣心意，曾无所拘制"。案妇人盖以水喻其

— 220 —

夫，以水道自喻（以佛洛德学说观之，此自为一种象征），而以水之旁流枝出不循正道者，喻夫之情爱别有所属。诗意谓淇隰有厓岸以自拱持，故得循其正道，而不旁流枝出。人亦当以礼自拘制，勿使其情泛滥而不专一，今君子二三其德，情爱旁移，斯淇隰之不足喻耳。《江有汜》篇取兴与此略同。诗人盖以江水之别出而为汜、为渚、为沱，喻夫德之不专。下文"之子〔于〕（从《鲁诗》增）归"，之子，新人也，"不我以"，新人归则旧人弃也。《氓》篇以淇隰之不别出讽夫以守正，《江有汜》篇以江之别出喻夫之失德，虽语有反正，而所以取喻者则同。二篇之喻意既明，乃可以读《谷风》。《谷风》篇曰"泾以渭浊，湜湜其沚，宴尔新昏，不我屑以"，下二句与《江有汜》"之子〔于〕归，不我以"，语意适同。《笺》曰"小渚曰沚"，渚即《江有汜》《传》"水歧成渚"之渚，因之，沚亦水之枝流也。实则巳、止声同之部，义本相通，沚即汜字耳。《诗》曰"泾以渭浊，湜湜其沚"者，以读为与，谓泾与渭同流则浊，及其溢为枝流，则湜湜然清，以喻夫与己居则异心，与新人居则和乐，下云"宴尔新昏，不我屑以"，即申此义也。此亦以水为喻，而造意与前二篇微异。《笺》曰"泾水以有渭，故见渭浊……喻君子得新昏，故谓己恶也，己之持正守初如沚然不动摇"，殆不可从。

二十二　处癙鼠

　　其后也处　〔《江有汜》〕《传》："处，止也。"
　　癙忧以痒　〔《正月》〕《传》："癙痒皆病也。"
　　鼠思泣血　〔《雨无正》〕《笺》："鼠，忧也。"

　　《正月》篇"癙忧以痒"，《传》"癙痒皆病也"，王引之谓痒既训病，则癙不得复训为病，癙与忧连文，癙亦忧也。《雨无正》"鼠思泣血"，《笺》"鼠，忧也"，癙忧犹鼠思耳。案王说是也。《江有汜》篇"其后也处"，处亦疑当读为癙，训忧。癙处音同（并阴声模部透母），例得相假。知之者：《山海经·中山经》"脱扈之山，有草名曰植楮，可以已癙"，注"癙，病也"。字一作鼠。《淮南子·说山》篇："狸头愈鼠（《山海经·中山经》注，《御览》七四二，九一二并引作癙），鸡头已瘘，蚕散积血，斫木愈龋，此类之推者也。"又作处。《吕氏春秋·爱士》篇："赵简子有两白骡而甚爱之。阳城胥渠处，广（黄）门之官（宦）夜款门而谒曰：'主君之臣胥渠有疾，医教之曰，得白骡之肝，病则止，不得则死。'"注："处犹病也。"朱骏声谓处为瘵之借字，殆不可易。今案训病之瘵通作处，则训忧之瘵亦可通作处。盖病之与忧，义本相成（古人于心理之苦痛与生理之苦痛不甚区别，故病忧互训。《礼记·杂记下》篇"病不得其众也"，注"病犹忧也"，《孟子·公孙丑下》篇"有采薪之忧"，注"忧，病也"），故瘵训病亦训忧，处训病亦训忧。《江有汜》一章曰"其后也悔"，《说文·心部》"悔，恨也"，恨、忧义近。三章曰"其啸也歌"。亦谓忧伤之情，发为歌啸。他篇有单言啸者，如《中谷有蓷》"条其啸矣"与"嘅其叹矣""啜其泣矣"并举。有单言歌者，如《园有桃》"心之忧矣，我歌且谣"，《四月》"君子作歌，维以告哀"。有啸、歌连言者，如《白华》"啸歌伤怀"，并可互证。一章之悔，三章之啸歌，皆与忧相关，则二章之处亦当训忧（《十月之交》"亦孔之痗"，《释文》"痗本又作悔"，《尔雅·释诂》《释文》痗兼昧、晦二音，是悔、痗本为一字。《伯兮》《十月之交》两《传》并云"痗，病也"。悔训病亦训恨，与处训病亦训忧，其例亦同）。《传》训处为止，斯为皮相矣。虽然，训病之字似本当作处，鼠瘵皆后起。《说文·匸部》："匛，侧逃也，从匸丙声。"《淮南子·原道》篇"侧谿谷之间"，注："侧，伏也。"《周礼·保章氏》《疏》引《洪范五行传》"朔而月见东方谓之侧匿"，侧、匿连言，侧亦匿也。《荀子·荣辱》篇注"逃，隐匿其情也"，《强国》篇注"逃谓逃匿其情"，是侧也，逃也，皆伏匿不出之谓（甲、金文丙与内同，内又与入通，是匛从丙犹从入，故训侧逃。又匛双声，匛从丙得声，丙当读如内，乃见得声之由）。匛孳乳为陋，《尔雅·释言》"陋，隐也"，《书·尧典》"明明扬侧陋"，侧陋犹今言隐逸，亦伏匿不出之谓也。丙从丙声，义为伏匿，病亦从丙声，其本义亦当为病者伏匿不出。病有匿义，处亦有匿义（隐匿不出之女谓之处女，隐匿不出之士谓之处士），故病亦谓之处。处、鼠音同（鼠之为物，昼伏夜出，常隐匿而不可见，鼠之得名，或即受义于处，然则处鼠不惟音同，义亦相通），因之处又或假鼠为之，以其为病名，乃又加疒作癙。然则处，正字也，鼠，假声字也，癙，假声兼意符之孳乳字也。癙行而处晦，俗师又竞以鼠说癙义（高注《淮南》谓为鼠啮人疮，孙炎注《尔雅》又曰“癙者畏之病也”，则谓鼠性畏怯，病者多畏，似之，因谓之癙。既以癙为鼠致之病，或似鼠之病，于是“狸头愈鼠”之说从而兴焉。《御览》九一二引《淮南》许注曰“狸食鼠”，《物类相感志》又引曰“狸执鼠，故愈也”），于是言此字之沿革者，鲜不倒因为果，谓癙为正字，鼠为渻字，而处为借字者矣。

二十三 唐棣 帷裳 常棣 维常

唐棣之华 〔《何彼秾矣》〕《传》:"唐棣,栘也。"《笺》:"喻王姬颜色之美盛。"

渐车帷裳 〔《氓》〕《传》:"帷裳,妇人之车也。"《笺》:"帷裳,童容也。"

常棣之华,鄂不韡韡 〔《常棣》〕《传》:"兴也。常棣,棣也。鄂犹鄂鄂然,言外发也。韡韡,光明也。"《笺》:"承华者曰鄂。不当作柎。柎,鄂足也。鄂足得华之光明,则韡韡然盛。兴者,喻弟以敬事兄,兄以荣覆弟,恩义之显,亦韡韡然。"

维常之华 〔《采薇》〕《传》:"常,常棣也。"《笺》:"此言彼尔者乃常棣之华,以兴将率车马服饰之盛。"

《氓》篇"渐车帷裳"《笺》曰"帷裳,童容也",案妇人之车以帷障其旁如裳,《列女传》四《齐孝孟姬传》"野处则帷裳拥蔽",是也。一曰裳帏。《周礼·巾车》"王后之五路……皆有容盖",郑司农注"容谓之襜车,山东谓之裳帏,或曰潼(幢)容"。襜字一作袡,《仪礼·士昏礼》"妇车有袡",注"袡,车裳帏"(《诗·氓》《正义》引注"袡作襜",襜即襜字),《既夕记》"主妇车,疏布袡",注"袡者,车裳帏,于盖弓垂之"。此皆妇人之车也。然《礼记·杂记》曰"其輤有裧,缁布裳帷",是丧车亦有裳帷。或曰《记》以裧与裳帷并举,似别为二物,而二郑并以裧即裳帷,何也?曰:裧也,裳帏也,对文异,散文通。其制,张盖于车上,冒之以布,自上四旁垂而下。析而言之,盖于上者谓之裧(襜),垂于旁者谓之裳帏,故《杂记》以裧与裳帷并举,而《诗》"渐车帷裳",易顺鼎谓渐车即裧车,亦以渐与帷裳为二(易谓渐、裧古音同部,《淮南子·兵略》篇"剡渐䅥"注"剡,剡锐也",渐与裧通,犹剡与剡通。"淇水汤汤,渐车帷裳",与《竹竿》篇"淇水悠悠,桧楫松舟",句法正同)。然盖与布实不可分离,故言襜亦可包裳帏,言裳帏亦可包襜(《士昏礼》注:"有容则固有盖。"容即裳帏,盖即襜也。《氓》《正义》:"帷裳一名童容,童容与襜别,司农云谓襜车者,以有童容上必有襜,故谓之为襜车也。"此说得之),因之,襜与裳帏又俱为大名,而可互训,先郑谓襜车谓之裳帏,后郑以裧为车裳帏,即此义也。知裳帏一曰襜,则《战国策·齐策》"攻城之费,百姓理襜蔽,举冲橹",《淮南子·汜论》篇"隆冲以攻,渠襜以守"(注:襜,幰也,所以御矢也),《兵略》篇"虽有薄缟之襜,腐荷之橹,然犹不能独穿也",曰襜曰襜,并即裳帏矣。此兵车亦有裳帏之证也。《采薇》篇曰"彼尔(茶)维何,维裳之华,彼路斯何,君子之车",此出师之诗,维裳即帷裳,亦即《国策》之襜,《淮南》

之幨。四句皆以车言,谓彼苶然繁盛者何,帷裳之华饰也;彼路然而大者何,君子之车也(《笺》:"君子谓将率。")。《何彼秾矣》篇曰"何彼秾矣,唐棣之华,曷不肃雍,王姬之车",句法与《采薇》四句适同,则上二句亦当指车服之饰。帷裳一称裳帷(详上),疑唐棣当读为裳帷。裳唐古音同,《诗》唐棣一作裳棣可证。帷棣声同脂部,而佳在端母,隶在定母,古读不分,是帷、棣古亦同音。更列三事以明之。(一)《说文》肆从隶声,读若虺,《周礼·司尊彝》"祼用虎彝蜼彝",郑司农读蜼为虺,《淮南子·修务》篇"嫫母倢傀",高注"傀读近虺"。(二)肆《说文》作肄,从隶声,《书·汤诰》"肆台小子",《墨子·兼爱下》篇作"惟予小子履"(《诗》《书》之发语词肆字,多可译作惟,此意前人未发),《左传·成十三年》"昔逮我献公及穆公相好",即昔惟我献公及穆公相好也,逮与遝通,《墨子·非攻下》篇"今遝夫好攻伐之君,又饰其说以非子墨子",即今惟夫好攻伐之君也(《离骚》"惟夫党人之偷乐兮",亦惟夫连用之例)。(三)《蔽笱》篇"其鱼唯唯",《笺》曰"唯唯,行相随顺之貌",案《说文》"隶,及也","逮,唐逮,及也",行相随顺即前后相及之意,是唯唯即逮逮也(《释文》引《韩诗》作遗遗。逮遗亦声近可通。《说文》"鱥,卧息也","嚊,大息也",重文作嘳。案鱥、嘳、嚊一字)。裳与唐,帷与棣,古音既同,而核诸文义,句中所指,又非车服莫属,则唐棣即裳帷,殆无可疑。且非如此,"何彼秾矣"之秾字从衣之故,亦难以解答。《五经文字》"秾字见《诗·风》,从禾者讹",案《说文·衣部》秾字下引此诗,萧子显《代美女》篇"繁秾既为李,照水亦成莲",字亦作秾,益信俗本从禾之误。此虽半字之差,其关系于诗义者则甚大也。《常棣》

篇曰"常棣之华，鄂（萼）不韡韡，凡今之人，莫如兄弟"，《序》以为燕兄弟之诗，疑首二句只谓兄弟偕来，其车饰之盛，有如此者。常即衣裳本字，棣亦当读为帷。"常棣之华，鄂（萼）不韡韡"，与"何彼秾矣，唐棣之华"语意全同，但二句互易其次尔。要之，《采薇》篇之"维常"即《氓》篇之"帷裳"，倒言之则曰"裳帷"，其名见于《礼·杂记》，帷或作帏，见于《周礼》先郑注者一，见于《仪礼》后郑注者二，《常棣》篇之"常棣"，《何彼秾矣》篇之"唐棣"，并即裳帷也。《传》《笺》于"唐棣""常棣"，并"维常"之常，概以本名当之，又读"维"为语词，宜其说之不可通矣。

（《清华学报》第12卷第1期，1937年1月）

第三部分　离骚解诂

离骚解诂　甲

1. 朕皇考曰伯庸

王注曰:"皇,美也。父死称考。《诗》曰:'既右烈考。'伯庸,字也。"案本书《九叹·逢纷》篇曰:

> 伊伯庸之末胄兮,谅皇直之屈原。

是刘向谓伯庸为屈原之远祖,与王逸以为原父者迥异。同上《离世》篇曰:

> 兆出名曰正则兮,卦发字曰灵均。

云原之名字得于卦兆,则是卜于皇考之庙,皇考之灵因赐以此名此字也。向意不以伯庸为屈原之父,于此益明。同上《愍命》篇又曰:

昔皇考之嘉志兮，喜登能而亮贤。情纯洁而罔薆兮，姿盛质而无愆。放佞人与谄谀兮，斥谗夫与便嬖，亲忠正之悃诚兮，招贞良与明智，……逐下袟[1]于后堂兮，迎宓妃于伊雒，制谗贼于中廇兮，选吕管于榛薄。丛林之下无怨士兮，江湖之畔无隐夫，三苗之徒以放逐兮，伊皋之伦以充庐。

据此，则原之皇考，又似楚先王之显赫者。夫原为楚同姓，楚之先王即原之远祖，固宜。此向不以伯庸为原父之又一证也。刘、王二家之说违戾如此，后之学者，其将谁从？间尝蓄疑累岁，反复寻绎，终疑刘是而王非也。何以明之？"皇考"之称，稽之经典，本不专属父庙。《诗·周颂·雝》篇，鲁、韩、毛三家皆以为禘太祖之乐章，而诗曰"假哉皇考"，此古称太祖为皇考之明征[2]。以彼例此，则《离骚》之"皇考"当即楚之太祖。《汉书·韦玄成传》曰"礼，王者始受命，诸侯始封者为太祖"，是《离骚》之"皇考"又即楚始受命之君，故其人如《九叹·愍命》篇所述，乃似楚之先王。且《礼记·祭义》篇曰："王者禘其祖之自出，以其祖配之。"楚人之祖出自高阳，楚人禘高阳，当以其先祖配之。然则屈子自述其世系，以高阳与先祖之名异举，乃依庙制之成法，而非出自偶然，抑又可知。要之，刘向非浅学之俦，其持此说，必有所受。王逸徒拘于"父死称考"之成见，翻然易之，岂其然乎？至于楚之太祖，究系何王，"伯庸"之称，是名是字，则史乘缺略，骤难臆断，容专篇论之。

1　原作袟，从俞樾校改。
2　王闿运亦谓皇考为太祖，盖即本此诗为说。

2. 肇锡余以嘉名

案肇、兆古通,《诗·大雅·生民》篇"后稷肇祀",《礼记·表记》篇作兆,《商颂·烈祖》篇"肇域彼四海",《笺》曰"肇当作兆",是其证。此肇字刘向正读为兆,详上条。王逸训始,异义。

3. 扈江离与辟芷兮

王注曰:"扈,被也,楚人名被为扈。"唐写本《文选集注》本篇注引陆善经曰:"扈,带也。"案《尔雅·释宫》"枢达北方谓之落时,落时谓扂",《释文》扂或作扈[1]。郝懿行曰:"枢达北方者,户在东南,其持枢之木或达于北方者名落时。落之言络,连缀之意。"案络与带义近,扈有络义,故亦有带义。《文选·吴都赋》"扈带鲛函",《景福殿赋》"落带金釭",扈带犹落带也。扈落二字,皆有带义,故皆与带连文。楚人名被为扈考,《方言》四"帗襦谓之被巾",《说文·糸部》絥读若阡陌之陌,《国语·周语》鲁懿公名戏,《汉书·古今人表》作被,此皆扈被声通之比。声通则义亦通。扈训带,故被亦训带。《汉书·韩王信传》"国被边"师古注曰"被犹带也";本书《九歌·山鬼》篇"被薜

---

[1] 《释文》扂本作戺,同音俟,又云本或作扈,同音户。案扂、戺皆扈之驳文。《说文·糸部》:"絇,履,一曰青丝头履也。"《革部》:"鞮,革履也,胡人履连胫谓之络鞮。"(据《韵会》引)案絇与络鞮一物,惟有丝与革之分耳。落时谓之扈,犹络鞮谓之絇,故知《尔雅》字仍以作扈为正。

荔兮带女罗""被石兰兮带杜衡",皆被带对文,被亦带也;《九章·涉江》篇"被明月兮珮宝璐",被明月即带明月之珠也。

4. 不抚壮而弃秽兮

王注曰:"年德盛曰壮。"案王说未谛。壮有美盛诸义。《说苑·权谋》篇"安陵君以颜色美壮,得幸于楚共王",《古文苑》司马相如《美人赋》"云发丰艳,蛾眉皓齿,颜盛色茂,景曜光起",壮也,盛也,美也,义并相通[1]。本书壮字多用此义。下文曰"佩缤纷其繁饰兮",又曰"纷独有此姱饰"[2],又曰"及余饰之方壮兮",壮饰即繁饰,姱饰,皆谓美盛之饰也。《九辩》"离芳蔼之方壮",注曰"去己美盛之光容也",正以美盛释壮字。本篇壮字义同。抚壮与弃秽相偶为文。

5. 忽奔走以先后兮

王注曰:"言己急欲奔走先后,以辅翼君者,冀及先王之德,继续其迹,而广其基也。奔走先后,四辅之职也。《诗》曰'予聿有奔走,予聿有先后',是之谓也。"案《诗·小雅·正月》篇曰"其车既载,乃弃尔辅",又曰"无弃尔辅,员于尔辐"。黄山曰:"毛郑不为辅作训,必当时所共知。《释诂》:'辅,俌

---

[1] 壮、庄古通,庄亦有美义。《神女赋》"貌丰盈兮姝庄",《悼李夫人赋》"缥飘姚虖愈庄",《类聚》十二引袁松山《后汉书》"明帝名庄,字子丽"。
[2] 今本误节,与服不叶,改从朱骏声。

也。'《说文》：'傅，辅也。'傅从人，犹仆从人，本以人为辅。大车载物，以仆御车，必以傅辅行而护持其车。盖古法自如此。……载重逾险，下有折辐之患，即上有输载之虞。为之辅者或挽或推，所以助其车。兵车有右。右，助也。辅，傅也，亦助也。"案黄说郅确。本篇自"乘骐骥以驰骋"至此一段，以行路为喻。"忽奔走以先后"承上"皇舆"言，谓奔走于皇舆之先后也。注曰"奔走先后，四辅之职也"者，四辅《尚书大传》谓之四邻，曰："前曰疑，后曰丞，左曰辅，右曰弼。"[1]案疑之言礙也，礙，止也。丞承古通[2]。车前覆则礙止之，后倾则承持之，辅弼之义亦然。四辅之名盖亦起于车辅，故王引以说奔走先后之义。

6. 虽萎绝亦何伤兮，哀众芳之芜秽

王注曰："萎，病也。绝，落也。"又曰："言己所种芳草，当刈未刈，早有霜雪，枝叶虽[3]萎病绝落，何能伤于我乎？哀惜众芳摧折，枝叶芜秽而不成也。"案王注诘籀难通。摧折芜秽与萎病绝落，语意不殊。既云萎绝何伤，安得复云哀其芜秽？萎当读为馁。《说文·食部》"馁，饥也"，玄应《一切经音义》二〇引《三苍》同。经传通以馁为之。馁绝屈子自谓。不种百谷而莳众芳，故有馁绝之虞。下文曰"长顑颔亦何伤"，语意句法并与此同。

1　《礼记·文王世子》篇疏引。下文云："天子有问无以对，责之疑；可志而不志，责之丞；可正而不正，责之辅；可扬而不扬，责之弼。"说甚迂曲。
2　《孝经》注"前疑后丞"，《释文》本一作承。
3　虽下原有备字，误衍。

7. 伏清白以死直兮

案《文选》陆士衡《呈王郎中时从梁陈诗》注曰："服与伏古字通。"此伏字当读为服。《七谏·怨世》篇曰"服清白以逍遥兮"，是其证。

8. 女媭之婵媛兮

王注曰："婵媛犹牵引也。"案《说文·口部》曰："啴，喘息也""喘，疾息也。"《欠部》曰："歑，口气引也。"啴、喘、歑并字异而义同。口气引之义，与王训婵媛为牵引者尤合，是婵媛即喘也。盖疾言之曰喘，缓言之则曰婵媛。喘者气出入频数，有似牵引，故王以牵引训之。婵媛一作啴咺。《方言》一曰："凡恐而噎噫谓之胁阋，南楚江湖之间谓之啴咺。"《广雅·释诂》二曰："啴咺，惧也。"案《诗·王风·黍离》篇"中心如噎"，《传》曰："噎，忧不能息也。"《说文·口部》曰："噫，饱食[1]息也。"《素问·至真要大论》注曰："心气为噫。"噎噫双声连语，亦呼吸疾促之谓，故又谓之啴咺。惟曰恐曰惧，似不足以尽啴咺之义。凡人于情感紧张，脉膊加急之时，无不喘息，恐惧但其一端耳。本篇"女媭之婵媛兮，申申其詈予"，此怒而婵媛也。《九歌·湘君》篇"女婵媛兮为余太息"，《九章·哀郢》篇"心婵媛而

---

[1] 《一切经音义》十四引作"饱出息也"。《玉》篇亦云"噫，饱出息也"，《文选·长门赋》注引《字林》同。

伤怀兮",此哀而婵媛也。《悲回风》篇"忽倾寤以婵媛",倾寤即惊寤[1],此惊而婵媛也。《诗·大雅·崧高》篇"徒御啴啴",《传》曰"啴啴喜乐也",啴啴犹啴咺、婵媛,是喜亦可曰婵媛也。特字则当以《方言》《广雅》作啴咺者为正,本书作婵媛,一作㜫嫒[2],皆假借耳。

9. 鲧婞直以亡身兮

案亡读为忘。鲧行婞直,不以身之阽危而变其节,故曰"婞直以忘身"。《卜居》曰:"宁正言不讳,以危身乎?"即婞直忘身之义。《五百家韩集》三祝注引此正作"忘身",是古有作忘之本。王闿运亦读亡为忘,而释为忘身勤死,与婞直之义不合,则犹未达一间耳。

10. 浇身被服强圉兮

王注曰:"强圉,多力也。"案被服多力,不辞之甚。《释名·释兵》曰:"甲,似物有孚甲以自御,亦曰介,亦曰函,亦曰铠,皆坚重之名也。"介胄之用,与孚甲同,故亦名甲。《尔雅·释天》"在丁曰强圉"孙炎注曰:"万物皮孚坚者也。"此以坚释强字,以皮孚释圉字,皮孚即孚甲也。物之孚甲谓之强圉,则人之介胄亦得谓之强圉。强圉字一作强御。《诗·大雅·荡》篇"曾

---

1 《左传·文十八年》《宣六年》敬嬴、公毂敬皆作顷,《昭七年》南宫敬叔,《说苑·杂言籍》作顷叔。此倾、惊可通之比。
2 本篇及《悲回风》旧校并云一作㜫嫒。

是强御"，《烝民》篇"不畏强御"，是圉之为言御也。御为动词，变为名词，则所以自御者亦谓之御。《尔雅·释器》"竹前谓之御"，李巡注曰："竹前，谓编竹当车前以拥蔽，名之曰御。"案甲亦所以自拥蔽也，故谓之强圉。"浇身被服强圉"犹言浇身被服坚甲耳。浇身被甲，书传虽无明文，考其传说之起，殆亦有因。《天问》曰：

鳌戴山抃，何以安之？释舟陵行，何以迁之？

"释舟陵行"即浇陆地行舟事。下文曰：

惟浇在户，何求于嫂？何少康逐犬，而颠陨厥首？

此亦浇事。《天问》以鳌与浇事连举，知鳌浇之间必有关系。再证以《左传·襄四年》"生浇及豷"，《说文·豕部》引作敖，则鳌之与浇，是一非二明矣。传说中人物，往往与禽兽虫豸相混，其例至繁，浇为人类，固不害其又为爬虫也。鳌即大龟，身有介甲，故及其"人化"，即以"被服强圉"著称。以《天问》证《离骚》，强圉即甲，益无可疑。

11. 夫维圣哲以茂行兮，苟得用此下土

王注曰："言天下之所以立者，独有圣明之智，盛德之行，故得用事天下而为万民之主。"案用，享也。《说文·㫖部》曰：

"亯，用也。从㐭从自。自知臭，㐭[1]所食也。读若庸。"案即庸之古文。金文《拍舟》庸作亯，魏石经《尚书》古文庸作會[2]，是其证。庸之古文作亯，而字从㐭（亨），故庸亨义得相通。亨庸之庸，经传通以用为之。《荀子·王霸》篇"用国者，得百姓之力者富"，用国犹享国也。《文选·西京赋》："昔者大帝说秦缪公而觐之，飨以钧天广乐。帝有醉焉，乃为金策，锡用此土而鄼（践）诸鹑首。"用此土犹享此土也。本篇用字义同。"用此下土"，犹言享此天下耳。上云"皇天无私阿兮"，对皇天言之，故称下土。王逸释用为用事，失之。

又案吾国文字中，凡表假设的属句，率置于主句之前。例如本篇

（1）苟　　余情其信姱以练要兮　　长顑颔亦何伤？
（2）苟　　中情其好修兮　　又何必用夫行媒？

假设连词 + 属句 + 主句

此常例也。然亦有置属句于主句之后者，如

（3）不吾知其亦已兮　苟　　余情其信芳

1　各本作香，改从段玉裁。
2　从白为从自之讹。

（4）委厥美以从俗兮　苟　　　得列乎众芳

　　　　主句　＋　假设连词　＋　属句

此盖皆以叶韵之故而倒装之。其例于他书罕觏，故当视为变例[1]。依常法读之，则（3）当为"苟余情其信芳，不吾知其亦已兮"，谓苟余情信能芳洁，虽不吾知亦可以弗计矣。（4）当为"苟得列乎众芳，委厥美以从俗兮"，谓苟得厕身于众芳之列，则不惜委弃其美质以从彼流俗也。此文

　　夫维圣哲以茂行兮　苟　　　得用此下土

　　　　主句　＋　假设连词　＋　属句

亦变例之一，当读为"苟得用此下土，夫维圣哲以茂行兮"，谓苟得享此天下，其必圣智与茂行之人也[2]。（3）例王逸无注。五臣张铣注曰：

　　言君不知我，我亦将止，然，我情实美。以然字释苟字，

1　今惟口语中有此句法，行文（文言文）则绝对不许。
2　哲借为智。"圣智""茂行"对文。以与古通。"圣哲以茂行"犹言"圣智与茂行"也。

大谬。

(4)例王逸注曰:

言子兰弃其美质正直之性,随从谄佞,苟欲列于众贤之位,无进贤之心也。

既误释苟为苟且,因不得不改"得"为"欲",所谓歧中之歧也。王于本例注曰"苟,诚也",是矣,顾其释全句之义曰:

言天下之所立者,独有圣明之智,盛德之行,故得用事天下,而为万民之主。

又以故易苟,与前说违异,知其于文法之变例仍有未瞭耳。

12. 欲少留此灵琐兮

王注曰:"灵以喻君。琐,门镂也,文如连琐。楚之省阁也。一云:灵,神之所在也。琐,门有青琐也。言未得入门,故欲小住门外。"案汉人因门有青琐镂饰而称门为青琐,以局部概全体,古人属辞,本不乏此例。然呼青琐门为青琐,可也,直呼门为琐,则未之前闻,且亦乖于属词之理。今不惟呼门为琐,更因门为省阁之门,遂迳呼省阁为琐,事之荒谬,孰有甚于此者?王逸以汉制说《楚辞》[1],牵合傅会,不足信矣。案旧校璅一作璪。窃谓古本当作璪,字则假借为藪。《说文·木部》曰"樔,车毂中空也,读若藪",《考工记·轮人》"以其围之阞捎其藪",郑司农注曰"藪读蜂藪之藪,谓毂空壶也"。是樔、藪音同字通。从枭与从巢同[2],璪之通藪,亦犹毂之通藪矣[3]。其证一。

《左传·成十六年》"楚子登巢车以望晋军",服注曰:"兵法谓云梯者。"杜注曰:"巢车,车上为橹。"《宣十五年》"登诸楼车",服注曰:"所以窥望敌军,兵法所谓云梯也。"杜注曰:"楼车,车上望橹。"

巢车与楼车依服注并即云梯,依杜注并即橹,是巢即楼也。藪从数声,数从娄声,楼亦从娄声。璪之通藪,亦犹巢之通楼矣。其证二。璪可通藪,是灵璪即灵藪也。灵藪者何?以上下文义求之,殆即县圃。屈子曰:

朝发轫于苍梧兮,夕余至乎县圃,欲少留此灵藪兮,日忽其将暮。

夕至县圃,欲少留焉,故虑日之将暮,不堪久留。"此灵藪"之此字正斥县圃。上言县圃,而下言灵藪者,变文以避复,文家之常

---

1 《汉旧仪》:"黄门令日暮入,对青璅门拜,名曰夕郎。"《后汉书·献帝纪》注引《汉官仪》:"黄门侍郎每日暮向青璅门拜,谓之夕郎。"案王逸似因《离骚》曰"欲少留此灵璅兮,日忽忽其将暮",而联想及汉夕郎日暮向青璅门拜之故事,遂傅会灵璪之璪为青璅门。注书如此,直同儿戏!
2 《说文》藻之重文作藻。
3 郑司农注《考工记》曰:"藪读蜂藪之藪。"疑蜂藪即蜂巢,故毂空壶之藪与之同名。因之《说文》樔字所从之枭,似亦当借为巢。

技。更列二证以明之。本书《九思·悯上》篇曰"逡巡乎圃薮",圃薮连文,则二字义近可知。《文选·吴都赋》曰"遭薮为圃",是圃薮一事,特以其体言之则为薮,以其用言之则为圃耳。圃即薮,故《尔雅》说十薮,郑曰圃田[1],《淮南》说九薮,秦有具圃[2],县圃者亦古薮之一也。

《周礼·职方氏》曰:"雍州其泽薮曰弦蒲。"
《说文·艸部》薮下曰:"雖州弦圃。"

弦蒲、弦圃并即玄圃,亦即县圃也。此一事也。

《诗·郑风·大叔于田》篇"叔在薮",毛《传》曰:"薮泽,禽之府也。"[3]
《华严经音义》上引《韩诗〔内〕[4]传》曰:"泽中可禽兽居之曰薮。"
《穆天子传》二曰:"曰春山之泽,清水出泉,温和无风,飞鸟百兽之所饮食,先王所谓县圃。"

《穆传》称玄圃其地为"飞鸟百兽之所饮食",与毛韩二《诗》所说薮字之义吻合,是县圃即薮矣。此二事也。由前言之,县圃有薮之名。由后言之,县圃有薮之实。屈子称县圃为薮,固其

1　见《释地》。
2　《地形》篇"秦之阳纡",高注曰:"一名具圃。"
3　案禽为鸟兽通称。
4　内字从王先谦补。

宜矣。其谓之灵薮者，则王注后说曰"灵，神之所在也"得之。又《淮南子·地形》篇曰：

> 或上陪之，是谓县圃（之山）[1]，登之乃灵，能使风雨。昆仑县圃，神灵所居，人之登焉者，亦成神灵，故县圃称为灵薮，于义至当。

《十洲记·昆仑洲记》曰：

> 其王母所道诸灵薮，禹所不履，唯书中夏之名山耳。

斯则昆仑诸山古有灵薮之称，又有明征矣。

13. 吾令帝阍开关兮，倚阊阖而望予

王注曰："言己求贤不得，疾谗恶佞，将上诉天帝，使阍人开关，又倚天门望而距我，使我不得入也。"案王说非是。自此以下一大段皆言求女事，此二句若解为上诉天帝，则与下文语气不属。下文曰：

> 时暧暧其将罢兮，结幽兰而延伫。世混浊而不分兮，好蔽美而嫉妒。

---

[1] 之、山二字从王念孙校补。

详审文义,确为求女不得而发。"结幽兰而延伫"与《九歌·大司命》篇"结桂枝兮延伫,羌愈思兮愁人"、《九章·思美人》篇"思美人兮,擥涕而伫眙,媒绝路阻兮,言不可结而诒"语意同。结幽兰,谓结言于幽兰(详下),将以贻诸彼美,以致钦慕之忱也。"世混浊而不分兮,好蔽美而嫉妒"与下文"世混浊而嫉贤兮,好蔽美而称恶"语意又同。彼为求有虞二姚不得而发,则此亦为求女不得而发也。然则此之求女为求何女乎?司马相如《大人赋》曰:

排阊阖而入帝宫兮,载玉女而与之归。

以此推之,《离骚》之叩阊阖,盖为求玉女矣。帝宫之玉女既不可求,高丘之神女(详下)复不可见,故翻然改图,求诸下女:

及荣华之未落兮,相下女之可诒。

下女者,谓宓妃简狄及有虞二姚,此皆人神,对帝宫高丘二天神言之,故曰下女耳。

14. 结幽兰而延伫

王注曰:"言时世昏昧,无有明君,周行罢极,不遇贤士,故结芳草长立,有还意也。"案王意谓结兰延伫为示有还意,此不得其解而强为之说也[1]。结兰者,兰谓兰佩,结犹结绳之结。本篇屡

---

[1] 以延伫为有还意,又似蒙上文"延伫乎吾将反"之语而误解。

— 245 —

言兰佩：

> 纫秋兰以为佩。

谓幽兰其不可佩。

又言以佩结言：

> 解佩纕以结言兮。

盖梦俗男女相慕，欲致其意，则解其所佩之芳草，束结为记，以诒之其人，结佩以寄意，盖上世结绳以记事之遗。己所欲言，皆寓结中，故谓之结言。《九章·思美人》篇曰"言不可结而诒兮"，谓言多不胜结，非真不可结也。《惜诵》曰"固烦言不可结诒兮"，是其义矣。本篇下文曰：

> 溘吾游此春宫兮，折琼枝以继佩，及荣华之未落兮，相下女之可诒。吾令丰隆乘云兮，求宓妃之所在，解佩纕以结言兮，吾令蹇修以为理。

荣华即琼佩之荣华，以琼佩诒下女，亦结言以诒之也，故下文曰"解佩纕以结言"。《九歌·大司命》篇曰"结桂枝兮延伫"，亦犹此类。

15. 哀高丘之无女

王注曰"楚有高丘之山",又曰"或云高丘,阆风山上也",又曰"旧说高丘楚地名也"。案本书他篇之称高丘者,如:

哀高丘之赤岸兮,遂没身而不反,
——《七谏·哀命》篇

声哀哀而怀高丘兮,心愁愁而思旧邦,
——《九叹·逢纷》篇

望高丘而叹涕兮,悲吸吸而长怀,
——同上《惜贤》篇

曾哀悽欷心离离兮,还顾高丘泣如洒兮。
——同上《思古》篇

并谓高丘为楚山名。《文选·高唐赋》神女曰"妾在巫山之阳,高丘之岨"[1],此尤高丘为楚山名之确证。《太平御览》四九引《江源记》曰"《楚辞》所谓'巫山之阳,高丘之阻',高丘盖高都山也",未知然否。惟高丘若即巫山之高丘,则"哀高丘之无女",必谓巫山神女。五臣吕尚注曰"女,神女",盖得之矣。

16. 凤皇既受诒兮

案本书他篇亦有述此事者,如:

---
[1] 陆善经引以释此文。

> 简狄在台訾何宜？玄鸟致诒女何嘉？
>
> ——《天问》
>
> 高辛之灵盛兮，遭玄鸟而致诒。
>
> ——《九章·思美人》篇

皆称玄鸟致诒，其余诸书所载，亦莫不皆然。独此则曰"凤皇既受诒兮，恐高辛之先我"。以玄鸟为凤皇，岂屈子偶误，抑传闻异词乎？尝试考之，盖玄鸟即凤皇，非屈子之误，亦非传说有异也。玄鸟者燕也。《尔雅·释鸟》曰："鶠，凤，其雌皇。"燕鶠音同[1]，燕之通鶠，犹经传以宴、燕、讌通用，金文燕国字作匽[2]若郾[3]也。鶠即燕，是凤皇即玄鸟。其证一。《说文·鸟部》曰：

> 焉，焉鸟，黄色，出于江淮。

《尔雅·释鸟》曰：

> 皇，黄鸟。

焉为黄色鸟，皇亦黄色鸟，似焉鸟即皇鸟。皇鸟又即凤配，是焉之

1　并影纽寒桓部。
2　《匽侯旨鼎》《匽公匜》。
3　《郾侯库簋》。

为皇即凤皇之皇[1],故《禽经》曰:

> 黄凤谓之焉。

燕与焉亦同影纽寒桓部。焉即凤皇,而燕与焉同,是玄鸟即凤皇。其证二。

《礼记•月令》疏引《郑志》焦乔答王权曰:

> 娀简狄吞凤子之后,后王(以)[2]为禖官嘉祥,祀之以配帝,谓之高禖。

简狄所吞,他书曰燕卵,此曰凤子,是玄鸟即凤皇。其证三。

17. 恐导言之不固

王注曰:"言己欲效少康留而不去,又恐媒人弱钝,达言于君,不能坚固,复使回移也。"案释导言为达言,谬甚。《诗•召南•野有死麕》篇"有女怀春,吉士诱之",《传》曰"诱,道

---

[1] 桂馥亦谓焉鸟即皇鸟。王筠又谓《尔雅》"其雌皇"与"皇黄鸟"为一物,并云"两文虽不连,然是篇一物错出者颇多"。案王说尤具卓识。《尔雅》盖本作"鹠,凤,其雌皇;皇,黄鸟。"传写夺乱,遂析而为二。又案鹠为凤;焉亦为凤。焉亦即鹠。鹠雄而焉雌,雌雄不嫌同名。盖其始也,焉鹠(异体同字)一名而雌雄共之,故《尔雅》有鹠无焉。厥后雌雄分称,焉鹠始为异字。然二字对文虽异,散文或通,故虽异犹同。鹠之与焉,在可分不可分之间,故《说文》二字并载,鹠训为凤,焉则不能确指为何鸟。

[2] 从段玉裁增。

也"，《笺》曰"吉士使媒人道成之"。《吕氏春秋•决胜》篇高注曰"诱，导（也）"。道与导通。道言即媒人所以道成之之言也。《庄子•渔父》篇曰"希意道言谓之诏"，《礼记•少仪》篇"颂而无谄"，《疏》曰："谄谓横求见容。"[1]横求见容即导言之确诂，故曰"恐导言之不固"也。

18. 命灵氛为余占之

王注曰："灵氛，古明占吉凶者。"案下文又言求占于巫咸。《淮南子•地形》篇高注曰"巫咸知天道，明吉凶"，是灵氛之职司，与巫咸无异。《九歌•云中君》篇注曰"楚人名巫为灵"，然则灵氛亦巫也。《山海经•大荒西经》曰：

> 大荒之中，有灵山，巫咸、巫即、巫盼、巫彭、巫姑、巫真、巫礼、巫抵、巫谢、巫罗十巫，从此升降，百药爰在。

灵、巫义同，氛、盼音同，灵氛殆即巫盼欤？巫咸、巫盼并在灵山十巫之列，故《离骚》以灵氛与巫咸并称。

19. 曰两美其必合兮　　曰勉远逝而无狐疑兮

案俞樾《古书疑义举例》二有"一人之辞非自问自答而中间又用曰字"之例，如

---

[1] 《说文》谰重文为诏。

子曰:"若臧武仲之知,公绰之不欲,卞庄子之勇,冉求之艺,文之以礼乐,亦可以为成人矣。"曰:"今之成人者何必然?"

——《论语·宪问》篇

齐景公待孔子曰:"若季氏,则吾不能,以季孟之间待之。"曰:"吾老矣,不能用也。"

——同上《微子》篇

公瞿然失席,曰:"是寡人之罪也。"曰:"寡人尝学断斯狱矣。"

——《礼记·檀弓》篇

乞曰:"不可得也。"曰:"市南有熊宜仃者,若得之,可以当五百人矣。"

——《左传·哀十六年》

此皆再用曰字以别更端之语也。今案本篇

命灵氛为余占之兮,曰:"两美其必合兮,孰信修而慕之?思九州之博大兮,岂唯是其有女?"曰:"勉远逝而无狐疑兮,孰求美而释女(汝)?何所独无芳草兮,尔何怀乎故宇?"

为灵氛一人之词,而两用曰字,与《九章·惜诵》篇

吾使厉神占之兮,曰:"有志极而无旁,终危独以离异

兮。"曰:"君可思而不可恃,故众口其铄金兮,初若是而逢殆。……"

为厉神一人之词,亦两用曰字,并与上举各例相同,可补俞书之遗。解《离骚》者,自王逸以下,逮唐宋诸家,本不误。后此乃渐多异说,而文意转晦。于以知古书词例之不可不究也。

20. 腾众车使径待

王注曰:"腾,过也。言昆仑之路,险阻艰难,非人所能由,故令众车先过,使从邪径以相待也。以言己所行高远,莫能及也。"案"过众车使径待",文不成义,乃又强释之曰"令众车先过",既增字为训,复颠倒词位,注书之无法纪者,莫此为甚。案《说文•马部》曰:"腾,传也。"传当读如《仪礼•士相见礼》"妥而后传言"之传。《淮南子•缪称》篇"子产腾辞",高注曰:"腾,传也,子产作刑书,有人传词诘之。"《汉书•礼乐志》"腾雨师,洒路陂",谓传言于雨师使洒路陂也。《后汉书•隗嚣传》"因数腾书陇蜀",谓传书陇蜀也。《北堂书钞》一〇二引蔡邕《吊屈原文》"托白水而腾文",谓托白水而传文也。《文选•洛神赋》"腾文鱼以警乘",谓传文鱼以警乘也。本书腾字多用此义。如本篇"腾众车使径待",《远游》"腾告鸾鸟迎宓妃",《九歌•湘夫人》篇"将腾驾兮偕逝",《大招》"腾驾步游",皆是。王逸于本篇训过,于《远游》《九歌》《大招》并训驰,慎矣。

(《清华学报》第11卷第1期,1936年1月)

离骚解诂　乙

征引诸家名氏

王　逸　《楚辞章句》
如　淳　《汉书注》
张　铣　《六臣注文选》
陆善经　《唐写本文选集注残卷引》
洪兴祖　《楚辞补注》
吕　向
刘　良　同上
朱　熹　《楚辞集注》
林仲懿　《离骚中正》
夏大霖　《屈骚心印》
王　远　《楚辞评注》
吴景旭　《历代诗话》

戴　震　《屈原赋注》
姚　鼐　《古文辞类纂》
王念孙　《读书杂志余篇》
王引之　同上
朱骏声　《离骚补注》
俞　樾
王树枏
游国恩　《楚辞训纂》
章炳麟
周拱辰　《离骚草木史》
胡韫玉　《离骚补释》（《国粹学报》第六年第五册）
王夫之　《楚辞通释》
陈本礼　《屈辞精义》
朱　冀　《离骚辨》
方以智　《通雅》
蒋　骥　《山带阁楚辞注》
段玉裁　《说文解字注》
傅熊湘　《离骚章义》
刘梦鹏　《屈子章句》
姜　皋　《文选旁证引》
郭焯莹　《读骚大例》
李光地　《离骚经注》
胡绍英　《文选笺证》
钱杲之　《离骚集传》
李陈玉　《楚辞屈诂引》

张　诗	《屈子贯》
马其昶	《屈赋微》
林云铭	《楚辞灯》
孙　矿	《听雨斋评点楚辞引》
梅曾亮	《屈赋微引》
于光华	
钱澄之	《楚辞屈诂》
吴仁杰	《离骚草木疏》
余萧客	《文选纪闻》

1. 帝高阳之苗裔兮，朕皇考曰伯庸。摄提贞于孟陬兮，惟庚寅吾以降。

《史记·楚世家》曰："楚之先祖，出自帝颛顼高阳。"

《九叹·逢纷》篇曰："伊伯庸之末裔兮，谅皇直之屈原。"刘向以屈原为伯庸之末裔，似所见本皇考作皇祖于义为长。

《尔雅·释天》曰："太岁在寅曰摄提格。"又曰："正月为陬。"案格即摄提之语尾，摄提格与摄提，一语也。贞，正也，当也。"摄提贞于孟陬"，谓正月建寅，寅年寅月。

庚寅谓日。贾谊《鵩赋》曰："单阏之岁兮，四月孟夏，庚子曰斜兮，鵩集予舍。"《史记·历书》曰："年名焉逢摄提格，月名毕聚，日得甲子。"许慎《说文解字·叙》曰："粤在永元困顿之年，孟陬之月，朔日甲子。"并以岁阴纪年，而与月日连称，例与此同。《诗经·大雅·崧高》篇曰："维岳降神，生甫及申。"谓申甫二国之神自天来降也。本篇托为真人自述之词，故亦曰降。

《史记·楚世家》曰:"帝乃以庚寅日诛重黎,而以其弟吴回为重黎后,复居火正,为祝融。"案吴回一曰回禄,火神也,《楚世家》以为高阳之后,楚之先祖。吴回以庚寅日始居火正为祝融,则庚寅为楚俗最吉之日,故真人自称以此日降生。

2. 皇览揆余〔于〕初度兮,肇锡余以嘉名。名余曰正则兮,字余曰灵均。

皇即上皇,犹上帝也。古称天神本曰帝,而皇只为形容神德之美称,其变形容词为名词而直呼天神曰皇者,始见于《楚辞》。本篇有西皇,《九歌》有东皇、上皇,《橘颂》有后皇,并此皇字胥是。揆,度也,《诗经·鄘风·定之方中》篇曰:"揆之以日。"初度指上摄提之年,孟陬之月,庚寅之日,惟当以天言,不以人言。度即天体运行之宿度、躔度,初度谓岁阴运行纪数之开端(陈本礼亦以度为躔度,惟谓初度为初周晬盘日则非是)。岁阴傍黄道而行,绕天循环,周而复始,本无所谓终始。历家为求纪年之便,乃假正月建寅,日月俱入营室五度,以为岁阴运行之始,谓之"天一元始",即此所谓"初度"。摄提(寅年)为年之初,孟陬(寅月)为月之初,庚寅(寅日)为日之初。合此三寅,谓之初度,盖犹汉武改历,以甲寅之岁,正月建寅为历元,而名之曰太初也。《春秋繁露·二端》篇曰:"以天之端正王之政",天之初度亦犹天之端矣。

肇,始;嘉,美也。数之美者莫美于天之初度,揆于初度之义以锡名,宜其名之嘉美也。

正即《尚书·尧典》"日永星火,以正仲夏""日短星昴,以

"正仲冬"之正,亦即夏正、周正及正月、正岁之正。则,准则也。天之初度为叙正四时之准则,故揆于初度之义而得"正则"之名。

均即《庄子·齐物论》篇、《寓言》篇"天均"之均。《翻译名义集》五引《尸子》曰:"天神曰灵。""灵均"即神均,犹天均也。均之言犹运也,天体运行,周而复始,故曰天均。岁阴周天运行,十二岁一小周,七十六岁一大周,亦天体运行之事。初度者岁阴运行纪数之始,灵均为初度之体,正则为初度之用,是以揆于初度,既悟"正则"之名,兼发"灵均"之字焉。

3. 纷吾既有此内美兮,又重之以修能(態)。扈江离(蓠)与辟(薜)芷兮,纫秋兰以为佩。

纷,盛貌。内美谓生逢三寅,应于天之初度。

重犹益也。修,美也。能,朱(熹《集传》)校云本一作態。案能、態古字通。《荀子·天论》篇曰"耳目口鼻形能"即形態,《素问·风论》篇曰"顾问其诊及其病能"即病態,《易林·无妄之贲》曰"女工多能,乱我政事"即多態,又《怀沙》曰"非俊疑杰,固庸態也",《论衡·累害》篇引作能,《庄子·马蹄》篇曰"故马之知而能至盗者"即能至盗,《汉书·司马相如传》曰"君子之態",《史记·集解》引徐广本作能,并其比。修態谓容仪之外美。《招魂》曰"態容修態",张衡《西京赋》曰"要绍修態",义与此同。古传神仙必体貌闲丽,婉好如妇人。《庄子·逍遥游》篇曰"藐姑射之山,有神人居焉,肌肤若冰雪,绰约如处子",神人即仙人,《远游》曰"质销铄以汋(绰)约兮",又曰"玉色頩以脕颜兮",《七谏·自悲》曰"厌白玉以为面",并

《世说新语·容止》篇曰"王右军见杜弘治,叹曰'面如凝脂,眼如点漆,此神仙中人'",皆其例证。此文曰"修态",下文曰"蛾眉",而通篇言"修"、言"好"、言"美"者尤不胜枚举,皆真人自白之词也。

唐写本《文选集注》引陆善经曰:"扈,带也。"离,《文选》作蓠;又《吴都赋》注、《思玄赋》注、《后汉书·张衡传》注、《说文系传》一二、《合璧事类续集》四一、《益都方物纪》引并同。疑江蓠与申椒、胡绳等并以产地得名。春秋江国灭于楚,故地在今河南息县西南,江蓠或本产于此。《说文》曰"江蓠,蘼芜",李时珍《本草纲目》曰"大叶似芹者为江蓠,细叶似蛇床者为蘼芜",则又以为同类之二物。《神农本草》曰"蘼芜……久服通神明",《名医别录》曰"四月五月采叶暴干"。芷之言止(趾)也,草木之根茎如人之足趾然,故谓之芷。辟芷即白芷,药之根也;以其色白,故曰白芷(详《广雅疏证·释草》篇);以其辟藏而用之,故曰辟(擗)芷。《晏子春秋·杂上》篇曰:"今夫兰本,三年而成,湛之苦酒,则君子不近,庶人不佩。"《荀子·劝学》篇曰:"兰槐之根是为芷,其渐之滫,君子不近,庶人不服。"《大略》篇曰:"兰茞稾本,渐于蜜醴,一佩(倍)易之。"《淮南子·人间》篇曰:"申菽杜茞,美人之所怀服也,及渐之于滫,则不能保其芳矣。"是古人佩服芳草,多先以酒渐之。《广雅·释器》曰"寝、醓、郁、辟,幽也",王念孙曰"此通谓藏食物也",案王说未赅,所藏者不必尽为食物。寝醓即浸淇,并与渐通。《广雅》寝、醓与辟同训幽,而王注本篇"辟芷"曰"辟,幽也,芷幽而(乃)香",正读辟为擗,是此文"辟芷"及下文"幽兰"并与诸书言渐兰茞者同,谓以酒浸湛而幽藏之也。

原本《玉篇·广部》引此作廦,廦廦同,可与王注相发。《名医别录》曰:"白芷……二月八月采根暴干。"陶注曰:"叶亦可作浴汤,道家以此香浴去尸虫,又用合香也。"

《锦绣万花谷后集》三六引旧注曰:"纫,结也。"兰即兰草,与泽兰一类二种,与今之瓯兰诸品迥异(详吴其濬《植物名实图考》二五)。八月开白花,故曰秋兰。《文选·东京赋》薛注:"秋兰香草,生水边,秋时盛也。"《神农本草》曰:"兰草……杀虫毒,辟不祥,久服,益气轻身不老,通神明。"

4. 昔三后之纯粹兮,固众芳之所在。杂申椒与菌桂兮,岂维纫夫蕙茝。

《左传·成十三年》曰:"楚人恶君之二三其德也,亦来告我曰:'秦背令狐之盟,而求盟于我,昭告昊天上帝,秦三公,楚三王。'"案《楚世家》"熊渠……立其长子康为句亶王,中子红为鄂王,少子执疵为越章王",是为楚称王之始。楚三王或即指此。三后不知即三王否。一说三后即《尚书·吕刑》所谓三后,伯夷、禹、稷是也(蒋骥说)。未知孰是。纯粹谓精神之纯洁精粹,战国以来养生家术语也。《庄子·刻意》篇曰:"其神纯粹。"又曰:"纯粹而不杂,静一而不变,惔而无为,动而以天行,此养神之道也。"《远游》曰:"玉色颊以脕颜兮,精醇粹而始壮。"《战国策·秦策》三蔡泽曰:"生命寿长,终其年而不夭伤,天下继其纯,传之无穷,名实纯粹,泽流千世。"张衡《思玄赋》曰:"何道贞(真)之淳粹兮。"醇、淳并与纯通。儒家及辩士亦颇采用之。《易·乾·文言》曰:"刚健中正,纯粹精也。"《荀子·赋》

篇曰:"明达纯粹而无疵也。"《春秋繁露·执贽》篇曰:"圣人者纯仁淳粹而有知之贵也。"是矣。

众芳即下申椒菌桂蕙茝之类。此言芳草可以涤秽存清,辅体延年,炼形者宜佩服之;昔者三后,椒桂蕙茝,众芳并御,此其所以精神纯粹,视世长久也。

椒有秦椒、蜀椒,皆以地名,或申椒亦然。春秋申国灭于楚,故城在今河南南阳县北,申椒盖产于此(略本朱熹、胡韫玉说)。《本草》曰:"秦椒……久服轻身,好颜色,耐老增年,通神","蜀椒……久服之,头不白,轻身增年。"申椒亦秦椒、蜀椒之类,当与同功。菌桂用皮,即今肉桂。菌之言犹卷也,其皮薄卷若筒,故曰菌桂,一曰筒桂。《本草》曰:"久服,轻身不老,面生光华,媚好常如童子。"《列仙传》有桂父,服桂叶。

蕙草一名薰草。《山海经·西山经》曰:"薰草……臭如蘼芜,佩之可以已疠。"《名医别录》曰:"三月采,阴干。"茝同芷,即白芷。一说王注曰"叶曰蕙,根曰薰",是蕙亦用根,蕙茝或即蕙之根。《荀子·劝学》篇曰"兰槐之根是为芷",疑槐为蕙之声误,蕙之根曰蕙茝(芷),犹兰之根曰兰芷也。

5. **汩余若将不及兮,恐年岁之不吾与。朝搴阰之木兰兮,夕揽洲之宿莽。**

汩,《广韵》古忽切,《集韵》胡骨切,古音与忽同。"汩余若将不及兮"与下"忽奔走以先后兮""忽驰骛以追逐兮""忽反顾以游目兮""忽反顾以流涕兮""忽纬繣其难迁""忽吾行此游沙兮""忽临睨夫旧乡"诸忽字用法并同,而义皆训疾,汩、忽盖古今字。作汨者古本,作忽者传写者以今字改之。篇首"摄提贞于孟陬兮""皇览揆余于初度兮",两作于,用古字,自"虽不周於今之人兮"以下皆作於,用今字。例与此用。

与犹偕也。

搴,取也。阰,陂也(王夫之说),山旁曰陂。木兰亦用皮,其皮似桂而香,故一名桂兰。或云即桂之一种。《名医别录》曰:"十二月采皮阴干。"字或从木。《广雅·释木》曰:"木栏,桂栏也。"《说文》曰:"楺,楺木也,似栏。"《御览》引作似木兰。据《说文》,木兰与楺相似,而《山海经·大荒南经》"云雨之山……有赤石焉,生楺,黄本赤枝青叶,众帝焉取药",郭注曰:"言树花实皆为神药。"疑木兰亦神叶也。

揽,采也。宿莽即莽草(吴仁杰说)。《山海经·中山经》作芒草,以为本名,《本草》莽草居木部,《图经》亦然。盖多年生草,其本坚强似本,故或以为草,或以为木,而楚俗复呼为宿莽,宿者经冬不枯之谓也。宿莽叶香如椒。搴木兰,揽宿莽,亦所以备佩服而除不洁。

6. 日月忽其不淹兮,春与秋其代序。惟草木之零落兮,恐美人之迟暮。

淹,留也。
序、谢古字通。
惟,念也。
迟亦暮也。迟暮谓衰老。美人,真人自谓。一说即后文之帝女、宓女、有娀、二姚辈。服御芬芳,浮游求女,皆仙家所事事,而求女复必以芳草为资。后文曰："及荣花之未落兮，相下女之可诒。"又曰："和调度以自娱兮，聊浮游而求女，及余饰之方壮兮，周流观乎上下。"皆以佩饰与求女并言也。此言春秋代序，岁不我与，众芳零落则无可采揽，美人迟暮则不足寻求，四句为后文求女张本。

（以上一段总冒，首叙身世之贵，次述品貌之美，末陈搴芳求女之愿，为全篇主脉提纲。）

7. 不抚壮而弃秽兮，何不改此度〔也〕。乘骐骥以驰骋兮，来吾道〔导〕夫先路（辂）〔也〕。

抚，有也（朱冀、俞樾说）。本书壮多训美。此以"抚壮"与"弃秽"对文，壮犹美也，秽犹恶也。下文曰"及余饰之方壮兮"，壮饰即美饰，犹上言姱饰也。《远游》曰"玉色頩以晚颜兮，精醇粹而始壮"，言精神纯粹则颜色美盛也。《九辩》曰"离芳蔼之方壮兮"，注曰"去己美盛之容光也"，正训壮为美（《韩非子·解老》篇"宫爵尊贵，衣裘壮丽"，《说苑·权谋》篇"安陵缠以颜色美壮，得幸于楚共王"，《汉书·息夫躬传》"容貌壮丽"，壮亦皆训美。字一作庄。《文选·神女赋》"貌丰兮姝庄"，汉武帝《悼李夫人赋》"缥飘姚兮愈庄"，后汉明帝名庄字子丽，并其例）。

道，《文选》作导。吴景旭云：先路，车名，周拱辰说同。案吴、周说是也。王者之车曰路，其专字作辂（《尚书·顾命》"先辂在左塾之前"，《周礼》典路郑注引作路）。路有大路、先路、次路（见《礼记·郊特牲》）。大路王所自乘，先路次路，从者所乘，而先路在前，次路在后。先路一曰导车，次路一曰属车。先路行于王车之前而为之导引，故曰"导夫先路"也。"来！吾道夫先路也"，与下文"来！违弃而改求"语例同。

8. 彼尧舜之耿介兮，既遵道而得路。何桀纣之猖披兮，夫唯捷径以窘步。

江邃《文释》引《管子》曰"夫士怀耿介之心，不荫恶木之枝。恶木尚犹耻之，况与恶人同处"（《文选》陆士衡《猛虎行》注引《文释》，及《柳宗元集》一八《斩曲几文》注并引作《管子》。今《管子》无此文，或《符子》之误），《韩非子·五蠹》篇曰"不养耿介之士"，《七谏·哀命》曰"恶耿介之直行兮"，崔琰《述初赋》曰"高洪崖之耿介"，是耿介犹高洁也。

遵，循也。道与经对举，道犹大道也。《老子》五十三章曰"大道甚夷而民好径"是也。《九辩》曰"愿自往而径逝兮，路壅绝而不通，欲循道而平驱兮，又未知其所从"，《吕氏春秋·孝行》篇曰"是故道而不径"（《礼记·祭义》篇同），道亦并谓大道。

钱杲之曰："猖披，行不正貌。"案《说文》曰"尪尳，行不正"，尪尳即跛蹉。跛蹉披猖声之转，猖披即披猖之倒，故训行不正。《易林·观之大壮》曰"心志无良，昌披妄行"，是其义。

9. 惟夫党人之偷乐兮，路幽昧以险隘。岂余身之惮殃兮，恐皇舆之败绩。

夫犹彼也。《论语•述而》篇皇疏曰："相助匿非曰党。"

路，动词，犹由也，循也。后文"路修远以周流兮""路不周以左转兮"，义并同（游国恩说）。以犹与也。

身，己身也。

《庄子•让王》篇曰："王子搜不肯出，越人薰之以艾，乘以王舆。"皇舆犹王舆也。车覆曰败绩（王夫之、戴震说）。《左传•襄三十一年》曰："若未尝登车射御，则败绩厌覆是惧，何暇思获。"《礼记•檀弓》上篇曰："鲁庄公及宋人战于乘丘……马惊败绩，公队。"皆谓车覆。《九叹•离世》曰："群阿容以晦光兮，皇舆覆以幽辟。"袭用此文，而以覆字代败绩，尤可取证。

10. 忽奔走以先后兮，及前王之踵武。荃不察余之中情兮，反信谗而齌怒。

忽，疾貌。《大雅•绵》篇："予曰有奔走，予曰有先后。"《传》曰："相道（导）前后曰先后。"

《晋语》二韦注曰："及，追也。"踵武皆迹也。

王注曰："荃，香草，以喻君也。"朱熹曰："荃以喻君，疑当时之俗，或以香草更相称词之词，非君臣之君也。"案朱说是也。字一作荪。旧说即溪荪，与石上菖蒲一类。《抽思》"数惟荪之多怒兮""荪详聋而不闻""愿荪美之可光"皆谓君，《九歌•少司命》"荪独宜兮为民正"则谓神。盖本楚民歌中习用之第二人

— 264 —

称代名词，初无实指。骚赋之源，出自民歌，故亦承其语汇。《周书·谥书》篇曰"中情见貌曰穆"，《吕氏春秋·论人》篇曰"中情洁白"，《新语·术事》曰"惑于外貌，失于中情"，中情或单曰情。下文"苟中情其好修兮"，犹"苟余情其信姱以练要""苟余情其信芳"也。

齌亦怒也。《诗经·大雅·板》传曰："懠，怒也，"齌与懠通（戴震说）。

11. 余固知謇謇（蹇蹇）之为患兮，忍而不能舍也。指九天以为正兮，夫惟灵修之故也。

《易·蹇·六二》曰："王臣蹇蹇，匪躬之故。"《象》曰："王臣蹇蹇，终无尤也。"蹇蹇，奔走貌（详拙著《周易义纂》）。患谓灾咎。

强力自止曰忍。舍，止息也。

《史记·封禅书》曰："九天巫，祠九天。"《索隐》引《三辅故事》曰："胡巫事九天于神明台。"案七天、中央八方，各有神，此谓九天之神也。正犹正中也，下文曰："耿吾既得此中正。"

朱熹曰："灵修，言其有明智而善修饰，盖妇悦其夫之称，亦托词以寓意于君也。"又曰："《离骚》以灵修美人目君，盖托为男女之辞，而寓意于君，非以是直指而名之也。灵修言其秀慧而修饰。"案朱说近是。灵修又见《九歌》《山鬼》。楚人谓巫曰灵；修，美也。灵修盖楚巫歌中女称男之词，时人承用以为相谓故之美称。《离骚》本属巫音，故亦有此语。此上四句用《易·蹇》爻辞义,而意仍主行旅,蹇蹇即"王臣蹇蹇","惟灵修之故"犹"匪躬之故"也。

12. 初既与余成言兮,后悔遁而有他。余既不难夫离别兮,伤灵修之数化。

成言谓成其要约之言(朱熹说)。《左传·襄二十七年》曰:"壬戌,楚公子黑肱先至,成言于晋,丁卯,宋戌如陈,从子木成言于陈。"一曰成说。《诗经·邶风·击鼓》篇曰:"死生契阔,与子成说。"

《诗经·鄘风·柏舟》篇:"之死矢靡它。"《传》曰:"至己之死,信无它心。"此他亦谓他心。《抽思》袭此文曰:"羌中路而回畔兮,反既有此他志。"他志犹他心矣。

难犹惜也。

数化谓变化无常,即有他也。

(以上一段以行旅为喻,点出忠而见疑之意,摄起下文。)

13. 余既滋兰之九畹兮,又树蕙之百亩。畦留夷与揭(蘮)车兮,杂杜衡(蘅)与芳芷。

滋,《释文》作哉菽战瓴,音栽。《集韵》哉同栽。畹,度田亩数名,其详不可考。九畹与下文百亩,皆极言其多也。

树亦栽也。

畦,种之曰畦。唐写本《文选集注》引陆善经注曰:"畦,为区隔也。"《齐民要术》一引氾胜之《种植书》曰:"区种荏令相去三尺。"留夷即挛夷（王念孙说）。《广雅·释草》曰："挛夷，芍药也。"案即药草芍药。《本草》曰："芍药……主邪气……益气。"陶注曰："道家亦服食之。"（《图经》引安期生服炼法有饵食芍药法）《名医别录》曰："二月八月采根暴干。"揭本一作蒫（《文选》及《尔雅·释草》注，《合璧事类续集》四一引同）。蒫车一名蒫车香。《本草拾遗》曰："蒫车香味辛，主鬼气，去臭及虫鱼蛀蠹。"

衡本一作蘅（《类聚》八一，《御览》九八三，《合璧事类别集》五五引同）。《本草》曰："杜若……久服益精，明目，轻身，一名杜蘅。"《名医别录》曰："二月八月采根暴干。"芳芷即白芷（详上）。《本草》曰："白芷一名芳香。"留夷蒫车与杜蘅芳芷，隔区杂种。

14. 冀枝叶之峻茂兮，愿俟时乎吾将刈。虽萎绝其亦何伤兮，哀众芳之芜秽。

萎绝犹黄落（《思美人》曰："解蘦薄与杂菜兮，备以为交（绞）佩，佩缤纷以缭转兮，遂萎绝而离异。"），谓枝叶解散，先霜已刈者。芜秽谓枝叶烦挐，霜至未采者。先霜已刈者，枝叶虽解而芳性尚存，霜至未采者，枝叶徒存而芬芳尽歇。所贵乎兰芷之属者，贵其芬芳，故不伤萎绝而哀其芜秽。李光地曰："虽萎绝，芳性犹在也。芜秽则化而为萧艾，是乃重可哀已。"此说得之。

15. 众皆竞进以贪婪兮,凭不猒乎求索。羌内恕己以量人兮,各兴心而嫉妒。

《逸周书·史记》篇曰:"竞进争权",王念孙读竟为竞。《左传·昭二十八年》曰:"贪惏无餍,忿类无期,谓之封豕。"贪惏,欲食貌,言贪食如豕也。贪婪与惏同。

《史记·贾生传》"品庶冯生",《集解》引孟康曰:"冯,贪也。"冯凭同。贪然求索,不知厌足,即《左传》"贪惏无餍"意。猒、厌、餍同(略本马其昶说)。

《广雅·释言》曰:"羌,乃也。"《礼记·中庸》疏曰:"恕,忖也。"

王注曰:"兴,生也。"以己心忖度人心,谓人皆贪求,与己无异,遂生心计,以相嫉妒。

16. 忽驰骛以追逐兮,非余心之所急。老冉冉其将至兮,恐修名之不立。

忽,疾貌。

冉冉,渐进貌。

修,长也,久也。修名,不朽之名(傅熊湘说)。《抽思》曰:"望三五以为像兮,指彭咸以为仪。夫何极而不至兮,故(固)远闻而难亏。"闻谓声誉,犹名也。《远游》曰:"闻赤松之清尘兮,愿承风乎遗则。贵真人之休德兮,慕往世之登仙。与化去而不见兮,名声著而日延。"然则托志登仙者,未尝不以立名为务。修名犹远闻,日延之名,如彭咸赤松之辈是也。

17. 朝饮木兰之坠露兮，夕餐秋菊之落英（霙）。苟余情其信姱以练要兮，长顑颔亦何伤。

《惜诵》曰："播江离与滋菊兮，愿春日以为糗芳。"扬雄《反骚》曰："精琼靡与秋菊兮，将以延夫天年。"魏文帝《九日与钟繇书》曰："屈平悲冉冉之将老，思飡秋菊之落英，辅体延年，莫斯之贵。谨奉一束，以助彭祖之术。"《本草》曰："久服利气血，轻身，耐老延年。"《汉书·扬雄传·甘泉赋》曰："噏青云之流瑕兮，饮若木之露英。"注曰："瑕谓日旁赤气也。"案瑕与赮、霞通，字本训赤，故又为日旁赤气之名。英者，《说文》曰："英，一曰黄英。"英有黄义，此以流瑕与露英对举，则英当为日旁黄气。左思《蜀都赋》曰："江珠瑕英"，盖谓珠光赤黄也。然曰噏流瑕，饮露英，皆以为液体，则所谓气者乃水气。《白虎通·号》篇曰："饮泉液，吮露英。"露英与泉液对举，亦以为水气，与扬说正合（张衡《思玄赋》曰："漱飞泉之沥液兮，咀石菌之流英。"亦英为水气之证）。《御览》五一引陵阳子明《经》曰："春食朝霞，朝霞者日始欲出赤气也（《文选·江赋》注引同。本书《远游》注引赤下有黄字）。秋食沦渶（原作汉，下同，当为渶之误。渶字见《广韵》《集韵》。《远游》注引作阴，阴亦有黄义，有说别详），沦渶者日没以后赤黄气也。冬食沆瀣，沆瀣者北方夜半气也。夏食正阳，正阳者南方日中气也。并天地玄黄之气为六气也。"案沦露一声之转，沦渶即露英，经之朝霞沦渶并称，正犹赋之流瑕露英对举，其字从水，则以其本为水气耳。《庄子·逍遥游》篇"御六气之辩"《释文》引李注曰："平旦为朝霞，日中为正阳，日入为飞泉，夜半为沆瀣，天地玄黄为六气。"

此与子明说同，惟沧漭飞泉之名为异，是飞泉即沧漭，亦即露英，明甚。露英一曰飞泉，与《白虎通》以泉液露英对举（引见上），并曹植《承露盘铭》"下潜醴泉，上受云英"，以醴泉云英对举，义亦相会。落英者，即露英、沧英。其为物也，依陵阳子明说，即日没以后之气，又当于秋时食之，故曰"夕餐秋菊之落英"。英之为气，其色本黄，故又以配秋菊。英字一作霙。《诗经•小雅•颍弁》篇"如彼雨雪，先集为霰"，《宋书•符瑞志》引《韩诗薛君章句》曰"霰，英也"，《文选•雪赋》注、《御览》一二并引作霙。唐徐彦伯《苑中遇雪应制诗》曰"六出祥英乱绕枝"（一作李峤《上清晖阁遇雪》），郑愔《人日重宴大明宫思赐彩镂人胜应制诗》曰"残霙淅沥染轻尘"，景龙文馆学士长宁公主流杯诗曰"余雪依林成玉树，残霙点岫即瑶岑"，字并作霙。案水气曰英，水气之凝结者亦曰英，霰谓之英，即水气之凝结者。水气与水气凝结，一义之引申，训水气之英一作霙，则训水气凝结之英亦可作霙。盖英古假借字，霙后起专字，然则谓本篇英读为霙亦可。朝露夕霙，实阴阳之纯精，木兰秋菊，含自然之淑气。挹露于兰，拾霙于菊，一举而兼两善，故弥觉可贵。《庄子•逍遥游》篇曰："藐姑射之山，有神人居焉……不食五谷，吸风饮露。"《吕氏春秋•求人》篇曰："西至三危之国，巫山之下，饮露吸气之民。"此见存神人饮露传说之最早者。若夫养形家言，抒为辞赋，则《悲回风》曰："吸湛露之浮源兮，漱凝霜之雰雰。"《远游》曰："飡六气而饮沆瀣兮，漱正阳而含朝霞。"又曰："吸飞泉之微液兮。"尤与《离骚》饮露餐霙之旨同符。

情即中情，犹精神也。姱，美也。王注曰："练，简也。"《广雅•释言》曰："要，约也。"

颇颔,迭韵连语,面黄貌。避食谷实而饮露餐霞,所需如此,简约之至矣。诚能如此,而得精神姱美,则虽颜色憔悴,形容枯槁,亦何伤哉?《远游》曰:"吸飞泉之微液兮,怀琬琰之华英。……质销铄以汋约兮,神要眇以淫放。"注曰:"身体癯瘦,柔媚善也,魂魄漂然而远征也。"《史记·司马相如传》曰:"相如以为列仙之传居山泽间,形容甚臞。"《抱朴子·黄白》篇引谚曰:"无有肥仙人富道士。"凡此所称,实皆避谷服气,营养不给所致。《离骚》言因饮食练要而致颇颔,理亦犹是。

(以上一段言饮食异于众人。)

18.擥木根以结茝兮,贯薜荔之落蕊。矫(挢)菌桂以纫蕙兮,索胡绳之纚纚。

擥、揽同。木根盖香木之取其根者。《荀子·劝学》篇曰:"兰槐之根是为芷。"

薜荔亦香草。《管子·地员》篇曰:"薜荔白芷,蘪芜椒连,五臭所校。"《思美人》曰:"令薜荔以为理兮,惮举趾而缘木。"则缘木蔓生者。

矫、挢同,取也。纫,结也。

索,以手搓为绳(屈复说)。《诗经·豳风·七月》篇曰:"宵尔索绹。"胡绳,草名。《考工记·总目》"妢胡之笴"注曰:"妢胡,胡子之国,在楚旁。"胡绳疑亦因产地而得名。或云即结缕(方以智说)。《尔雅·释草》"傅,横目"郭注曰:"一名结缕,俗谓之鼓筝草。"鼓筝盖即胡绳语讹耳。《汉书·司马相如传·上林赋》"布结缕"师古注曰:"结缕者,著地之处,皆生细根,如线相结，故名结缕。"著地生细根，故其状缅然。缅缅，多毛貌。

19. 謇吾法夫前修兮，非世俗之所服。虽不周于今之人兮，愿依彭咸之遗则。

謇，语词，疑即羌之转。修盖楚男子之美称（详下灵修）。

王注一说曰："言己服饰虽为难法，我仿前贤以自修洁，非本今世俗人所服佩。"案服犹佩也。下文"判独离而不服"，亦谓不佩，"户服艾以盈要兮，谓幽兰其不可佩"，服与佩为互文（《荀子·劝学》篇"兰槐之根是为芷，其渐之滫，君子不近，庶人不服"，《晏子春秋·杂上》篇作佩。《淮南子·人间》篇"申菽杜茝，美人之所怀服也"，《说山》篇"兰生幽谷，不为莫服而不芳"，服皆谓佩）。

王注曰："周，合也。"

俞樾云："彭咸或即彭铿，铿咸双声字。"案俞说是也。铿咸不只双声，元音亦同，惟韵尾略异耳。《白虎通·五行》篇曰"所以北方咸者，万物咸与所以坚之也，犹五味得咸乃坚也"，以坚释咸。《说文》曰："㪁，坚持意，〔一曰〕口闭也。"以坚释㪁。咸声字并训坚，义近由于声近也。彭铿即彭祖，世传其不死仙去（《列仙传》上），然则此言"愿依彭咸之遗则"，正犹《远游》言"闻赤松之清赤兮，愿承风乎遗则"矣（《汉书·王褒传》"何必偃仰诎信若彭祖，呴嘘呼吸为侨松，眇然绝世离俗哉"，《书钞》一六引《孙绰子》"彭祖前驱，松乔夹毂"，皆以彭祖与赤松王乔对举）。木根薛荔，菌桂胡绳，并茝蕙之属，皆养生之灵药，彭咸佩之，以致寿考，故欲依其遗则焉。《抽思》曰"指彭咸以为仪"，《思美人》曰"思彭咸之故也"，《悲回风》曰"夫何彭咸之造思兮"，又曰"昭彭咸之所闻"，并即此意。

20. 长太息以掩涕兮，哀民生之多艰。余虽（唯）好修姱以鞿羁兮，謇朝谇（捽）而夕替（缱）。

以犹而也。掩涕详下文"揽茹蕙以掩涕兮"。

民犹人也。本篇民字皆训人，下文"终不察夫民心""相观民之计极""民好恶其不同兮"，民并一作人，可证。《远游》曰"哀人生之长勤"，与此语意同，是民生即人生。下文"民生各有所乐兮"同（说本蒋骥、游国恩）。

虽读为唯（王念孙说）。修姱皆美也。鞿羁，谓以芳草交络其身以为饰，如马之有疆络也。

謇，语词。"朝谇""夕替"，承鞿羁为文，谇替之义当与鞿羁为近。谇讯古同字。《诗经》"执讯"字金文作 （噊），象人手足受缚形，隶变作讯。名词受缚者曰讯，动词缚亦曰讯。疑此谇字当读为执讯之讯，而义则训缚。缚束与鞿羁近也。一说谇读为捽。捽，持也（《说文》捽训头发，定非朔义），《翻译各义集》九引《各义指归》曰："持者，执也。"《诗经·周颂·执竞》篇《笺》曰："执，持也。"执持与鞿羁义亦近。以上二说均通，而义亦相表里，故并存之。替与艰不叶，必非废替字，疑缱之省。缱见《韵》篇，音贱（云出释典，未详是何经论，待检），以形音求之，当即缱之异体。《集韵》"缱，缩也"，起辇切。《尔雅·释器》"绳之谓之缩之"，郭注曰："缩者，约束之。"缱之训缩，疑即此义。然纋亦罕见。《说文》曰："槀，小束也，读若茧。"《广雅·释诂》三曰："槀，束也。"《齐民要术》二曰："槀欲小，缚欲薄。"纋槀音义不殊，而从犮与从开形同（《说文》桼为𣏜之篆文，犮即𣎵之讹变），从系与从束意同，是纋又即槀之异体。要之，虉、纋、缞一字，其音或读若茧，或音起辇切，或音贱，并与艰叶，其义为约束，又与靷鞿近。凡此与本篇替字之条件悉合，故知此替即缞之省，非废省之替也。

21. 既替（缞）余以蕙纕兮，又申之以揽（缆）茝。亦余心之所善兮，虽九死其犹未悔。

王注曰："纕，佩带也。"案下文"解佩纕以结言兮"，佩纕即佩带。

刘良曰："申，重也。"揽与缆同（古字从手或从系同，总一作揔，絜一作挈，绖一作挂，绅一作抴，此例不胜枚举）。《文选》谢灵运《邻里相送方山诗》注曰："缆，维船索也。"案凡索皆可谓之缆，此与纕对举，缆亦纕之类。缆茝即茝缆，倒文以取韵，与下文蕙茹（帤）谓之茹蕙同例（详下）。蕙纕与茝缆对文。

王注曰："虽以见过，支解九死。"以九死为支解，是也。《公羊传·宣六年》曰："以斗挈而杀之，支解，将使我弃之。"《春秋繁露·王道》篇作枝，《秦策》三曰："功已成矣，而卒支解。"《史记·蔡泽传》作枝，《韩非子·和氏》篇曰："吴起枝解于楚。"支枝并与肢同。一曰体解。下文"虽体解吾犹未变兮，岂余心之可惩"，注曰"虽获罪支解，志犹不艾也"，是矣。

蕙纕茝缆，朝谇夕替（缞），心之所善，九死不悔，正以申明

"好修姱以鞿羁"之意,与上文本根结茝,菌桂纫蕙之取法前修,不同世俗,亦一意相承。

(以上一段言服饰异于众人。)

22. 怨灵修之浩荡兮,终不察夫民心。众女嫉余之蛾眉兮,谣诼谓余以善淫。

王注曰:"骄敖放恣,无有思虑。"此以放恣无思虑释浩荡之义。《九歌·河伯》"心飞扬兮浩荡"注曰"浩荡,志放貌也"义同。《淮南子·精神》篇曰:"浩浩荡荡乎,机械知巧,弗载于心。"《文选·七发》曰:"浩唐(五臣作荡)之心,遁佚之志。"并可与王注相发。声转为潢潒(《说文》潒读若荡),《广雅·释训》曰:"潢潒,浩荡也。"一作黄唐,《管子·地员》篇曰:"黄唐无宜也。"又作荒唐,《庄子·天下》篇"荒唐之言",《释文》曰:"荒唐谓广大无域畔者也。"潢潒倒言之或为懭悢,《九叹·逢纷》"心懭悢其不我与兮",注曰:"懭悢,无思虑貌。"

终从声近字通(《汉书·南越传》"终今以来"即从今以后)。从不犹曾不也。《春秋繁露·随本消息》篇"由此观之,所行从不足恃",即曾不足恃。本篇及《九歌·山鬼》"余处幽篁兮终不见天"之终不即从不,犹曾不也。民心即人心。

王注曰:"蛾眉,好貌。"《诗经·卫风·硕人》篇曰:"螓首蛾眉。"

谣谓歌谣(李陈玉、姚培谦说同)。谣诼犹《诗经·陈风·墓门》篇"歌以讯止"。《毛传》曰:"讯,告也。"《方言》十曰："诼，愬也。"告、愬同义，是讯与诼义亦相通。

23. 固时俗之工巧兮，偭规矩而改错。背绳墨以追曲兮，竞周容以为度。

王注曰："偭，背也。"错谓木理错纷交结处，所谓"错节"者是也。（《后汉书·虞诩传》："不遇盘根错节，何以别利器乎。"）

《周礼》追师职"追衡笄"注曰："追犹治也。"曲谓木之枉曲者。追曲与改错对文，改亦治也。

古书周同二字每互乱（本篇"何方圜之能周兮"，周一作同；《七谏·谬谏》"恐矩矱之不同"，同一作周；《庄子·徐无鬼》篇"德不能周也"，《释文》本周作同；《招魂》"华雕错些"，《类聚》八〇、《初学记》二五引雕作铜；《庄子·让王》篇"乃自投椆水"，《释文》椆又作桐。又《诗经·车攻》《韩非子·扬权》篇及本篇并以同与调韵）。疑周容即同容，亦即桐榕。《说文》曰："搈，推引也。"《淮南子·俶真》篇"撣掞挺桐世之风俗"注曰："推引来去不定也。"《集韵》曰："搈，不安也。"挏搈迭韵连语。"挏搈以为度"犹言推引来去而无定法。

24. 忳郁邑余侘傺兮，吾独穷困乎此时也。宁溘死以流亡兮，余不忍为此态也。

忳犹懑也。《广雅·释诂》一曰："屯，满也。"忳谓懑犹屯谓之满。《尔雅·释训》"梦梦讻讻，乱也"，《释文》引顾舍人曰："梦梦讻讻，烦懑乱也。"讻与忳同。侘傺，怅然住立貌（约王注义）。

溘死犹就死也。《广雅·释诂》四曰"溘，依也"，依、就义近。《悲回风》曰："宁溘死以流亡兮。"逝训往，往亦就也。

态谓巧诈。《国语·晋语》一曰"天强其毒，民疾其态，其乱生哉"；《荀子·臣道》篇曰"巧敏佞说，善取宠乎上，是态臣者也"；《淮南子·主术》篇曰"上多事则下多态"；《文选·西京赋》"尽变态乎其中"，薛注曰："态，巧也。""此态"即上所谓"时俗之工巧"（王逸说略同）。

25. 鸷鸟之不群兮，自前世而固然。何方圜之能周兮，夫孰异道而相安。

《淮南子·说林》篇曰："猛兽不群，鸷鸟不双。"
周，合也。《九叹·惜贤》曰："方圜殊而不合兮。"

26. 屈心而抑志兮，忍尤而攘诟。伏（服）清白以死直兮，固前圣之所厚。

忍，含也。尤，怨也。攘、囊古字通（《庄子·在宥》篇"乃始脔卷狯囊而乱天下也"，崔注："戕囊犹抢攘。"），囊犹藏也。《管子·任法》篇曰："无伟服，无奇行，皆囊于法以事其主。"谓包藏于法中也，《淮南子·原道》篇曰："怀囊天地。"《时则》篇曰："包囊覆露，无不囊怀。"并犹藏怀也。字一作儴，《新语·至德》篇曰："儴道者众归之，恃刑者民畏之。"儴道即囊道，犹藏道也（朱骏声、俞樾说略同）。王注曰："诟，耻也。"《庄子·让王》篇曰："强力忍垢。"《荀子·解蔽》篇曰："厚颜而忍诟。"《淮南子·氾论》篇曰："忍诟而轻辱。"诟、詢同。

伏读为服（《庄子·说剑》篇"剑士皆服毙其处也"，日本高山寺卷子本作伏，《韩非子·初见秦》篇"荆王君臣亡走东服于陈"，《秦策》一作伏，《文选》陆士衡《吴王郎中时从梁陈诗》"谁谓伏事浅"注曰："服与伏同，古字通。"），《七谏·怨世》曰"服清白以逍遥兮"，字正作服。服清白犹清白也。《庄子·渔父》篇曰："行不清白，群下怠荒，大夫之忧也。"

厚，重也（《吕氏春秋·振乱》篇注）。《墨子·尚同》中篇曰："是故上者天鬼有深厚乎其为政长也。"《荀子·非十二子》篇曰："为兹厚于后世。"《韩非子·外储说左上》篇曰："责之以尊厚耕战。"厚并训重（钱澄之、朱冀、刘梦鹏说并同）。

（以上一段言虽见嫉于群邪，而能清白自守。）

27. 悔相道之不察兮，延伫（眝）乎吾将反。回朕车以复路兮，及行迷之未远。

相，择也。王注曰："察，审也。"

《说文》曰："眝，长眙也。"汉武帝《悼李夫人赋》曰："饰新宫以延眝兮。"

《说文》曰："复，行故道也。"复、復同。

28. 步余马于兰皋兮,驰椒丘且焉止息。进不入以离尤兮,退将复修吾初服。

步马,谓马徐行也。《左传•襄二十六年》曰:"左师先夫人之步马者。"《淮南子•人间》篇曰:"徐行而出门,上车而步马。"(《礼记•少仪》篇"执辔然后步",《尚书大传》"天子将出,则撞黄钟,右五钟皆应,马鸣中律,步者皆有容,驾者皆有文,御者皆有数",步皆谓步马)水边淤地曰皋,皋中有兰,故曰兰皋。

《汉书•司马相如传》如淳注曰:"椒丘,丘多椒也。"

入读为纳(钱杲之说)。离,遭也。尤,过也。《惜诵》曰:"欲儃佪以干傺兮,恐重患而离尤。"进不见纳而反遭过尤。

初服谓下芰荷之衣、芙蓉之裳及高冠长佩等也(闵齐华说)。

29. 制芰荷以为衣兮,集芙蓉以为裳。不吾知其亦已矣,苟余情其信芳。

《九歌•少司命》曰:"荷衣兮蕙带。"

30. 高余冠之岌岌兮,长余佩之陆离。芳与泽其杂糅兮,唯昭质其犹未亏。

陆离,长貌也。《涉江》曰:"带长铗之陆离。"(王念孙说)

泽所以沐发者也。(《九思•悯上》曰:"须发苧颜兮颢鬓白,思灵泽兮一膏沐。")崔寔《四民月令》合香泽法曰:"清酒浸鸡舌,藿香,苜蓿,〔泽〕(从《齐民要术》五补,下同)兰香四种,以新绵裹浸。胡麻油和猪脂纳铜铛中,沸定,下少许青蒿以发〔色〕。〔以〕绵幂铛嘴瓶口泻之。"古作香泽法或较简于此,然其要为合香草与脂膏而成则可知。草取其芬芳,膏取其光泽,即此所谓芳与泽也。

质,本质,昭,彰著也。光泽耀发曰昭,馨香远闻亦曰昭。馨香为草之质,光耀而泽之质。纳芳草于膏泽中,糅而合之,膏之光泽与草之芬芳,俱无亏损。《思美人》曰:"芳与泽其杂糅兮,羌芳华自中出。"芳谓馨香,华谓光泽,二者俱能秀出,即此昭质未亏之义。

31. 忽反顾以游目兮,将往观乎四荒。佩缤纷其繁饰兮,芳菲菲其弥章。

"往观"句伏下文上下求索数段(朱冀说)。

32. 民生各有所乐兮,余独好修以为常。虽体解吾犹未变兮,岂余心之可惩。

民生即人生。
体解详上"虽九死其犹未悔"句。
(以上一段言将退而修初服以游四荒。)

33. 女嬃之婵媛（本作嬋媛）兮，申申其詈予。曰"鮌婞直以亡（忘）身兮，终然夭（本作殀）乎羽之野"。

《开元占经·北方七宿占》篇引石氏曰："婺女四星。"又引巫咸曰："须女，天女也。"疑女嬃即婺女。须、须古本与沫同字，并音莫沸切。嬃从须声，与妹从未声无别，嬃盖妹之异文。《世本》曰："陆终取鬼方之妹，谓之女嬇。"（《史记·楚世家》索隐、《路史·后记》八注引）以沫又作䜣（《汉书·礼乐志》注引晋灼曰："沫古䜣字。"）例之，女嬃似又即女嬇，楚之先妣也。女嬃为人名，又为星名，与下文重华亦星名兼人名同例。古通称女曰妹，《世本》鬼方氏之妹即鬼方氏女，《易》归妹即嫁女，并可证。嬃、妹同字，而妹即女，故贾逵云楚人谓女为嬃（见《说文》嬃下引。今本《说文》女作姊，从本书洪注引）。女谓之嬃，则姊妹皆可称嬃，故或谓女嬃为屈原姊（王注及《水经·江水注》引袁山崧说），或以为屈原妹（《诗经·桑扈》疏引郑《志》答冷刚说），其实皆傅会之谈也。

王注曰："婵媛犹牵引也。"案《说文》曰"啴，喘息也""喘，疾息也""歁，口气引也"，喘、歁一字，盖即婵媛之合音，口气引之义与牵引正合也。喘息者气出入频数，有似牵引，故曰牵引，曰口气引。婵媛依字当作啴咺。《方言》一曰："凡恐而噎噫谓之胁阋，南楚江湖之间谓之啴咺。"《广雅·释诂》二曰："啴咺，惧也。"案噎噫亦呼吸疾促之谓（《诗经·黍离》"中心如噎"，《传》："噎，忧不能息也。"《说文》："噫，饱食息也。"《素问·至真要大论》注："心气为噫。"），故又谓之啴喧。惟曰恐曰惧，似不足以该啴喧之义。凡情绪紧张，脉搏加急之时，莫不喘息，恐惧但其一端耳。本篇"女媭之婵媛兮，申申其詈予"，此怒而婵媛也。《九歌•湘君》"女婵媛兮为余太息"，《九章•哀郢》"心婵媛而伤怀兮"，此哀而婵媛也。《悲回风》"忽倾（惊）寤以婵媛也"，此惊而婵媛也。

申读为呻。《说文》曰："呻，吟也。"《文选•苏武诗》注引《苍颉》篇曰："吟，叹也。"《释名•释乐器》曰："吟，严也，其声本出于忧愁，故其声严肃，使人听之悽叹也。"

《孟子•公孙丑下》篇《音义》引丁音曰："婞，很也，直也。"案与骾梗音义亦近。张诗云："亡同忘。"案张说是也。《五百家注释韩昌黎集》三《永贞行》祝注引正作忘（《荀子•劝学》篇"殆教忘身"，《大戴礼记》作忘身）。鲧行婞直，不以身之阽危变其节，故曰："婞直以忘身。"

然犹乃也。夭之为言天遏也。《淮南子•俶真》篇曰："若然者，陶冶万物，与造化者为人，天地之间，宇宙之内，莫能夭遏。"又曰："境，通于无圻，而莫之御夭遏者。"遏或作阏（《列子•杨朱》篇释文："阏与遏同。"）。《庄子•逍遥游》篇曰："而后今培风，背负青天，而莫之夭阏者。"夭遏双声连语，二字同义。此曰"夭乎羽之野"，犹《天问》曰"永遏在羽山"也。《礼记•祭义》疏引郑《志》答赵商曰："鲧非诛死。鲧放诸东裔，至死不得反于朝。"放之令不得反于朝，即夭遏阏止之使不得反于朝也。羽即羽山。"羽之野"本一作"羽山之野"。《水经•淮水》注引《连山易》曰："有崇伯鲧伏于羽山之野。"

34. "汝何博謇（本作謇）而好修兮，纷独有此姱饰（本作节）。薋（积）菉葹以盈室兮，判独离而不服。

博謇盖行步合节，安舒自得之貌。字一作博衍。衍古读如愆（愆从衍声，《左传•昭二十一年》"丰愆"，《释文》曰"愆本或作衍"，《易•需》九二《象传》"衍在中也"与九三"灾在外也"对举，是衍即愆字，并可证），《说文》愆之重文作謇，是衍与謇亦同声通用。《远游》曰"音乐博衍无终极兮"，注曰："五音安舒，靡有穷也。"声音安舒谓之博衍，动作安舒谓之博謇，其义一也。博謇与偃蹇义亦近。《九歌•东皇太一》曰："灵偃蹇兮姣服。"舞曰偃蹇，行曰博謇，皆体态安舒之貌。动作合节则衣饰亦翩翩有后，此曰博謇好修，下又曰姱饰，亦犹东皇太一言偃蹇，又言姣服矣。

薋，积也（段玉裁、姜皋、胡绍英说）。菉，王刍。葹，枲耳。皆野菜，无芳臭。

判，违弃貌。离，弃也。

35. "众不可户说兮，孰云察余之中情？世并举而好朋兮，夫何茕独而不予听？"

户说谓逐户晓喻之。《管子•水地》篇："是以圣人之治世也，不人告也，不户说也。"《韩非子•难势》篇："尧舜户说而人辩之，不能治三家。"《尹文子•大道上》篇："出群之辩，不可为户说。"《淮南子•原道》篇："使舜无其志，虽口辩而户说之，不能化一人。"《史记•货殖传》："虽户说以眇论，终不能化。"《说苑·政理》篇:"众不可户说也,可举而示也。"

云,即今俗语之还。余,复数代名词,犹言我辈也(郭沫若说)。

举读为与(《周礼·师氏》"王举则从"注曰"故书举作与",《吕氏春秋·谨听》篇"亡国之主……谆而不足以举"陶鸿庆读举为与,《史记·吕后纪》"苍天举直"《集解》引徐广曰"举一作与")。《说文》曰:"与,党与也。"《庄子·大宗师》篇"孰能相与于无相与",《释文》曰:"与犹亲也。"并与与好朋义同(《庄子·胠箧》篇"为之斗斛以量之,则并与斗斛而窃之,为之权衡以称之,则并与权衡而窃之")。

王注曰:"茕,孤也。"予,女媭自谓。听,从也。

(以上一段言将游四荒,女媭劝阻。)

36. 依前圣以节中兮,喟凭心而历兹。济沅湘以南征兮,就重华而陈词。

前圣即下重华。节中犹折中,扬雄《反离骚》曰:"将折中乎重华。"(略本吴汝纶说)闻女媭之言而不敢信,故来就正于前圣以求折中。

《淮南子·修务》篇曰:"发愤而成仁,愤(今误帽,从王念孙改)凭而为义。"高注曰:"愤凭,盈满积思之貌。"《广雅·释训》曰:"愤恲,忼慨也。"喟凭与愤凭、愤恲同,气盈满之貌也。王注曰:"历,数也;兹,此也。"案数犹说也。《抽思》曰:"历兹情以陈辞兮。"(一说历读为沥,《说文》曰:"沥,浚也","浚,抒也。")

湘为南方诸水之大名,古言沅湘、江湘、潇湘,犹沅水、江水、潇水也。

女嬃以鲧事为戒,殛鲧者舜,故就重华而陈词(钱澄之说)。重华,帝舜名,又为星名。《史记·天官书》曰:"岁星一曰摄提,曰重华,曰应星。"《开元占经·岁星占》篇引石氏曰:"岁星一名重华,一名应星。"《后汉书·郎𫖮传》引《尚书洪范记》曰:"德厚受福,重华留之,重华者岁星在心也。"(《怀沙》曰:"重华不可遌兮,孰知余之从容。"所陈之词疑被省略,以下重华答词)

37. 启九辩与九歌兮,夏康娱以自纵。不顾难以图后兮,五子用夫(本作失,下又有手字)家巷(閧)。

《天问》曰:"启棘宾商,九辩九歌。"《山海经·大荒西经》曰:"夏后开上三嫔于天,得九辩九歌以下。"(疑《天问》及本篇辩、歌二字皆用为动词。与犹而也)

夏疑日之误,下文曰:"日康娱而自忘兮""日康娱以淫游。"王逸、戴震、姚鼐、王引之并读"康娱"连文,是也。《墨子·非乐》上篇引武观曰:"启乃淫溢乐,野于饮食,将将铭□,筦(筦)磬以力,湛浊于酒,渝食于野。万舞翼翼,章闻于天,天用弗式。"

《新语·术事》篇曰:"夫进取者不可以顾难,谋事者不可不尽忠。"《春秋繁露·王道》篇曰:"虞公贪财,不顾其难,快耳说目,受晋之璧,屈产之乘。"

王引之曰:"巷读《孟子》'邹与鲁哄'之哄,刘熙曰:

'哄，构也，构兵以斗也。'五子作乱，故云家哄。家犹内也，若《诗》云'蟊贼内讧'矣。哄字亦作鬨，《吕氏春秋·慎行》篇'崔杼之子，相与私鬨'，高诱曰：'鬨，斗也。'私鬨犹言家哄，哄之为鬨，犹哄之为巷也。《宗正箴》作'五子家降'，降亦哄也。《吕氏春秋·察微》篇'楚卑梁公举兵攻吴之边邑，吴王怒，使人举兵侵楚之边邑，吴楚以此大隆'，大隆谓大斗也，隆与降通。"案王说是也。《韩非子·八经》篇曰："大臣两重提衡而不踦卷（蹇），其患家隆劫杀之难作。"家隆即家降、家巷。《天问》曰："启棘宾商，九辩九歌，何勤（奸）子屠（瘏）毋而死分竟（境）地？"《周书·尝麦》曰："其在启（元误殷）之五子，忘伯禹之命，假（家）国无正，用胥兴作乱，遂亡（元误凶）厥国。"以上所言并本篇所谓"家巷"矣。

38. 羿淫游以佚畋兮，又好射夫封狐（疑当作猪）。固乱流其鲜终兮，浞又贪夫厥家。

《左传·襄四年》魏绛引《夏训》曰："昔有夏之方衰也，后羿自组迁于穷石，因夏民以代夏政。恃其射也，不修民事，而淫于原兽。"《天问》曰："冯珧利决，封豨是射。"

同上引《夏训》又曰："寒浞，伯明氏之谗子弟也，伯明后寒弃之，夷羿收之，信而使之以为己相。浞行媚于内，而施赂于外，愚弄其民而虞羿于田，树之诈慝，以取其国家。外内咸服，而羿犹不悛。将归自田，家众杀而亨之。……浞因羿室，生浇及豷。"《天问》曰："浞娶纯狐，眩妻爰谋，何羿之躬革，而交吞揆（哙）之。"案《左传·昭五年》"葬鲜者自西门"，杜注曰：

"不以寿死曰鲜。"《列子·汤问》篇"其长子生,则鲜而食之"张注曰:"人不以寿死曰鲜。"然则此言羿"鲜终"盖即指《左传》"杀而亨之"及《天问》"交吞揆之"之事。《尔雅·释水》"正绝流曰乱"郭注曰:"直横渡也。"疑此所谓"乱流",或亦实有所指,持其详弗可考耳。家谓妻室。浞贪厥家,即《左传》浞因羿室,《天问》浞娶纯狐事。

39. 浇身被服强圉兮,纵欲而不忍。日康娱而自忘兮,厥首用夫颠陨。

《尔雅·释天》"在丁曰强圉",孙炎注曰:"万物皮孚坚者也。"此以坚释强字,以皮孚释圉字。然皮孚即孚甲,是强圉犹言坚甲耳。《释名·释兵》曰:"甲,似物有孚甲以自御,亦曰介,亦曰函,亦曰铠,皆坚重之名也。"依孙说,圉谓物之孚甲。依刘说,人之甲胄以似物之孚甲而得名。此类推之,物之孚甲曰强圉,则人之甲胄亦得曰强圉。然则"浇身被服强圉"者,谓其被服坚甲也。考传说中之浇本即鳌(详《天问》),鳌者大龟之名也。龟为介族,身有坚甲,故鳌之"人化"而为浇,亦有"被服强圉"之事。《周礼》鳖人"掌取互物"郑玄注曰:"互物谓有甲萳胡,龟鳖之属。"常厪"掌敛互物蜃物"郑玄注曰:"互物,蚌蛤之属。"孙诒让谓互物即大司徒、大司乐之介物。案《吕氏春秋·孟春》篇"其虫介"高注曰:"介,甲也,象冬闭固,皮漫胡也。"萳漫音义同,先郑以萳胡释互义,高以漫胡释介义,是互物即介物矣。互圉音近,强圉当即强互,犹言坚介也。龟鳖之属谓之互物,浇于传说中为龟属,故曰,被服强圉。"又甲胄之甲亦曰旅，《考工记•函人》"凡为甲，必先为容，然后制革，权其上旅与其下旅而重若一"，郑众注曰："上旅谓要以上，下旅谓要以下。"《释名•释兵》曰："凡甲聚众札为之谓之旅，上旅为衣，下旅为裳。"是其证。《天问》曰："浇（本作汤，从牟廷相改）谋作旅，何以厚之。"问浇作甲事也。浇身被坚甲，故相传即以浇为作甲之人（《吕氏春秋•勿躬》篇"大桡作甲子"，疑大桡即浇，作甲子为作甲之传讹，详《天问》）。此亦强圉即坚甲之一证。

不忍，不能自制止也（张凤翼、戴震说）。

有忘，志其身之危也（王夫之说）。

《天问》曰："惟浇在户，何求于嫂？何少康逐犬而颠陨厥首？"王注曰："浇无义，淫佚其嫂，往至其户，佯有所求，因与行淫乱。夏后少康，因田猎放犬逐兽，遂袭杀浇而断其头。"案纵欲不忍，康娱自忘，谓浇淫于嫂，厥首颠陨，谓见杀于少康也。又案《尚书•皋陶谟》曰："无若丹朱傲，惟慢游是好，傲虐是作，罔昼夜頟頟，罔水行舟，朋淫于家，用殄厥世。"浇傲音同，浇与丹朱傲实一人之分化。此所言丹朱傲事与浇事皆合，朋淫于家即淫于嫂，并其余各事，亦即此所谓纵欲不忍，康娱自忘也。

40. 夏桀之常违兮，乃遂焉而逢殃。后辛之菹醢兮，殷宗用而不长。

违谓违弃天命。

《墨子•非攻下》篇曰："天命融（降）火于夏之城间西北之隅。"《国语•周语上》曰："昔夏之兴也，融降于崇山；其亡也，回禄信于聆隧。"韦注曰："回禄，火神，再宿为信。聆隧，地名也。"今本《纪年》曰："桀三十年冬聆隧焚。"朱骏声谓遂焉逢殃事指此，是也。

后辛，纣也。

《天问》曰："受赐兹（子）醢，西伯上告，何亲就上帝罚，殷之命以不救？"此谓纣醢伯邑考而赐其羹于文王，文王受而食之，后知是其子，悲愤而告于上帝，帝怒纣无道，殷竟以亡也（详《天问》）。宗谓宗绪也（《天问》："尊食宗绪。"）。用，因也。《离骚》谓殷宗不长，由纣之葅醢，说盖与《天问》同。

41. 汤禹俨而祗敬兮，周论道（异）而莫差。举贤而授能兮，循绳墨而不颇。

俨本一作严。司马相如《封禅文》曰："汤武至尊严而不失肃祗。"袭此文。先汤后禹，世次倒植，殊不可解。然下文"汤禹严而求合兮"，《怀沙》"汤禹久远兮"，并言"汤禹"。又《吕氏春秋·审分》篇"尧舜之臣不独义，汤禹之臣不独忠，没其数也。桀纣之臣不独鄙，幽厉之臣不独辟，失其理也"，亦汤禹倒叙（惟《群书治要》引作禹汤），是古书难详，阙以俟考。

《说文》曰："周，密也。"《考工记》总目"或坐而论道，或作而行之"，注曰："论道谓谋虑治国之政令也。"此以"谋虑"释"论道"二字。《吕氏春秋·下贤》篇曰："谋志论行。"论亦谋也。道与讨通。《广雅·释诂》三："道，治也。"《说文》曰："讨，治也。"谋治义近。论道即论讨。或倒言之曰讨论。《论语·宪问》篇曰："世叔讨论之"是也。《管子·七法》篇曰："君（本作居）身论道循（本作行）理，则群臣服教，百吏严断，莫敢开私焉。"《吕氏春秋•尊师》篇曰："说义必称师以论道，听从必尽力以光明。"《汉书•游侠•陈遵传》曰："时时好事者从之质疑问事，论道经书而已。"《后汉书•逸民•严光传》曰："帝……复引光入，论道旧故，相对累日。"凡此言论道，并犹讨论也。"周论道而莫差"，言周密讨论其政令，而莫有差失也。

授能古之恒语。《庄子•庚桑楚》篇曰："且夫尊贤授能，善义与利，自尧舜以然。"《荀子•成相》篇曰："尧授能，舜遇时，尚贤推德天下治。"《吕氏春秋•赞能》篇曰："舜没皋陶而舜受之。"注曰："受，用也。"受授古同字，授能犹用能也（《左传•闵元年》"授方任能"，《管子•幼官》篇"尊贤授德则帝"，授亦皆训用）。王注曰"举贤用能"，正训授为用。

王注曰："颇，倾也。"案言汤禹既举用贤能，则政事一遵法度，而无有倾失也。

42. 皇天无私阿兮，览民德焉错（措）辅。夫维圣哲以茂行兮，苟得用此下土。

民犹人也（刘梦鹏说）。《易•序卦》传干宝注曰："错，施也。"辅，佑助也（林云铭说）。《左传•僖五年》引《周书》曰："皇天无亲，惟德是辅。"（张凤翼说）

圣，睿也。哲，明也。以犹且也。《尔雅•释诂》曰："茂，勉也。"《小尔雅•广诂》曰："勉，力也。"是茂行犹力行。

用犹享用，谓宰制而服役之也（王夫之说）。《晏子春秋•内篇杂下》曰："自吾先君定公至今用世多矣。"《荀子•王霸》篇曰："用国者，得百姓之力者富。"张衡《西京赋》曰："乃为全策，锡用此土而蹑（践）诸鹑首。"并与此用字义同。下土与皇天对举。言苟有得享用此下土者，其人必天姿叡明，又能力行者乎？（此倒句法，王邦采说）

43. 瞻前而顾后兮，相观民之计极。夫孰非义而可用兮，孰非善而可服。

前后犹古今也（钱杲之说）。

相观，重言之也，下文亦曰："览相观于四极。"（洪兴祖说）民本一作人。之犹而也。计，考校也。《周髀算经》下注曰："极，终也。"《管子·版法》篇曰："举所美必观其所终，废所恶必计其所穷。"《礼记·缁衣》篇曰："故言必虑其所终，而行必稽其所敝。"（《淮南子·原道》篇注："敝，尽也。"）曰终、曰穷、曰敝、曰极，并犹今言结局也。此言观察人事而考校其结局（刘梦鹏曰："上下古今，观其兴亡，而为之计其终极……"此解最确。刘氏盖揣摩语势，不觉于暗中得之，未必知"之"本可训而也）。

张铣曰："服，用也。"案即上"用此下土"之用，言孰有非义非善而能服用此下土者哉？重华之言止此。

44. 阽余身而危死兮，览余初其犹未悔。不量凿而正枘兮，固前修以菹醢。

《汉书·文帝纪》"或阽于死亡"，注曰："近边欲坠之意。"《文选•思玄赋》"陟焦原而跟趾",注曰:"陟,临也,安临危曰陟。"而犹于也(《礼记•学记》"相观而善谓之摩",《说苑•建本》篇作于。《月令》"专而农民,《周书•月令》篇作于。《文选•答宾戏》"伯夷抗行于首阳,柳惠降志而辱仕",《汉书•叙传》而作于。《尚书大传》四"七十者杖于朝,见君揖杖,八十者杖于朝,见君揖杖,……九十者杖而朝,见君建杖",而与于为互文。《韩诗外传》九"一诎一伸,展而云间",谓登于云间也。《汉书•叙传》下"封禅郊祀,登秩而神",谓登秩于神也。并裴学海说)。"陟余身而危死"犹《汉书》言"陟于死亡"也。王注曰:"陟,近也,言己尽忠,近於危殆。"正释而为于。初谓初志,未悔,终无所悔也(闵齐华说)。

《吕氏春秋•顺民》篇注曰:"正,治也。"(《淮南子•人间》篇曰:"故圣人量凿而正枘。")《九辩》曰:"圜凿而方枘兮,吾固知其鉏铻而难入。"前修如比干、梅伯之辈。

45. 曾歔欷余郁邑兮,哀朕时之不当。揽茹(帤)蕙以掩涕兮,霑余襟之浪浪。

曾本一作增,同。增,累也。
当,遇也。《涉江》曰:"时不可当兮。"
茹读为帤。《说文》曰:"帤,巾帤也。"以蕙为帤谓之茹(帤)蕙,犹上文以茝为纕谓之揽(纕)茝。掩之言淹也,《九叹•离世》注曰:"淹,渍也。"以物渍涕使干,谓之掩涕。曹植《九愁赋》曰:"纾予袂而收涕兮。"掩涕犹收涕也。《九叹•逢纷》曰:"裳襜襜而含风兮,衣纳纳而掩露。"掩与含为对文。含收义近，衣为露所淹渍，故纳纳然湿也（《说文》："纳，丝湿纳纳也。"）。

襟，交领也。

46. 跪敷衽以陈辞兮，耿吾既得此中正。驷玉虬以乘鹥兮，溘埃（疑当作竢）风余上征。

衽，衣裳旁幅交裂者，跪则敷布于左右。王注曰："陈词于重华，道羿浇以下也，故下句云'发轫于苍梧'也。"

耿，昭著也。一说借为幸（幸匣母，耿见母，又同真部，音最近）。《易·讼·彖传》曰："利见大人，尚中正也。"此指重华。

驾四曰驷。驷与乘对文。玉虬，白龙也。王注曰："《山海经》云，鹥身有五采而文如凤，凤类也。以为车饰。"案以鹥羽为车蔽之饰也。《卫风·硕人》篇"翟茀以朝"，《传》曰："翟，翟车也，夫人以翟羽饰车。茀，蔽也。"此谓女子之车（《周礼》巾车王后五路，有重翟、厌翟、翟车）。《齐风·载驱》篇"簟茀朱鞹"，《传》曰："车之蔽曰茀。诸侯之路车有朱革之质而羽饰。"是男子之车亦有羽饰。蔽谓车两旁之藩。以犹而也，王逸《离骚后叙》《海内经》郭注引并作而。

溘，依也。《淮南子·地形》篇曰："正土之气御乎埃天。"《御览》三五引注曰："正土，中土也，其气上曰埃。"又曰："黄泉之埃上为黄云"，"青泉之埃上为青云"，"赤泉之埃上为赤云"，"白泉之埃上为白云"，"玄泉之埃上为玄云。"是埃即云气也。风起则云兴，故曰埃风。一说埃为竢之讹（王夫之说），则溘为副词，训疾貌。

— 293 —

（以上一段言陈词重华，果得中正，遂决然乘风上征，离世远举。）

47. 朝发轫于苍梧兮，夕余至乎县圃；欲少留此灵琐（薮）兮，日忽忽其将暮。

王注曰："轫，楷轮木也。"案轫所以止车，将行则发之。《淮南子·兵略》篇曰"车不发轫"是也。《礼记·檀弓》篇曰："舜葬于苍梧之野。"《山海经·海内南经》曰："苍梧之山，帝舜葬于阳。"苍梧，舜之所在，陈词于重华，故发轫于苍梧。

琐本一作璅。疑当作薮。《周礼·职方氏》"雍州其泽薮曰弦蒲"，《说文》薮篆下亦曰"雕州弦圃"。弦蒲弦圃即玄圃，亦即县圃。县圃为古九薮之一，以其为神灵之所在，故曰灵薮。《十洲记·昆仑洲记》曰："其王母所道诸灵薮，禹所不履，唯书中夏之名山耳。"此古称昆仑诸山为灵薮之证，言昆仑斯县圃在其中矣。

48. 吾令羲和弭节兮，望崦嵫而勿迫。路曼曼其修远兮，吾将上下而求索。

弭，弛也。节谓车行之节度。节度弛缓则行徐。《子虚赋》曰"弭节徘徊，又曰"弥节容与兮"，弭弥同，徘徊，容与皆徐行之意。《潜夫论·爱日》篇曰："所谓治国之日舒以长者，非谒羲和而令安行也。"令羲和安行即令羲和弭节矣。

崦嵫，山名，日之所入。《淮南子·天文》篇曰："日〔入崦嵫〕。"（从《初学记》一及本篇洪注引补）疾赴曰迫。

— 294 —

上下求索谓求女,下文曰"求宓妃之所在""求违弃而改求",又曰"和调度以自误兮,聊浮游而求女,及余饰之方壮兮,周流观乎上下",并可证。上求求帝女,下求求宓妃、有娀、二姚辈,说并详后。

自"朝发轫于苍梧兮"以下至乱词前,凡五段,皆游仙之词,而游仙之中心活动则为求女。注家于此咸求之过深,故遂滋异说。今案《淮南子·俶真》篇曰:"若夫真人……驰于外方,休乎内宇……烛十月,使风雨,臣雷公,役夸父,妾宓妃,妻织女。"曰"妾宓妃,妻织女",则古神仙家固不讳言纵欲。此类思想之表现于文学者,如六朝以来小说家言所记神仙宴昵之事,其例甚繁,兹不备举,惟取汉晋人诗赋中语十余事以当举隅。《惜誓》曰:"载玉女于后车。"王注:"载玉女于后车,侍栖宿也。"《大人赋》曰:"排阊阖而入帝宫兮,载玉女而与之归。"桓谭《仙赋》曰:"玉女在旁。"黄香《九宫赋》曰:"使织女骖乘。"张衡《思玄赋》曰:"载太华之玉女兮,召洛浦之宓妃。"王逸《九思·守志》曰:"与织女兮合婚。"曹植《远游诗》诗曰:"仙人翔其隅,玉女戏其阿。"陆机《列仙赋》曰:"尔其嘉会之仇,息宴游栖,则昌容弄玉,洛宓江妃。"《东武吟行》曰:"饥从韩众食,寒就佚女栖。"张华《游仙诗》曰:"云蛾荐琼石,神妃侍衣裳。"郭璞《游仙诗》曰:"阊阖西南来,潜波涣鳞起,灵妃顾我笑,粲然启玉齿,寒修时不存,要之将谁使?"《乐府古辞·八公操》曰:"驰乘风云使玉女兮。"凡此并与《离骚》所言求女事密合,于以知《离骚》确为后世游仙诗不祧之祖。说者必谓求女为寓言,此以解后世作品则可,以解《离骚》则拘墟之见也。

49. 饮余马于咸池兮，总余辔乎扶桑。折若木以拂（曊）日兮，聊逍遥以相羊。

《九歌·东君》王注曰："咸池，星名，盖天池也。"
《说文》曰："总，聚束也。"四马八辔，故曰总之。"
《大荒北经》曰："洵（本作洞）野之山，上有赤树，青叶赤华，名曰若木，生昆仑，〔附西极〕，〔其华光赤〕，〔照下地〕（从郝懿行校补）。"《天问》曰："羲和之未扬，若华何光？"是若华本自无光，但能反射日耳（详《天问》）。《招魂》曰："晋制犀比，费白日些。"费与曊同，反射日光曰曊（详下）。犀比，带钩，以黄金为之，故能照日而反射其光。拂读为曊，若木亦能反射日光，故行抵西极，属时昏暮，则攀折若木使反射日光以自照也。《淮南子·地形》篇曰："扶木在阳州，日之所曊。"《天文》篇曰："日……拂于扶桑，是谓晨明。"字作拂。高注曰："曊犹照也。"案有光照于无光曰曊，《淮南子》"日之所曊""拂于扶桑"是也。无光者受照而反折其光亦曰曊，《招魂》"费白日"，《离骚》"拂日"是也（《悲回风》"折若木以蔽光兮"，蔽亦读为反照之曊）。

50. 前望舒使先驱兮，后飞廉使奔属。鸾皇为余先戒兮，雷师告余以未具。

望舒，月御。
飞廉，风师。属，续也。"奔属"即"属奔"，倒文以取韵。"先驱""属奔"对文。

鸾皇一鸟，即下文凤鸟。戒，告也。先戒犹先容也。鸾皇先戒者，将求帝女，令凤为媒也（以凤为媒，用高辛求简狄事，详下"凤皇即受贻兮"）。雷师主为天帝施号令者。鸾皇先戒，而雷师告言未具，意欲阻己之往也。

51. 吾令凤鸟飞腾兮，继之以日夜。飘风屯其相离兮，帅云霓而来御（禦）。

屯，聚也。离读为丽，附著也（王夫之说）。

御读为禦，抗拒也（马其昶说）。雷师告言未具，风云聚而来禦，并下文帝阍倚关不开，皆所以阻己求女者。

52. 纷总总其离合兮，斑陆离其上下。吾令帝阍开关兮，倚阊阖而望予。

《周书·大聚》篇"殷政总总若风草"，注曰："总总，乱也。"字一作纵，《汉书·礼乐志·郊祀歌》十九"骑沓沓，般纵纵"，孟康注曰："纵音总。"

《广雅·释训》曰："陆离，参差也。"离合上下，回穴错连，言风云御己之状。

阊阖，天门也。叩阊阖，意欲入求帝女。《大人赋》曰："排阊阖而入帝宫兮，载玉女而与之归。"即袭此文，惟彼求玉女而得之，此则求而未得为异耳。

53. 时暧暧而将罢兮,结幽兰而延伫。世混浊而不分兮,好蔽美而嫉妒。

罢,极也,尽也。

古俗男女以芳草相赠,皆所以表慕恋之情。《九歌·湘君》曰:"采薜荔兮水中,搴芙蓉兮木末,心不同兮媒劳,恩不甚兮轻绝。"(《思美人》"令薜荔以为理兮,惮举趾而缘木,因芙蓉以为媒兮,惮褰裳而濡足",袭《九歌》文而反其意)《湘夫人》曰:"沅有茝兮醴有兰,思公子兮未敢言。"《山鬼》曰:"折芳馨兮遗所思。"《悲回风》曰:"惟佳人之独怀兮,折若椒以自处。"此远道相招,赠芳以寄意也。《诗经·溱洧》曰:"维士与女,伊其将谑,赠之以勺药。"《东门之枌》曰:"视尔如荍,贻我握椒。"(陈琳《神女赋》"握申椒以贻予,请同宴乎奥房",义与此同)《湘君》曰:"捐余玦兮江中,遗余佩兮醴浦,采芳洲兮杜若,将以遗兮下女,时不可兮再得,聊逍遥兮容与。"(《湘夫人》文略同)此既见求欢,赠芳以定情也(《左传·宣三年》郑文公见燕姞,"与之兰而御之",亦此类)。《大司命》曰:"折疏麻兮瑶华,将以遗兮离居。"此会后将别,赠芳以存念也。《大司命》曰:"结桂枝兮延伫,羌愈思兮愁人,愁人兮奈何,愿若今兮无亏。"此别后相思,复贮芳以待赠也。本篇"结幽兰而延伫",乃未见之前,贮芳待赠之词。结幽兰者,兰谓兰佩,结谓结言。篇中屡曰"兰佩"("纫秋兰以为佩","谓幽兰其不可佩"),又曰"解佩纕以结言兮",盖解己身所佩之兰,结束为记,贻之其人,以代誓言,意谓己所欲言,皆寓结中,故又谓之"结言"(《思美人》曰:"思美人兮,擥涕而伫眙,媒绝路阻

— 298 —

兮，言不可结而诒。"谓言多不胜结，非真不可结，《惜诵》曰："固烦言不可结诒兮。"义同）。然则所谓"结幽兰"者，实以兰结言也。下文曰："溘吾游此春宫兮，折琼枝以继佩，及荣华之未落兮，相下女之可诒。"荣华即琼枝之华，此琼枝继佩而诒之下女，亦即结言之谓，故下文又曰："解佩纕以结言兮。"夫琼佩结言，所以求下女，则兰佩结言亦所以求女可知。且"结幽兰而延伫"与《大司命》"桂枝兮延伫"语意全同，彼为男女相慕之词，则此说宜然，抑又决矣。至"世溷浊而不分兮，好蔽美而嫉妒"二句，则又与下文酷似，彼为求有虞二姚不得而发，此亦当为求女不得而发也。总上各证，上文叩阊阖之意在求帝女，固已昭然若揭。说者乃必指其所求者为天帝，何不思之甚欤？

54. 朝吾将济于白水兮，登阆风而绁马。忽反顾以流涕兮，哀高丘之无女。

白水、阆风皆昆仑墟中山水名。据《淮南子·地形》篇，昆仑三层，下曰凉风之山，中曰悬圃之山，上曰太帝之居。凉风即阆风（《穆天子传》注引《淮南子》作阆风），太帝之居即帝宫（高注"太帝"，"天帝"）。王注曰："或云高丘，阆风山上也。"案阆风之上即帝宫，是高丘即帝宫所在，以其为昆仑最上层，故谓高丘也（刘梦鹏曰："高丘即《淮南子》所称最上一重墟太帝之居。"）。知高丘为帝宫所在，则此所谓女自非帝女莫属。夕叩阊阖（帝宫之门），求帝女而见拒，朝将济白水而他去，意复不能自已，于是绁马阆风，徘徊瞻顾，翘首高丘，但见宫阙嵯峨而不见彼美，不禁怆然而泣下焉。

王注又曰："楚有高丘之山。……旧说高丘，楚地名也。"（高丘一见于《七谏·哀命》，三见于《九叹·逢纷》《惜贤》《思古》，王所谓旧说，盖指东方朔、刘向）《高唐赋》曰："妾在巫山之阳，高丘之阻。"唐写本《文选》引陆善经说本篇高丘即《高唐赋》之高丘（林仲懿、夏大霖说并同）。而五臣吕向注复云"女，神女"（张诗说同），盖即指赋中神女名朝云者，此其意与陆氏密合，而皆从旧说以高丘为楚地名者也。案古所谓昆仑，初无定处，诸民族各以其境内大山为昆仑，则楚人之昆仑即巫山，自无不可〔《悲回风》"冯昆仑以瞰雾兮，隐岷山以（与）清江"，此昆仑或即巫山，故冯之下瞰，可以见岷山清江〕。《高唐赋》述神女之言曰："我帝之季女……名曰瑶姬。"昆仑上层为帝宫所在，已知上说，而巫山即楚昆仑，故巫山神女亦曰帝女也。要之王氏一说高丘为阆风上山，一说又以为楚地名，其实一而二，二而一尔。

55. 溘吾游此春宫兮，折琼枝以继佩。及荣华之未落兮，相下女之可诒。

春宫盖亦在昆仑墟中。宫者宛囿之名（《礼记·儒行》"儒有一亩之宫"注："宫谓墙垣也。"）。谓之春者盖以其四时温和，百卉不彫乎？《淮南子·地形》篇曰："昆仑虚……中有增城……上有木禾……珠树玉树璇树在其西。"璇、琼一字。琼枝当即璇树之枝。《类聚》九〇引《庄子》逸文曰："吾闻南方有鸟，其名为凤。所居积石千里。天为生食，其树名琼枝。高〔一〕百〔三十〕仞，〔大三十围〕（从《玉篇》引补七字），以璆琳琅玕为实。"琼树本生昆仑，南方巫山一名昆仑，故相传亦琼枝之树。《庄子》

所称南方琼枝之树，盖即指此（《诗经·著》："尚之以琼华乎而。"《大人赋》："咀嚼芝英兮叽琼华。"）。荣华即琼树之华（林仲懿、戴震说）。"下女"指宓妃、有娀及二姚等。此辈本皆下土之人，对帝女为上天之神女言，故曰下女也（蒋骥曰"对高丘言，故曰下"，亦通）。《九歌·湘君》曰："采芳洲兮杜若，将以遗兮下女。"彼斥湘夫人，与宓妃辈正为同类，故亦曰下女也。

56. 吾令丰隆乘云兮，求宓妃之所在。解佩纕以结言兮，吾令蹇修以为理。

丰隆或云雷师，或云云师。此曰"丰隆乘云"，并《思美人》曰："愿寄言于浮云兮，遇丰隆而不将。"皆以为云师也（然此说实误。"丰隆"本象雷声。《淮南子·天文》篇曰："季春三月，丰隆始出。"《大人赋》曰："贯列缺之倒景兮，涉丰隆之滂濞。"《思玄赋》曰："丰隆其震霆兮。"皆谓雷也。云雷声同，故雷师或误为云师）。宓妃，羿妻，《天问》所谓"妻彼雒嫔"是也（姚鼐说）。先命丰隆乘云以侦察宓妃之所在，下文始命蹇修往而求之。与后求有娀曰"览相观于四极兮，周流乎天余乃下"，方法一律。

佩纕结言，盖即上世结绳之遗。《易·系辞》传曰："上古结绳而治。"九家《易》曰："古者无文字，其有约誓之事，事大大其绳，事小小其绳，结之多少，随物众寡，各执以相考，亦足以相治也。"《左传·哀十二年》曰："盟所以周信也，故心以制之，玉帛以奉之，言以结之，明神以要之。"《公羊传·桓三年》曰："古者不盟，结言而退。"《春秋繁露·王道》篇："追古贵信,结言而已。"《九思·疾世》曰:"秉玉英兮结誓。"或曰结言,或曰结誓,并即九家《易》所谓结绳以考约誓之意。男女相要亦约誓之类,故亦有结言之事。《广雅·释言》曰:"理,媒也。""解佩纕以结言,余蹇以为理",犹《思美人》曰"媒绝路阻兮,言不可结而诒"、《淮南子·泰族》篇曰"待媒而结言"矣。蹇读为謇(《路史·后记》注一引《文选》五臣本作謇)。《方言》十曰:"謇遴,吃也,楚语也。"謇蹇同。令謇修为媒以往求彼美,此其所以事终不谐。此与后文求二姚理弱媒拙,异言不固,事同一例。

57. 纷总总其离合兮,忽纬繣其难迁。夕归次于穷石兮,朝濯发乎洧盘。

王注曰:"纬繣,乖戾也。"案《易林·蒙之无妄》曰:"织锦(本作金,一作帛,从孙诒让改)未成,纬画无名。"《后汉书·马融传》曰:"徽纆霍奕,别骛分驰。"纬繣与纬画、徽纆,并字异而义同。次犹宿也(《左传·庄三年》"凡师一宿为舍,再宿为信,过信为次",舍,信,次,对文异,散文通)。《左传·襄四年》曰:"后羿自鉏迁于穷石。"宓妃羿妻,归次穷石,归于羿也。穷石犹言空石,故可托宿。《尔雅·释水》"钩盘"郭注曰:"水曲如钩,流盘〔不直前〕(从《释文》引补)也。"盘曲义同,洧盘殆即曲洧。《左传·成十七年》曰:"自戏童至于曲洧。"(刘楚鹏曰:"夕归朝濯即下淫游之意。"王萌说同)

58. 保厥美以骄傲兮，日康娱以淫游。虽信美而无礼兮，来违弃而改求。

保，恃也（林仲懿说）。（《汉书·广陵厉王胥传》李奇注）

59. 览相观于四极兮，周流乎天余乃下。望瑶台之偃蹇兮，见有娀之佚女。

览，俯视貌。

王注曰："偃蹇，高貌也。"《七谏·哀命》曰："望高山之偃蹇。"《西京赋》曰："珍台蹇产以极壮。"崔琰《述初赋》曰："列金台之嶻嶭，方玉阙之嵯峨。"曹植《妾薄命》曰："钧台蹇产清虚。"

有娀佚女，简狄也。佚读为逸，奔逃也，佚女即奔女。《吕氏春秋·音初》篇曰："有娀氏有二佚女，为之九成之层，饮食必以鼓。"谓女有淫行，禁居之台上，食时则鸣鼓以为号，使来受食也。《列女传·辩通》篇齐威虞姬传曰："周破胡，恶虞姬尝与北郭先生通，王疑之，乃闭虞姬于九层之台，而使有司穷验问。"虞姬以有淫行而闭诸台上，事与有娀氏同符。《左传·僖十五年》杜注曰："古之宫闭者，皆居之台以抗绝之。"然则佚女台居殆即女子宫刑之滥觞（《高唐赋》曰："我帝之季女，未行而亡，封于巫山之台。"行犹嫁也，亡亦逸也，封亦闭也。本谓未嫁而奔逃，因被闭于巫山之台，传说讹变，乃以亡为死亡，又以被闭为受封耳）。

60. 吾令鸩为媒兮，鸩告余以不好。雄鸠之鸣逝兮，余恶其佻巧。

好犹美也。鸩不愿往，乃妄言有娀不好，意谓其不足求耳。
《礼记·月令》曰："鸣鸠拂其羽。"《淮南子·天文》篇曰："孟夏之月，以（已）孰谷禾，雄鸠长鸣，为帝候岁。"注曰："雄鸠，布谷也。"《易林·明夷之家人》曰："使鸠求妇，顽不我许。""鸣逝"，鸣而逝也。"佻"犹又也。雄鸠轻佻巧佞，所言又不足任（林仲懿说）。《方言》："蒙鸠……自关而东谓之巧雀，自关而西谓之巧女。"传说高辛使凤皇（即玄鸟）为媒以求简狄，此曰鸩曰鸠，皆为凤皇点衬。

61. 心犹豫而狐疑兮，欲自适而不可。凤皇即受诒兮，恐高辛之先我。

《天问》曰："简狄在台誉何宜（仪）？玄鸟致诒女何嘉？"《思美人》曰："高辛之灵盛兮，遭玄鸟而致诒。"彼言玄鸟致诒而此言凤皇受诒（受高辛之诒以致之简狄），是凤皇即玄鸟也。高辛求简狄，以凤皇为媒，即简狄吞玄鸟卵事之演变。《月令》疏引郑《志》焦乔答王权曰："娀简狄吞凤（毛监本同，段玉裁校改乙，非是）子之后，后王〔以〕（从段校增）为禖宫嘉祥，祀之以配帝，谓之高禖。"玄鸟即凤皇，故郑称玄鸟卵为凤子（《搜神记》二曰："戚夫人侍儿贾佩兰……说十月十五日共入灵女庙，以豚黍乐神，吹笛击筑，歌上灵之曲，既而相与连臂踏地为节，歌赤凤皇来，乃巫俗也。"——《西京杂记》上略同——此即祀高禖之遗俗，而歌曰赤凤皇来，高禖之祀出于简狄吞玄鸟卵事，则玄鸟即凤皇也）。《左传•昭十七年》郯子曰："我高祖少皞挚之立也，凤鸟适至，故纪于鸟为鸟师而鸟名。"少皞即高辛，凤鸟至亦玄鸟致诒之分化，此亦玄鸟即凤皇之一证。己以鸩鸠为禖，高辛以凤皇为媒，势已不敌，故求有娀亦终归于失败。

62. 欲远集而无所止兮，聊浮游以逍遥。及少康之未家兮，留有虞之二姚。

《左传•哀元年》曰："（少康）逃奔有虞，为之庖正……虞思于是妻之以二姚，而邑诸纶。"未家犹未娶也。《易•蒙•九二》曰："纳妇吉，子克家。"《周书•谥法》篇曰："未家短折曰殇。"《淮南子•齐俗》篇曰："待西施络幕（本作毛嫱，从王念孙、陶方琦校改）而为配，则终身不家矣。"家并当训娶。

63. 理弱而媒拙兮，恐导言之不固。世溷浊而嫉贤兮，好蔽美而称恶。

理亦媒也。《诗经•野有死麕》"有女怀春，吉士诱之"，《传》曰："诱，道也。"《笺》曰："吉士使媒人道成之。"谓劝导之使成于事也。道导同。《庄子•渔父》篇曰："希意道言谓之谄。"《礼记•少仪》"颂而无谄"《疏》曰："谄谓横求见容。"（《说文》谄重文作䚯）横求见容即导言之确诂，故曰"恐导言之不固"也。求宓妃则謇修不良于言，求有娀则鸩鸠谗佞难使，求二姚又理弱媒拙，三求女而三无成，总坐无良媒故尔。

64. 闺中既以邃远兮，哲王又不寤。怀朕情而不发兮，余焉能忍与此终古？

宫中之门曰闺（《尔雅·释宫》："宫中之门谓义闱，其小者谓之闺。"）。《九思·逢尤》曰："念灵闺兮隩重深，愿竭节兮隔无由。"灵闺亦谓宫中也。终古犹永久也。《九歌·礼魂》曰："长无绝兮终古。"《哀郢》曰："去终古之所居兮。"《庄子·大宗师》篇曰："维斗得之，终古不忒，日月得之，终古不息。"《吕氏春秋·乐成》篇曰："终古斥卤，生之稻粱。"《考工记·总目》曰："则于马终古登陁也。"义并同。

65. 索藑茅以筳篿兮，命灵氛为余占之。曰"两美其必合兮，孰信修而莫念之"？

《说文》曰："藑茅，葍也，一名舜。"又曰："舜（䑞），草也，楚谓之葍，秦谓之藑。"字一作旋（《说文》琼重文作璇）。《本草》"旋花主面皯黑色媚好"蜀本注曰："旋，葍花也。"《别录》曰："一名美草。"又变为荀（《诗经·击鼓》"吁嗟洵兮"，《韩诗》洵作夐，《庄子·德充符》篇"少焉眴若"《释文》"眴本又作瞬"）。《中山经》曰："荀草……服之美人色。"案《郑风·有女同车》曰："颜如舜华。"古人以藑花喻美色，故相传或云"服之美人色"，或云"主面皯黑色媚好"，因遂名之曰"美草"。据下文"两美其必合"，"孰求美而释女"，则"索藑茅以筳篿"，所以卜问求美之事。意者亦以藑茅为美草，故卜求美而用藑茅乎？筳篿，动词，字本作挺搏。挺搏双声

— 306 —

连语,犹搏也。搏与揣同(《史记·贾生传》"何足控抟",《索隐》本抟作揣),数也。字一作谞,《说文》曰:"谞,数也。"又作端,《卜居》曰:"詹尹乃端策拂龟。"《淮南子·说山》篇曰"筮者端策",端策犹《韩非子·饰邪》篇"凿龟数筴"及《战国策·秦策》一"襄王错龟数策占兆"之数筴,《思玄赋》曰"文君为我端蓍兮",端蓍亦犹《类聚》二引《六韬》"数蓍蓍不交而如折"之数蓍也。《史记·龟策列传》曰:"挺策定数。"挺抟犹定数耳。《大荒西经》曰:"大荒之中有灵山,巫咸、巫即、巫盼、巫彭、巫姑、巫真、巫礼、巫抵、巫谢、巫罗十巫,从此升降,百药爰生。"氛盼声近,疑灵氛即巫盼(《九歌·云中君》注曰:"楚人名巫为灵。")。

《方言》一曰:"念,常思也。"《释名·释言语》曰:"念,黏也,意相亲爱,心黏著不能忘也。"《吕氏春秋·节丧》篇高注曰:"爱,心不能忘也。"是念犹爱也。

66. "思九州之博大兮,岂唯是其有女?"——曰"勉远逝而无狐疑兮,孰求美而释女(汝)"?

此再出"曰"字,仍灵氛之词,古书不乏此例。(一)《论语·宪问》篇曰:"子曰:'臧仲子之知,公绰之不欲,卞庄子之勇,冉求之艺,文之以礼乐,亦可以成人矣。'——曰:'今之成人者何必然?'"(二)《微子》篇曰:"孔子曰:'若季氏则吾不能,以季孟之间待之。'——曰:'吾老矣,不能用也。'"(三)《左传·哀十六年》曰:"乞曰:'不可得也。'——曰:'市南有熊宜僚者,若得之,可以当五百人矣。'"(四)《礼记·檀弓》曰:"公瞿然失席曰:'是寡人之罪也。'——曰:'寡人尝学断斯狱矣。'"(五)《庄子·则阳》篇曰:"柏矩……号天而哭之曰:'子乎!子乎!天下有大菑,子独先离之。'——曰:'莫为盗,莫为杀人……'"(六)《庚桑楚》篇曰:"庚桑子曰:'辞尽矣。'——曰:'奔蜂不能化藿蠋,越鸡不能伏鹄卵,鲁鸡固能矣。……'"(七)《吕氏春秋·先识》篇曰:"对曰:'其尚终君之身乎!'曰:'臣闻之,国之兴也,天遗之贤人与极言之士。'"(《说苑·权谋》篇无下曰字,盖妄删之)凡此皆一人之辞,非自问自答,而中间又再用曰字也。《惜诵》曰:"吾使厉神占之兮,曰:'有志极而无旁,终危独以离异兮。'——曰:'君可思而不可恃,故众口其铄金兮,初若是而逢殆。'"亦与此同例(林云铭曰:"更端而言,令其去楚。且有人来求汝者,不待汝往求也。")。

67. "何所独无芳草兮,尔何怀乎故宇?"世幽昧以眩曜兮,孰云察余之善恶?

王注曰:"眩曜,惑乱貌。"《淮南子·氾论》篇曰:"夫物之相类者,世主之所乱惑也,嫌疑肖象者,众人之所眩燿。"《潜夫论·潜叹》篇曰:"及欢爱苟媚佞说巧辩之惑君也,犹炫耀君目,变夺君心。"

68. 民好恶其不同兮，唯此党人其独异？户服艾以盈要兮，谓幽兰其不可佩。

服亦佩也。要腰同（《类聚》八二、《事类赋注》二四、《纬略》一二引并作腰）。

69. 苏粪壤以充帏兮，谓申椒其不芳。览察草木其犹未得兮，岂珵美之能当？

王注曰："苏，取也。帏谓之縢，香囊也。"下文"又欲充夫佩帏"注："帏，盛香之囊。"

《左传·桓二年》杜注曰："瑧，玉笏也。"《淮南子·齐俗》篇"无皮弁搢笏之眼"高注曰："笏，佩玉。"珵与瑧同（王注引相玉书"珵大六寸"，敦煌旧抄《楚辞音》引作瑧）。美笏声近，疑美即笏之假，或误字。珵笏，佩玉也。上文曰"折琼枝以继佩兮"，下文曰"何琼佩之偃蹇兮"，珵笏盖即所谓琼佩也。当，遇也。

70. 欲从灵氛之吉占兮，心犹豫而狐疑。巫咸将夕降兮，怀椒糈而要之。

巫咸见上引《大荒西经》。又《御览》七九引《归藏》曰："昔黄帝与炎神争斗涿鹿之野，将战，筮于巫咸。"此亦要巫咸而筮之也。

71. 百神翳其备降兮,九疑缤其并迎。皇剡剡其扬灵兮,告余以吉故。

《山海经》每言神出入有光:《中山经》曰:"神鼍围……恒游于雎漳之渊,出入有光。"又曰:"神耕父……常游清泠之渊,出入有光。"又曰:"神于儿……常游于江渊,出入有光。"(又言神山有光:《南山经》曰:"处于海,东望丘山,其光戴出戴入。"《西山经》曰:"南望昆仑,其光熊熊,其气魂魂。"《九歌·云中君》曰:"灵连蜷兮既留,烂昭昭兮未央,蹇将憺兮寿宫,与日月兮齐光。"亦谓神灵有光。《汉书·郊祀志》亦以有光为神至之象,如曰"是夜有美光""其夜若有光""神光兴于殿旁""神光又兴房中,如烛光""陈宝祠汉世世常来,光色赤黄,长四五丈。")神光或谓之灵。《海内北经》"二女之灵,能照此所方百里",注曰:"言二女神光所烛及者方百里。"《九歌·湘君》曰:"横大江兮扬灵。"汉《郊祀歌》十五拟之曰:"扬金光,横泰河。"十九曰:"灵殷殷,烂扬光。"此"扬灵"亦谓扬光。朱子曰:"扬灵者,扬其光灵。"巫咸,神巫(《秦诅楚文》曰"不显大神巫咸"),故其至亦有光也。皇读为煌(张诗说)。王注曰:"剡剡,光貌。""煌剡剡"与上"纷总总"语例同(游国恩说)。故与诂通,《汉书·扬雄传》注曰:"诂谓指义也。"(《大戴礼记·五帝德》篇"以顺天地之纪,幽明之故",《史记·五帝本纪》故作占)

72. 曰"勉升降以上下兮，求榘矱之所同。汤禹严而求合兮，挚咎繇而能调。

榘矱犹法度也（《管子•宙合》篇"成功之术，必有巨获"，《淮南子•氾论》篇"有本主于中，而以知榘矱之所周也"）。

《春秋繁露•基义》篇曰："臣者君之合。"《楚庄王》篇曰："百物皆有合，合之偶之，仇之匹之，善矣。"是合犹匹偶也。《诗经•大雅•假乐》曰："率由群匹。"犹群臣也（《笺》曰："循用群臣之贤者，其行能匹耦己之心。"）。《国语•晋语》三"若狄公子，吾是之依兮，镇抚国家，为王妃兮"，韦注曰："言重耳当伯诸侯，为王妃偶。"《左传•昭三十二年》曰："故天有三辰，地有五行，体有左右，各有妃耦，王有公，诸侯有卿，皆有贰也。"《汉书•扬雄传》曰："搜逑索偶，皋伊之徒。"《董仲舒•赞》曰："伊吕乃圣人之耦。"或曰匹，或曰妃，或曰偶，或曰逑（仇），并犹此言合也。挚，伊尹名。《庄子•知北游》篇"调而应之，德也；偶而应之，道也。"郭注曰："调偶，和合之谓也。"

73. 苟中情其好修兮，又何必用夫行媒？说操筑于傅岩兮，武丁用而不疑。

《墨子•尚贤中》篇曰："傅说被褐带索，庸筑乎傅岩，武丁得之，举以为三公。"

74. 吕望之鼓刀兮，遭周文而得举。宁戚之讴歌兮，齐桓闻以该辅。

《战国策·秦策》五曰："太公望……朝歌之废屠。"《天问》曰："师望在肆，昌何识？鼓刀扬声，后何喜？"刀谓鸾刀。鸾刀，屠刀也（详《天问》）。

《吕氏春秋·举难》篇曰："宁戚欲干齐桓公，穷困，无以自进。于是为商旅，将任车以至齐，暮宿于郭门之外。桓公郊迎客，夜开门，辟任车，爞火甚盛，从者甚众。宁戚饭牛居车下，望桓公而悲，击牛角疾歌。桓公闻之，抚其仆之手，曰：'之歌者非常人也。'命后车载之。"《晏子春秋·问下》篇曰："君（桓公）过于康庄，闻宁戚歌，止车而听之，则贤人之风也，举以为大田。"王注曰："该，备也。"

75. 及年岁之未晏兮，时亦其犹未央。恐鹈鴂之先鸣兮，使夫百草为之不芳。"

王注曰："晏，晚。央，尽也。"百草，众芳兰芷之属。兰芷经霜则不芳，说已详上。鹈鴂即子规，一名杜鹃，常以春秋分鸣（鹈鴂之鸣，说者或云在春，或云在秋。今案百物多以春秋为配偶期，故其鸣也亦常在春秋二季。《事类赋注》二四引王注："鹈鴂一名买鹕，常以春秋分鸣也。"视今本多一秋字，于义为长。《广韵》曰："鵙鴂关西而曰巧妇，关东曰鸧鴂，春分鸣则众芳生，秋分鸣则众芳歇。"说最明晰）。此专指秋言，先鸣，谓先秋分而鸣也。当秋鹈鴂先鸣为寒气早至之象，寒气早至则百草亦早被霜而芳歇，故曰鹈鴂先鸣，使百草为之不芳也（朱子曰："巫咸之言止此。"）。梅曾亮曰："灵氛劝其去，巫咸则欲其留而求合。'升降'二句是求合大恉。"

76. 何琼佩之偃蹇兮，众薆然而蔽之？惟此党人之不谅兮，恐嫉妒而折之。

上二句反诘巫咸之词，何犹奈何也。偃蹇，夭矫也（《广雅·释训》）。《九歌·东皇太一》曰："灵偃蹇兮姣服。"

77. 时缤纷其变易兮，又何可以淹留？兰芷变而不芳兮，荃蕙化而为茅。

78. 何昔日之芳草兮，今直为此萧艾也？岂其有他故兮，莫好修之害也。

茅盖即菁茅。《谷梁传·僖四年》"菁茅之贡不至"，范注曰："菁茅，香草，所以缩酒，楚之职贡。"茅与萧艾亦皆香草，特其品质视兰芷荃蕙等为下耳（《周礼·郁人》疏引王度记曰："天子以鬯，诸侯以薰，大夫以兰芝（芷），士以萧，庶人以艾。"《淮南子》："膏夏紫芝与萧艾俱死。"）。直，但也。

79. 余以兰为可恃兮，羌无实而容长。委厥美以从俗兮，苟得列乎众芳。

有兰之名，无兰之实，即上"兰芷变而不芳"之意。容长，枝叶长大也。委，弃也。

80. 椒专佞以慢慆兮，樧又欲充夫佩帏。既干进以务入兮，又何芳之能祗？

樧，椒类，皆香物。

王注曰："干，求也。"务，趣也（《说文》）。"干进"与"务入"对文（《吕氏春秋·季秋》篇曰："命百官贵贱无不务入，以会天地之藏，无有宣出。"）。

王引之曰："祗之言振也，言干进务入之人委蛇从俗，必不能自振其芬芳也。上文云'兰芷变而不芳'，意与此同。《逸周书·大政》篇'祗民之死'，谓振民之死也。祗与振声近而义同，故字或相通。《尚书·皋陶谟》'曰严祗敬六德'，《史记·夏本纪》祗作振；《柴誓》'祗复之'，《鲁世家》祗作敬，徐广曰一作振；《礼记·内则》'祗见孺子'，郑注曰'祗或作振'。"案王说是也。振，扬也（《孟子·万章下》篇注）。此承上椒樧为言，而尤侧重于樧之充帏，谓樧在帏中，芬芳不得播扬于外也。

81. 固时俗之从流兮，又孰能无变化？览椒兰其若兹兮，又况揭车与江离？

从流犹顺流也。《诗经·魏风·伐檀》释文引《韩诗薛君章句》"顺流而风曰沦"，《文选·雪赋》注引作从流，《晏子春秋·谏》下篇"顺流九里"，《类聚》八六、《御览》九三二并引作从流。

82. 惟兹佩之可贵兮，委厥美而历兹。芳菲菲其难亏兮，芬至今犹未沫。

沫犹灭也。

83. 和调度以自娱兮，聊浮游而求女，及余饰之方壮兮，周流观乎上下。

《韩非子·扬权》篇"上下和调"，《吕氏春秋·必己》篇"和与不知皆不足恃，其惟和调近之"。度犹节也，谓行步之节度。此承上文"兹佩"言己身服琼佩，行而应节也。《礼记·玉藻》曰："古之君子必佩玉，右徵角，左宫商，趋以采齐，行以肆夏，周还中规，折还中矩，进则揖之，退则扬之，然后玉锵鸣也。"即和调度之谓矣（陈本礼读调去声，谓调指声，即"右徵角，左宫商"之类，度指容，即"周还中规，折还中矩"之类，亦通。惟"调度"连文，古书未见，故不从之）。

84. 灵氛既告余以吉占兮，历吉日乎吾将行。折琼枝以为羞（脩）兮，精琼靡以为粻。

历，择也。游国恩曰："前既设为问卜、求神两段，以决其所以自处。灵氛勉其远逝以求女，巫咸则劝其姑留以待时。去欤留欤？狐疑不决。终以楚俗太变，势难再合，故不听巫咸之言，而决从灵氛之占也。"

羞读为脩。《说文》曰："脩，脯也。"（王注曰"羞，脯也"，正读羞为脩）粻，糗也。脩粻皆干食，行旅之所资。

85. 为余驾飞龙兮，杂瑶象以为车。何离心之可同兮？吾将远逝以自疏。

古图画龙形似马，传说中龙与马亦往往不分二物，故凡言驾龙、乘龙者皆谓马也。

《周礼》巾车五路有玉路、象路，注曰："玉路，以玉饰诸末。""象路，以象饰诸末。"贾《疏》曰："凡车上之材，于末头皆饰之，故云诸末也。"杂瑶象以为车，谓杂用玉与象牙以饰车之诸末也。《惜诵》曰："众骇遽以离心兮。"同，合也。

86. 邅吾道夫昆仑兮，路修远以周流，扬云霓之晻蔼兮，鸣玉鸾之啾啾。

王注曰："邅，转也。"

云霓谓旗，下文"载云旗之委蛇"，可证。王注曰："晻蔼犹蓊郁，荫貌也。"鸾，铃也（《广雅•释器》），在旗竿首，《尔雅•释天》"有铃曰旂"郭注曰"县铃于竿头"是也。金文谓之"䜌旂"。或单曰旂，或单曰䜌（《望毁》《免簠》），盖旂必有䜌，故又呼旂为䜌。然其字经传多从鸟作鸾，疑古初鸾旂之制本作鸟形立于竿首，兼藏铃于中以象鸣声也。《尔雅•释天》"错革鸟曰旟"，《御览》三四〇引旧注曰："刻为革鸟置竿首也。"此或即古鸾旂之遗。夫知此文云霓，玉鸾谓鸾旂，而鸾之制本刻鸟形立于旗上，则下文"凤皇翼其承旂"之凤皇仍指旗上之鸾，抑又可知，鸾与凤皇本一鸟也。

87. 朝发轫于天津兮，夕余至乎西极——凤皇翼其承旂兮，高翱翔之翼翼。

承有二义，由下及上曰承，由上及下亦曰承。本篇"凤皇翼其承旂"及《涉江》"云霏霏而承宇"，两承字皆自上及下之承，义当训覆。《涉江》"云霏霏而承宇"，孙绰《天台山赋》袭之曰："彤云斐亹以翼櫺。"李善注曰："翼犹承也。"案《诗经•大雅•生民》"鸟覆翼之"，翼亦覆也。翼训覆，承亦训覆，故李注曰："翼犹承也。"翼即承覆之状，故《离骚》曰："凤皇翼其承旂。"《韩非子•十过》篇曰："昔者黄帝合鬼神于西泰山之上，驾象车而六蛟龙……腾蛇伏地，凤皇覆上。"凤皇覆上之说实脱胎于鸾旂竿首之鸟形（详上），然则此言"承旂"，正犹彼言"覆上"耳。下"翼翼"与上"翼其"字义别。《文选•赠蔡子笃诗》"翼翼飞鸾"注曰："翼翼，飞貌也。"案两翅舒张貌也。故引申之则人行貌端恭亦曰翼，《论语•乡党》篇"趋进翼如也"，皇

《疏》曰:"翼如谓端正也。"

88. 忽吾行此流沙兮,遵赤水而容与。麾蛟龙使梁津兮,诏西皇使涉予。

行犹经也。《白帖》九《纪年》曰:"周穆王三十七年,伐荆,东至九江,比鼋鼍为梁而渡。"《论衡·吉验》篇曰:"鱼鳖浮为桥,东明得渡。"

西皇,蓐收也。

89. 路修远以多艰兮,腾众车使径待,路不周以左转兮,指西海以为期。

《说文》曰:"腾,传也。"传谓传言(《仪礼·士相见礼》:"妥而后传言。")。《远游》曰"腾吉鸾鸟迎宓妃",谓传告鸾鸟使迎宓妃也。《汉书·郊祀志》曰"腾雨师洒路陂",谓传言于雨师使洒道也。《后汉书·隗嚣传》曰"因数腾书陇蜀",谓传书也。《成皋令任君碑》曰"君未到部,先腾檄告",谓传檄告也。应玚《正情赋》曰"冀腾言以俯首,嗟激迅而难追",谓传言也。蔡邕《吊屈传文》曰"托白水而腾文",谓传文也。魏文帝《济川赋》"腾羽觞以献酬",谓传羽觞也。曹植《洛神赋》曰"腾文鱼以警乘",谓传令文鱼使警乘也。本篇"腾众车使径待",腾亦训传(林仲懿说),谓传令众车使径行先往以待己也。下路字动词,犹由也,循也。山路险难,不利车行,故令众车由不周之门左转先行,至西海之上以待己,己则将徒行以往也。《大荒西经》曰:"西北海之外,大荒之隅,有山而不合,名曰不周。"注曰:"此山形有缺,不周匝,因名之。西北不周风自此出也。"《淮南子·地形》篇曰:"西北方不周之山,曰幽都之门。"又曰:"昆仑之山,北门(案当曰西北门)开以纳不周之风。"盖山有缺处,名曰不周,车行出此左转,亦可以达西海也。《大人赋》曰:"回车朅来兮,绝道不周。"谓由山缺处,贯截山身以过之,义可与此互参。

90. 屯余车其千乘兮,齐玉轪而并驰。驾八龙之婉婉兮,载云旗之委蛇。

《方言》九曰:"关之东西曰辐,南楚曰轪。"《汉书·扬雄传》曰"肆玉钦而下驰",轪钦同。婉《释文》作蜿(《汉书·扬雄传》晋灼注、《后汉书·张衡传》注、《文选·思玄赋》注引并同)。载,载旗于车也。

91. 抑志而弭节兮,神高驰之邈邈。奏九歌而舞韶兮,聊假日以媮乐。

韶字一作磬。《周礼·大司乐》曰"九磬之舞",九磬即九韶。《说文》韶重文作䶉若鼗,籀文作磬,是韶与䶉、磬、䶉、鼗一字。鼗本鼓名。《周礼》小师"掌教鼓鼗",注曰:"鼗如鼓而小,持其柄摇之,旁耳还自击。"鼗有柄可持,故舞师或持之以导舞。《尚书大传》曰"倡之以徵,舞之以鼓鼗,此迎夏之乐也",与"倡之以角,舞之以羽,此迎春之乐也""倡之以商,舞之以干戚，此迎秋之乐也""倡之以羽，舞之以干戈，此迎冬之乐也"并举，是翿为舞师所持之器明甚。《释名·释乐》曰："鞀，导也，所以导乐作也。"导乐即所以导舞矣。盖乐舞以翿为导，因即以为乐名，而字遂变作韶。《离骚》之"舞韶"实即《大传》之"舞鼓翿"也。奏九歌时，舞韶（翿）以为节，故以歌言则曰九歌，以乐言则曰九韶，其实一而已矣。书传言启上天得九歌而舞九韶，是韶本天乐（详上"启九辩与九歌兮"）。此奏歌舞韶，实承上"神高驰之邈邈"而言，谓升天而得观此乐也。《史记·赵世家》曰："简子寤，语大夫曰：'我之帝所甚乐，与百神游于钧天，广乐九奏万舞……'"实即韶乐。

媊偷同，上文"夫唯党人之偷乐兮"（朱冀说）。

92. 陟升（大）皇之赫戏兮，忽临睨夫旧乡。仆夫悲余马怀兮，蜷局顾而不行。

《庄子·秋水》篇曰："且彼方跐黄泉而登大皇，无南无北，奭然四解，沦于不测，无西无东。"（本作无东无西，从王念孙乙正）成《疏》曰："大皇，天也。"《释文》大音泰。《淮南子·精神》篇曰："处大廓之宇，游无极之野，登太皇，冯太一。"高注曰："太皇，天也。"《惜誓》曰："独不见鸾凤之高翔兮，乃集大皇之野。"王注曰："大皇之野，大荒之薮。"案皇之言堂皇也。字一作堭。《广雅·释宫》曰："堂堭，壁也。"《尔雅·释宫》"无室曰榭"郭注曰："榭即今堂堭。"《汉书·胡建传》"监御史与护军诸校列坐堂皇上"颜注曰："室无四壁曰皇。"王念孙曰："皇者空虚之名。《尔雅》云：'隍，虚也。'城池无水曰隍，室无壁曰皇，其义一也。"案天谓之大皇者，正以其空虚如堂皇之无四壁，《庄子》曰"无南无北……无西无东"，即无四壁之谓。王注《惜誓》又谓大皇即大荒，荒亦虚也。疑《离骚》"皇"上敚"大"字，"陟升〔大〕皇"犹《庄子》《淮南子》之"登大皇"也（旧校一无陟字。或一本作升，本作陟，写官误而并存之）。戏读为曦。王注曰："赫戏，光明貌。"张衡《西京赋》曰"叛赫戏以辉煌"，傅毅《扇赋》曰"践朱夏之赫戏"，曹植《诘咎文》"灾旱赫羲"，王粲《初征赋》"犯隆暑之赫曦"，缪袭《青龙赋》"照嘉祥之赫戏"，义并与王合。王注曰："仆，御也。怀，思也。蜷局，诘屈不行貌。"

93. 乱曰：已矣哉，国无人莫我知兮，又何怀乎故都！既莫足与为美政兮，吾将从彭咸之所居。

乐终曰乱。《论语·泰伯》篇曰："师挚之始，关雎之乱。"《礼记·乐记》曰："始奏以文，复乱以武。"又曰："再始以著往，复乱以饬归。"皆始与乱对举。是乱即终也。

游氏国恩云："《汉书·东方朔传》注曰：'都，居也。'故都犹故居，亦即上文之'旧乡'。"案游说是也。《悲回风》曰："凌大波而流风兮，□□□□□。□□□□〔兮〕，（此处夺二句，说详《校补》）托彭咸之所居。上高岩之峭岸兮，处雌蜺之标巅，据青冥而攄虹兮，遂鯈忽而扪天。吸湛露之浮源兮，漱凝霜之雰雰。依风穴以自息兮，忽倾（惊）寤以掸援。冯昆仑以瞰雾兮，隐岷山以（与）清江。惮涌湍之礚礚兮，听波涛之汹汹。"上言"托彭咸之所居"，下即继之以上高岩，据蜺巅，攄虹扪天，吸露漱霜，与夫依风穴、冯昆仑云云，是彭咸所居乃在天上。本篇"从彭咸之所居"当承上文"陟升〔大〕皇"而言，大皇即天也。